"瑜伽文库"编委会

主　编　王志成

编　委　陈俏娥　陈　思　曹　政
　　　　陈　涛　方　桢　富　瑜
　　　　高光勃　何朝霞　菊三宝
　　　　科　雯　Ranjay　灵　海
　　　　刘从容　刘韦彤　路　芳
　　　　迷　罗　沙　金　顺　颐
　　　　宋光明　王保萍　王东旭
　　　　闻　中　吴　聪　吴均芳
　　　　吴铭爵　尹　岩　张新樟
　　　　朱彩红　周昀洛　朱泰余

瑜伽文库
YOGA LIBRARY

优胜美地瑜伽系列

薄伽梵歌
(注释本)

【印】毗耶娑（Vyāsa）/ 著
【美】罗摩南达·普拉萨德（Ramananda Prasad）/ 英译并注释
王志成　灵海 / 汉译
汪　瀰 / 审校

四川人民出版社

图书在版编目（CIP）数据

薄伽梵歌/[印]毗耶娑著；[美]普拉萨德（Prasad, R.）英译注；王志成，灵海汉译；汪瀰审校. —成都：四川人民出版社，2015.5（2023.8重印）
ISBN 978-7-220-09475-0

Ⅰ.①薄… Ⅱ.①毗…②普…③王…④灵…⑤汪… Ⅲ.①史诗—印度—古代 Ⅳ.①I351.22

中国版本图书馆CIP数据核字（2015）第078979号

本书的翻译出版，得到the International Gita Society 授权，侵权必究。

BOJIA FANGE
薄伽梵歌

[印] 毗耶娑 著
[美] R. 普拉萨德（Prasad, R.） 英译注
王志成 灵海 汉译
汪瀰 审校

特约编辑	汪 瀰
责任编辑	何朝霞
封面设计	肖 洁
内文设计	戴雨虹
责任校对	蓝 海
责任印制	周 奇

出版发行	四川人民出版社（成都三色路238号）
网　　址	http://www.scpph.com
E-mail	scrmcbs@sina.com
新浪微博	@四川人民出版社
发行部业务电话	(028) 86361653　86361656
防盗版举报电话	(028) 86361653
照　　排	四川胜翔数码印务设计有限公司
印　　刷	成都东江印务有限公司
成品尺寸	130mm×185mm
印　　张	12.5
字　　数	230千
版　　次	2015年5月第1版
印　　次	2023年8月第15次印刷
书　　号	ISBN 978-7-220-09475-0
定　　价	46.00元

■ 版权所有·侵权必究
本书若出现印装质量问题，请与我社发行部联系调换
电话：(028) 86361656

"瑜伽文库"总序

古人云：观乎天文，以察时变；观乎人文，以化成天下。人之为人，要旨即在切入此间天人之化机，助成参赞化育之奇功。在恒道中悟变道，在变道中参常则，"人"与"天"相资为用，时时损益且鼎革之。此诚"文化"演变之大义。

中华文明源远流长，含摄深广，在悠悠之历史长河中，不断摄入其他文明的诸多资源，并将其融会贯通，从而返本开新、发闳扬光。古有印度佛教文明传入，并实现了中国化，成为中华文明之整体的一个有机部分。近代以降，西学东渐，一俟传入，也同样熔铸为中华文明之一部，唯其过程尚在持续之中。尤其是20世纪初，马克思主义传入中国，并迅速实现中国化，推动了中国社会的巨大变革……

任何一种文化的传入，最基础的工作都是该文化

的经典文本的传入。因为不同的文化往往基于不同的语言，故文本的传入就意味着文本的翻译。没有文本的翻译，文化的传入就难以为继，无法真正兑现为精神之力。佛教在中国扎根，需要很多因缘，而持续近千年的佛经翻译无疑具有特别重要的意义。没有佛经的翻译，佛教在中国的传播几乎不可想象。

随着中国经济、文化的发展，随着中国全面参与到人类共同体之中，中国越来越需要了解其他文化，需要一种与时俱进的文化心量与文化态度——一种开放的，并同时具有历史、现实、未来三个面向的态度。

公元前8世纪至公元前2世纪，在地球不同区域都出现过人类智慧的大爆发，这一时期通常被称为"轴心时代"（Axial Age）。这一时期形成的文明影响了之后人类社会2000余年，并继续影响着我们生活的方方面面。随着人文主义、新技术的发展，随着全球化的推进，人们开始意识到我们正进入"第二轴心时代"。但对于我们是否已经完全进入这样一个新的时代，学者们尚持不同的观点。英国著名思想家凯伦·阿姆斯特朗（Karen Armstrong）认为，我们正进入第二轴心时代，但我们还没有形成第二轴心时代的价值观，我们还依赖着第一轴心时代的精神遗产。全球化给我们带来诸多便利，但也带来很多矛盾和张力，甚至冲突。这些冲突一时难以化解。因此，我们须要在新的历史境遇下重新审视轴心文明丰富的精神遗产。此一行动，必是富有意义的，也是刻不容缓的。

我们深信：第一，中国的轴心文明，是地球上曾经出现的全球范围的轴心文明的一个有机组成部分；第二，历史上的轴心文明相对独立，缺乏足够的互动与交融；第三，在全球化背景下不同文明之间的互动与融合必会加强和加深；第四，第二轴心时代文明不可能凭空出现，须以历史的继承和发展为前提。诸文明的互动和交融是发展的动力，而发展的结果将构成第二轴心时代文明的重要资源与有机组成部分。

简言之，由于我们尚处在第二轴心文明的萌发期和创造期，一切都还显得幽暗和不确定。我们应该主动地为新文明的发展提供自己的劳作，贡献自己的理解。考虑到我们自身的特点，我们认为，极有必要继续引进和吸收印度正统的瑜伽文化和吠檀多典籍，并努力使之与中国固有的传统文化及尚在涌动之中的中国当代文化互勘互鉴乃至接轨，努力让古老的印度文化服务于中国当代的新文化建设，并最终服务于人类第二轴心时代文明之发展。此所谓"同归而殊途，一致而百虑"。基于这样朴素的认识，我们希望在这些方面做一些翻译、注释和研究工作，出版瑜伽文化和吠檀多典籍就是其中的一部分。这就是我们组织出版这套"瑜伽文库"的初衷。

由于历史与个体经验皆有不足，我们只能在实践中不断累积行动智慧,慢慢推进这项工作。所以,我们希望得到社会各界和各方朋友的支持,并期待与各界朋友有不同形式的合作与互动。

"瑜伽文库"编委会
2013年5月

序　言

印度驻广州总领事
高志远（Nagaraj Naidu Kakanur）

L. Nagaraj Naidu

《薄伽梵歌》（在梵文中，被译为《圣歌》）是一部重要的印度梵文经典。它被人们尊崇为印度教的圣经，也被认为是最重要的世界宗教经典之一。《薄伽梵歌》是《摩诃婆罗多》的一部分。

《摩诃婆罗多》（在梵文中意指"婆罗多王朝的伟大史诗"）是古代印度两部伟大的梵文史诗之一（另一部是《罗摩衍那》）。印度人把它看作是一部关于达磨（印度的道德法则）的文本，也把它看作是一部历史（Itihasa，字面意思是"那所发生的"）。《摩诃婆罗多》的故事，被安排在围绕一个中心英雄的叙事中，它讲述了两个堂兄弟家族——俱卢族（持国百子，俱卢的后裔）和般度族（般度五子）——为争夺王国主权的战争故事。《摩诃婆罗多》由近十万颂组成，共分为十八篇或十八个部分，还有一个题为《诃利世系》（诃利，即毗湿奴）的附录。尽管这部史诗不大可能由一个人写

成，但在传统上，人们仍把它的原创作者归于圣人毗耶娑（Vyasa）。在《摩诃婆罗多》中，毗耶娑是俱卢族和般度族的祖父。

《薄伽梵歌》的内容，是克里希那和阿周那之间的对话。克里希那自称为是至上之神的人形化身；而在印度神话中，阿周那被认为是世界上最伟大的武士，是般度五子之一，是印度史诗《摩诃婆罗多》中的英雄。这场对话发生在俱卢之战开战前夕的俱卢之野上。为了回应阿周那因为即将与自己的堂兄弟们开战而产生的困惑和道德困境，克里希那为阿周那讲解了作为一名武士和一个王子应尽的责任，并用一些例子和类比，详细阐述了各种不同的瑜伽和吠檀多哲学。这就使得人们通常把《薄伽梵歌》描述为一部印度神学的简明指南，一部独立而实用的生活指南。

印度著名作家和神话学家德度塔·帕塔奈克（Devdutt Pattanaik）曾用十八句话概括了《薄伽梵歌》，每句话代表《薄伽梵歌》的每一章。

1. 你的世界就是一个知觉。这一知觉建基于你的偏见，由你自身的恐惧所形塑，并被你的无知所推动。
2. 你周边的人的世界也是一个知觉。它由偏见、恐惧和无知所创造。
3. 智慧是一种能力，它可以领会你的知觉，并感同身受地领会他人的知觉。

4. 我，克里希那，领会所有主观的实在，但不作评判，却充满了爱。因此，我是至上存在。

5. 至上存在是永恒的，不死的，并在你们之中。正是你的自私自利，阻碍着你认识它。

6. 你的实在是有限的，其他人的实在也是有限的。突破你的有限性，并为他人腾出空间——即使他人不能或没有这样做。

7. 你要寻求与你的期待相匹配的产出（行动结果），所以你也要寻求控制。一旦失去控制，你就会愤怒、沮丧、不快和恐惧。

8. 你逃避行动，因为你不能控制产出（行动结果）。为了掩饰你的无能，你会用高尚的理由为你的逃避寻找借口。

9. 所有的产出都由业（karma）控制：业是各种不同的投入（行动）的反应——这些行动并不全是你投入的，且许多行动是你无法控制的。

10. 如果这个世界厚待你，你的心意就把它解释为好/正常的；而如果这个世界没有厚待你，你就认为它是坏/不正常的。但是，自然不厚待任何人。

11. 那些给你带来快乐的事物有可能造成他人的痛苦；一旦他人报复，你就宣称他们是恶棍，并把自己看作是受害者。

12. 许多人宁愿让他人来塑造自己的观点（愚昧之德）。这是产生于惰性的无知。

13. 有少数人只根据他们自己的观点来看待这个世界（激情之德）。这是产生于恐惧的控制。

14. 你能够根据他人的观点来看待这个世界（善良之德）。这是产生于同情的智慧。

15. 履职尽责，把你的注意力全部集中在投入（行动）上，并接受任何可能的产出（结果），那么，你就是行动瑜伽士。

16. 履职尽责，坚信在任何情况下神都会看顾你，那么，你就是虔信瑜伽士。

17. 履职尽责，并知晓有许多力量都在发挥作用，且这些力量并不全都处于你的控制之下，那么，你就是智慧瑜伽士。

18. 履职尽责，像动物那样不巧取、不豪夺。摆脱你的恐惧，因为人类可以通过观察他者与恐惧和控制作斗争。

浙江大学宗教学研究所所长及罗姆南达·普拉萨德译注的《薄伽梵歌》的汉译者王志成教授，是印度哲学的专家，已经出版过多部有关印度宗教和哲学的著作——其中包括从英语翻译成中文的作品。王教授也广泛撰写和翻译瑜伽著作，迄今已经出版了十部优秀的作品，包括《现在开始讲解瑜伽——〈瑜伽经〉权威阐释》和《哈达瑜伽之光》等。我确信，王教授及其合作者灵海女士把这部英语注释本的《薄伽梵歌》译成汉语，对于把《薄伽梵歌》的信息传递给中国读者具有重大的贡献。这部《薄伽梵歌》，也是关于印度教的一个出色纲要。王志成和灵海的这一中文译本，明晰地道出了印度教关于至上之神的观点，说到底，它是一种非人格的永恒力量，是一切存在的本质和力量，它没有任何属性或人格特征（如认识、思维、爱等等）。这种力量被称为梵，它无处不在，存在于自然的一切事物中，尤其存在于一切生命体——每一株植物、每一个动物，特别是每一个人——之中。因为梵就是一切，所以印度教宣称，每个人以及每一事物都是神圣的。

我还要非常感谢中国"优胜美地"瑜伽院的创始人郝宇晖女士在这方面作出的所有贡献和努力。"优胜美地"瑜伽院被公认为是中国的一个质量优良、服务优秀、足够虔信的公共机构，长期致力于把纯粹的瑜伽和阿育吠陀实践引入中国。郝宇晖女士不仅在中国推广和普及瑜伽实践，她还赞助翻译出版了许多古代印度瑜伽文本和印度哲学著作，例如帕坦伽利的《瑜伽经》（2006年）、辨喜的《瑜伽之路》（2006年）、斯瓦米·阿迪斯瓦阿南达的《冥想的力量》（2010年）、斯瓦特玛拉摩的《哈达瑜伽之光》（2012年），以及王志成教授等翻译的这部《薄伽梵歌》（2015年）。

我坚信，所有中国读者都会从《薄伽梵歌》的这个译本中获得许多灵性洞见和知识——不仅是关于印度教的，更是关于生活本身的洞见和知识。

每当失望笼罩我的脸庞,孤独的我看不见一丝光线时,我就去阅读《薄伽梵歌》。我会在这里找到一节经文,又在那里找到一节经文,很快地,我会在灭顶之灾的境况中释怀微笑。这些悲伤没有在我身上留下任何可见的或不能消除的创伤,都是因为《薄伽梵歌》的教导。

——圣雄甘地
(Mahatma Gandhi)

清晨,我沐浴在《薄伽梵歌》那令人惊奇的宇宙演化哲学的智慧中。与此相比,我们现代世界及其文学显得琐屑零碎和微不足道。

——亨利·大卫·梭罗
(Henry David Thoreau)

世界范围内对本译注本的
广泛赞誉

我对这部《薄伽梵歌》英文译注本非常感兴趣。尽管此经典众多的英文译本在当下流传,但我认为,这一译本是最佳译本之一。

——**王志成教授,浙江大学宗教学研究所所长**

每一位《薄伽梵歌》的真诚翻译者都应该把罗摩南达·普拉萨德的英译本作为常备的参考书。**这个译本独具匠心,极具权威性**,对每一位《薄伽梵歌》的探求者和翻译者来说,它都是一本简明的参考工具书。这个最易阅读的最佳英译本,让《薄伽梵歌》之永恒真理清澈地流淌而出。

——**考斯特博士(Dr. Philippe De Coster),比利时**

精彩的翻译!我们适逢其时得到了《薄伽梵歌》的这个新译本。普拉萨德博士采用更加低调的方式,尽其

所能完成了《薄伽梵歌》的简明翻译,这使读者很容易理解这部经典的含义,而且,他无意把他自己的观点强加给读者。由于这部经典随时都有引起读者困惑不解的可能性,所以,普拉萨德对他所使用的术语一一进行了定义,并作出了极大的努力以确保毗耶娑致力描述的奥义,甚至让那些不熟悉印度哲学或东方哲学的读者看来也是清楚明白的。**他的翻译比大多数其他翻译成现代散文的译文更加准确。**如果您不熟悉东方思想,那么他的这个译本就是你了解它的最佳起点。

——吉思贝里(Gsibbery),巴吞鲁日,洛杉矶

美国薄伽梵歌协会现在提供了一个《薄伽梵歌》译本。该译本发人深思,为学者提供了极佳的参考,同时,它对之作了一些客观中立的注释,使普通读者很容易理解。这一译本不认同、不宣传也不反对任何特定的事业,**亦不带有任何个人动机和推测。**

——道格拉斯·雷明顿(Douglas Remington),

洛杉矶,1997

这个译本版式极好,**简洁,紧凑,美观,适于阅读。**您的书是大灵粮(Maha Prasada)。我非常喜欢它。

——奥迦斯维·达萨(Ojasvi Dasa),巴西神圣生命协会

我想恳请您的机构继续向那些**寻求灵性超越，力图从商业主义的枷锁中解放出来**的人们传播《薄伽梵歌》的真理。

——史蒂文·布莱克威尔（Steven Blackwell），纽约

这个译本是沉思冥想的产物，传达了《薄伽梵歌》原初的精神。译本明晰、简洁，对经文的阐释没有曲解经文的原意。译本中对梵文明智的运用向读者传达了经典的宏伟之美。译文简洁的散文风格让人阅读愉悦。**这个译本简洁明晰，毫无累赘之处**，明确摆脱了任何教派倾向。

——《吠檀多之狮》，加尔各答，1997年5月

目前，我正在万维网上制作关于世界古代文化的教科书。在我的网站里就包括有罗摩南达·普拉萨德博士的这一《薄伽梵歌》译本。我对公正地描述印度文化很感兴趣。我担心，在网上到处可见的阿诺德爵士（Sir Edwin Arnold）《薄伽梵歌》译本，**会让学生们远离《薄伽梵歌》，而非公平地引导他们学习《薄伽梵歌》**。

——安东尼·比佛斯（Anthony Beavers），
埃文斯维尔大学，美国

普拉萨德博士让含有神圣信息的古代智慧和洞见适合于现代社会。**把富于韵律的译文和令人信服的评注完美地结合起来了。**

——H.H.斯瓦米·查达南达·萨拉斯瓦蒂

(H. H. Swami Chidanand Sarasawati (Mun),瑞斯凯斯,印度

我读过好几个版本的《薄伽梵歌》,但从未见过对**《薄伽梵歌》及其背景之本质作出如此简洁明晰的描述**的版本。

——R.普伦(R. Puran),威廉斯维尔,特立尼达

目 录

《薄伽梵歌》版本信息 001
英文译注者简介 002
如何阅读本书 003
文献缩略语 005
前　言 001
导　论 005

第一章　阿周那的困境 013
介绍军队将领 015
战争从吹响螺号开始 016
阿周那想要检视即将与之作战的敌军 018
阿周那的困境 019
阿周那描述战争的罪恶 022
当事态变得艰难，甚至强人也会困惑 024

第二章　超然的知识 025
阿周那继续陈述他反对战争的理由 026
《薄伽梵歌》的教导开始于关于自我与身体的
　真知识 029
自我永恒，身体短暂 032

死亡和个体灵魂的轮回 034
不灭之灵超越心意和语言 037
主克里希那提醒阿周那作为武士的职责 038
业瑜伽即无私行动的学问 041
吠陀经论述了生活的物质和灵性两个方面 ..042
业瑜伽的理论和实践 045
自我觉悟者的标志 051
放纵感官的危害 054
通过感官控制和知识获得宁静 056

第三章 无私服务之道 061
为什么要服务他人 064
互相帮助是创造者的第一诫命 065
领导者应该作出榜样 069
对于无知者,智者应该做什么? 072
所有的行动都是原质的行动 073
圆满之路上的两块主要绊脚石 076
贪欲是罪恶之源 078
如何控制贪欲并达至目标 081

第四章 伴随着自我知识的业瑜伽之道 084
业瑜伽是被遗忘的古老戒律 084
上主为何要化身 086
崇拜和祈祷之路 089
劳动分工建立在人的天资基础上 091

目 录

执着的、不执的和禁止的行动...............092
业瑜伽士不受制于业的法则...............093
不同类型的祭祀...............096
高级灵性实践...............098
自我知识自动向业瑜伽士显现...............104
涅槃既需要超然知识也需要业瑜伽...............105

第五章　弃绝之道...............107
通向至上者的两条道路...............108
知真者不把自己看作行动者...............110
业瑜伽士为上主服务...............110
知识之道...............111
觉悟者的额外标记...............113
冥想之道...............116

第六章　冥想之道...............117
业瑜伽士是弃绝者...............117
瑜伽的定义...............118
心意是朋友也是敌人...............119
冥想的技巧...............121
谁是瑜伽士...............133
控制不安心意的两种方法...............137
不成功的瑜伽士将走向哪里...............138
谁是最佳的瑜伽士？...............141

第七章　自我知识与觉悟 143
形而上的知识是终极知识 144
求道者非常稀少 145
精神和物质的定义 145
至上之灵是一切的基础 148
如何征服虚幻的摩耶神力 150
谁在寻求神？ 150
一切都是神的显现 153
崇拜神祇也是崇拜神 154
主不向无知者显现自身 157

第八章　永恒的存在 163
至上之灵、灵、个体灵魂和业 163
再生和业的理论 165
一种觉悟到神的简单方法 166
临死时冥想"唵"获得解脱 169
创造之循环 172
离开世界的两条道路 175
自我知识导向解脱 179

第九章　至上知识和大奥秘 180
关于至上者本性的知识是最大的奥秘 180
进化和退化的理论 183
智者之道与无知者之道的差别 185
一切事物都是绝对者的显现 186

通过虔信之爱获得解脱 187
上主接受并享用爱和虔信之供品 192
没有不可宽恕的罪人 195
虔信之道较易践行 196

第十章 绝对者的显现 198
上主是万物之源 198
主把自我知识赐予其虔信者 201
无人知晓实在的真实本性 203
一切都是绝对者的显现 204
简要描述神的显现 207
显现的创造物是绝对者的极小部分 211

第十一章 宇宙形象的显现 214
看见神是求道者的终极目的 215
主克里希那向阿周那显现其宇宙形象 217
有人可能没有作好看见上主的准备 218
阿周那害怕看见宇宙形象 222
我们都是他的工具 225
阿周那向宇宙形象祈祷 226
主的四臂形象不易见到 230
主向阿周那显现其四臂的人的形象 231
通过虔信之爱能够看见上主 233

第十二章 虔信之道 ... 235
应该崇拜人格神还是非人格神? ... 235
崇拜人格神的原因 ... 237
通向神的四条道路 ... 240
业瑜伽是最易践行之道 ... 243
虔信者的品质 ... 244
人应该真诚地努力发展神性品质 ... 246
只有一条通向神的正道吗? ... 249

第十三章 创造物和创造主 ... 250
创造的理论 ... 250
作为涅槃手段的四圣谛 ... 254
至上者能够通过比喻而非其他任何方式来描述 ... 256
至上之灵、灵、原质和个体灵魂 ... 260
信仰和虔信也能通向涅槃 ... 263
灵(梵天)的属性 ... 265

第十四章 原质三德 ... 269
众生源于灵和原质的合一 ... 269
原质三德把灵魂束缚在身体上 ... 270
原质三德的特征 ... 272
三德也是个体灵魂轮回之船 ... 274
超越三德的过程 ... 276
虔信之爱能割断三德的束缚 ... 278

第十五章　至上存在 280
创造物就像摩耶之力创造的一棵树 280
如何托庇于神而砍断生命之树并获得解脱? 281
个体灵魂是享受者 284
灵是万物之本质 287
什么是至上之灵、灵和个体灵魂 289

第十六章　神性品质和魔性品质 293
为了解脱应予培养的主要神性品质 293
在灵性之旅开始之前应予放弃的魔性品质 297
两种人 298
受苦是无知者的命运 302
欲望、愤怒和贪婪是通向地狱的三道门 303
必须遵循经典的规定 304

第十七章　三种信仰 309
三种信仰 309
三种食物 312
三种祭祀 314
行为、语言和思想的苦行 315
三种苦行 317
三种布施 318
神的三个方面 321

第十八章　通过弃绝私我臻达涅槃......323
弃绝和祭祀的定义......323
三种祭祀......326
行动的五种原因......329
三种知识......331
三种行动......332
三种人......333
三种智力......334
三种坚定和四个人生目标......335
三种快乐......336
劳动分工基于个人的能力......339
通过履职、修习和虔信获得解脱......342
业瑜伽与获得圆满......344
最高的虔信之爱......345
业的束缚和自由意志......348
我们成为自己的自由意志的木偶......349
通向神的最终道路......352
对神的最高服务和最佳布施......355
《薄伽梵歌》的恩典......356
自我知识和责任都必不可少......361

结　语　主克里希那的告别信息......362
译后记......364

《薄伽梵歌》版本信息

First Chinese Edition, 2015

English Editions:
Fifth Edition, 2013
First e-book edition, 2012
Fourth Edition, Second Printing, 2008
First (Pocket Paperback) Edition, 2008
First Children Edition, 2008
Fourth Revised and Enlarged Edition, 2004
First Hindi Edition, 2004
(Published by Motilal Banarsidass in India)
Free Pocket size editions, 2000−2012
Third Revised Edition, 1999
Third and other Printings, 1998
Second Printing, 1997
Second Revised and Enlarged Edition, 1996
 (Published by Motilal Banarsidass in India)
First Edition, 1988

Copyright © 2000−2020 by the International Gita Society
511 Lowell Place, Fremont, CA 94536
Phone (510) 791 6953
sanjay@gita-society.com
Visit: www.gita-society.com
www.GitaInternational.com
www.gita4free.com

英文译注者简介

普拉萨德博士是旧金山港湾区好几个非营利性组织的创办人。他创建了美国/国际《薄伽梵歌》协会，目的是通过《薄伽梵歌》以及其他印度经典的教导服务于人类，通过所有伟大导师和世界主要经典的不朽教导，使所有文化、种族、宗教和信仰之间达成和谐统一。

1959年在印度卡拉普印度理工大学（Indian Institute of Technology）获得学士学位，后在加拿大多伦多大学获得理科硕士学位，并于1966年从美国伊利诺伊大学获得土木工程博士学位。普拉萨德博士从事研究、教学、工程咨询，也为州和联邦政府工作，包括为加州旧金山的美国海军以及美国陆军工兵部队工作。

2012年，普拉萨德博士被聘为加州圣何塞州立大学土木工程荣休教授，以及美国俄亥俄州辛辛那提联合学院宗教与心理学兼职教授。

如何阅读本书

为了方便读者阅读这本非常独特、面向大众的《薄伽梵歌》英文译注本,我们认为,有必要首先在这里把散见于本书各处关于这个译注本的特点及中文编辑方针和排版方式作一概括的介绍。

1. 书中用**五号黑体**排版的文字,是《薄伽梵歌》的诗节原文,诗节末尾括号内数字,是表示第几章第几节。而诗节中间或结束处用5号楷体排版的"参见××章××节",则是本书英文翻译和注释者(以下简称"英译者")为方便读者阅读加上去的,也可以视为英译者的注释的一部分。

2. 本书18章的章名和第二级标题,也都是本书英译者为方便读者阅读和理解诗节内容加上去的,也可以认为是英译者的注释的一部分。

3. 诗节以外用五号宋体排版的文字,则是英译者对此书所做的注释和解说。

4. 按照英译者的说法,本书有133个关键诗节,它

们被印成了红色,英译者建议:"在深入探究《薄伽梵歌》那深不可测的超然知识的海洋之前,初学者和忙碌的主管们可以首先阅读和理解这些关键诗节。"而本书的所有读者也应该首先"去沉思和冥想这些诗节并据此行事。"(参见本书《导论》)

5. 为了使本书诗节更加明晰流畅,从而使它们更容易被人们阅读和理解,英译者在诗节中增加一些语词或句子并将之置于括弧内。(参见本书《导论》)

6. 正如本书英译者所说:"为了不使本书的读者迷失在《薄伽梵歌》梵文原本的那些历史专有名词,各种人物的繁杂名字,以及各路天神复杂的梵文名称的丛林或陷阱中,在我们的这个译本中,这些名词或名称,要么被略去,要么用一个通用名词或总的名称取而代之,因为它们与《薄伽梵歌》论述的主题,并无任何关联。这一点请读者诸君千万注意。"

7. 也是为了方便读者阅读和理解本书,本书英译者引用了如《吠陀经》《奥义书》《往世书》《摩诃婆罗多》等29种印度其他经典来解说和论证《薄伽梵歌》的经文和观点。(参见本书《前言》)而所引用的这些经典的名称均以缩略语的形式置于有关文字之后,如(Rv 12.3.8),至于Rv代表哪部经典,请读者参见此书前面的"文献缩略语"。

汉译者

文献缩略语

01. AiU   AitareyoPaniṣad 《爱多雷耶奥义书》
02. AVG   Aṣṭāvakra Gita 《阿什塔瓦卡拉之歌》
03. AV   Atharvaveda 《阿闼婆吠陀》
04. BP   Bhāgavata Mahā Purāna 《薄伽梵往世书》
05. BrU   BrihadāranyakoPaniṣad 《大林间奥义书》
06. BS   Brahma Sutra 《梵经》
07. ChU   ChāndogyoPaniṣad 《唱赞奥义书》
08. DB   Devi Bhāgavatam 《兑维·薄伽瓦潭》
09. IsU   IshāvāsyoPaniṣad 《伊萨奥义书》
10. KaU   KaṭhoPaniṣad 《羯陀奥义书》
11. KeU   KenoPaniṣad 《由谁奥义书》
12. MaU   MāndukyoPaniṣad 《唵声奥义书》
13. MB   Mahabharata 《摩诃婆罗多》
14. MS   Manu Smriti 《摩奴法论》
15. MuU   MundakoPaniṣad 《蒙查羯奥义书》
16. NBS   Narada Bhakti Sutra 《虔信经》（拿拉达）
17. PrU   PraśhnoPaniṣad 《六问奥义书》

18. PYS	Patanjali Yoga Sutra	《瑜伽经》（帕坦伽利）
19. RV	Rigveda	《梨俱吠陀》
20. SBS	Śāndilya Bhakti Sutra	《虔信经》（商蒂亚）
21. ShU	ŚvetāshvataroPaniṣad	《净识者奥义书》
22. SV	Sāmaveda	《娑摩吠陀》
23. TaU	TaittirīyoPaniṣad	《泰迪黎耶奥义书》
24. TR	Tulasi Rāmāyaṇ	《罗摩衍那》（图拉西）
25. VC	Vivekachūḍāmaṇi	《分辨宝鬘》
26. VP	Vishnu Purāna	《毗湿奴往世书》
27. VR	Vālmiki Rāmāyaṇam	《罗摩衍那》（蚁垤）
28. YV	Yajurveda, Vājasaneyi Samhitā	《夜柔吠陀》
29. YVa	Yoga Vāśiṣṭha	《瓦希斯塔瑜伽》

前 言

本书**第一版**出版于1988年。1996年，考虑到世界各大宗教之主要教义之间的和谐一致的重要性，带有梵文经文的**第二次**修订扩充版由印度莫提拉·班那西达斯公司（Motilal Banarsidass）出版。

所有宗教经典都是从同一海洋中流出的真理之水。《薄伽梵歌》的教导不属于任何特定的教派，不属于任何特殊的信条和崇拜，也不属于任何国家，而是属于全人类的。在第二版中，增加了诸如《吠陀经》《奥义书》《往世书》《摩诃婆罗多》《虔信经》《瑜伽经》《梵经》《摩奴法论》和《罗摩衍那》等印度教主要经典中相似的经文和教导。我们对所选经文的简短评论，包括来自29种吠陀经典、其他世界经典以及世界性学者、圣徒和圣人的类似教导。

第三版对本书做了实质性的修订和完善。为了方便读者理解，我们同时使用了梵文和英文。

第四版则增加了更多材料和段落标题，梵文单词的使用保持在最低限度内，使之也适合那些不熟悉印度哲

学的读者。第四版**第二次印刷**时,增加了对某些难于理解的经文的解释。

第五版是第四版的修订扩充版,它增加了约20%的内容,并制作了一个重要的梵文术语表。

我要向所有宗教的圣徒和圣人,以及《薄伽梵歌》的评注者们表达我的崇敬之情,唯有在他们的恩典和祝福下,我才能写出我的评注。

我要感谢我的古鲁们,在我的灵性生活中他们所给予的帮助无法衡量,也正是在他们的指导下,我才有研习《薄伽梵歌》和克里亚瑜伽的机会和特权。这些古鲁是:斯瓦米·敕玛亚南达(Swami Chinmayananda)、斯瓦米·达亚南达·萨拉斯瓦蒂(Swami Dayananda Saraswati)、斯瓦米·阿尔琼·普里(Swami Arjun Puri)、斯瓦米·帕拉玛哈萨·哈瑞哈罗南达(Swami Paramahamsa Hariharananda)。

我要衷心感谢赛义德·乔词瑞(Sayeed Chaudhury)、吠德·普拉卡夏·瓦图克(Ved Prakash Vatuk)博士、我的妻子萨达那(Sadhana)、女儿瑞塔(Reeta)和儿子桑杰(Sanjay),他们在我准备和完善这部书稿期间提供了宝贵的建议和精神上的支持、帮助和鼓励。我还要感谢阿维卡夏·乔汉(Avkash Chauhan)和夏雅玛拉·拉维德兰(Shyamala Raveendran)在封面设计和网站开发方面给予的支持和及时帮助。感谢朵惹特·考勒尔(Doret Kollerer)进行的一丝不苟的编辑。

前言

我要特别感谢彼得·汉斯曼（Peter Hansmann）对本书稿现行版本的审查，为改进网站提供的宝贵建议和观念以及在促销工作方面提供的意见。

最后也是最重要的，我要向伟大的灵魂、已故的室利·慕克拉吉·达弥迦（Shri Mulkraj Dhamija）表达我的感激之情，正是他的下述不朽之言，激励我译出了本书的第一版：

"《薄伽梵歌》的最佳翻译就是你自己的翻译。"

罗摩南达·普拉萨德
2012年12月
于佛利蒙，加利福尼亚

导　论

　　《薄伽梵歌》是一部具有普世价值的经典。尽管它是古代印度吠陀文化关于永恒或普世之法（达磨）之经典的一个部分（即论述普世灵性原则之经典），但其包含的信息却是崇高的，且不属于任何教派的。

　　对于心智成熟的人们，《薄伽梵歌》用任何一种语言都十分容易理解。当您怀着崇敬和信仰的真诚态度反复阅读它时，它将向您显示出包含在其中的所有崇高观点。尽管书中还是有少数深奥难懂的语句，但它们不会对《薄伽梵歌》的实践问题或中心主题产生直接影响。

　　《薄伽梵歌》论述的是最为神圣的形而上的科学。它将传授关于自我的知识，并回答两个普遍的问题：我是谁？我如何可能在这个二元性的世界里过一种快乐和宁静的生活？

　　《薄伽梵歌》是一部论述瑜伽要义之书，即它将论述基于普世达磨的基本原则，人类道德和灵性该如何成长。

《薄伽梵歌》是吠陀经典之精髓,是《摩诃婆罗多》的一个部分。它教导关于形而上的最高实在的普世灵性哲学,提供一种可免于恐惧的关于高级自我的基础知识。

《薄伽梵歌》还是一部智慧之书,曾经启发了诸如梭罗(Thoreau)、艾默生(Emerson)、爱因斯坦(Einstein)、甘地(Gandhi)等众多著名人物。它教导人们应如何武装自己去参加人生的战斗。怀着信仰反复研读它将净化我们的心智,并引导我们勇敢面对现代生活的种种挑战,达致内心的宁静和快乐。

《薄伽梵歌》教导基于吠陀经、奥义书和吠檀多本质的自我觉悟的灵性科学。它要传达的一个基本信息是:人生的终极目的是认识人自己的本质,并与其内在的至上自我合而为一。它将确保所有人的灵性进步,并指导人们如何与至上者合一。其教导精妙、深刻、普遍、崇高。它以一种非常明晰和鼓舞人心的方式解释了灵性科学的基本原则,并在宇宙实在与个体灵魂之间建立起一种神圣关系。一个人如果能本着其中即使是很少几个诗节的精神来生活,他的生活也会变得神圣化。

关于行动、虔信和自我知识的哲学,在《薄伽梵歌》里得到了绝妙的综合并达成了完美的和谐,以致它可以提供给读者以人生的永恒的喜乐、永远的宁静和永久的快乐。它将唤醒人们的宇宙意识,并激励他们去追求灵性生活。

灵性科学处理关于绝对者的知识。各种宗教都有其局限性,因为它们都只是专注真理的一个方面。这就是它们之间总是相互抵触和冲突的原因。它们都认为自己才是真理的唯一主宰者,都倾向于根据不同的宗教系统在人们中间制造出一道道分离和冲突之壁垒,而灵性科学则要打破这些壁垒从而把真理的不同方面联合或团结起来。一个灵性圆满的人是所有人的朋友,而没有任何敌人,因为他把一切有生命的或无生命的创造物都视为绝对者的宇宙身体的一个组成部分。

因为战争涉及毁灭和杀戮,所以阿周那不愿履行其作为一个武士的职责,于是《薄伽梵歌》的信息降临人间。非暴力(Nonviolence)或不杀生(Ahimsa)是灵性文化最为基本的原则之一。世间之一切生命,人或非人,都是神圣的。在至上之主克里希那与其虔信者兼朋友阿周那之间进行的这番不朽的谈话,不是发生在寺庙里,也不是发生在隐秘的森林里或在山顶上,而是发生在一场战争的前夜的战场上,并被记录在伟大的史诗《摩诃婆罗多》中。在《薄伽梵歌》中,主克里希那建议阿周那振作起来参加战斗。如果人们不了解《摩诃婆罗多》描述的那场战争的背景,就有可能误解关于非暴力的原则。所以,有必要简述一下这段历史。

在古代印度有一个国王,他有两个儿子,一个叫持

国（Dhritarāshtra），一个叫般度（Pāndu）。持国天生眼盲，故般度继承了王国。般度有五个儿子，他们被称为般度族。持国有一百个儿子，他们被称为俱卢族。难敌（Duryodhana）是俱卢族的长兄。

在国王般度去世后，他的长子成为合法的国王。而俱卢族的难敌对此非常嫉妒，他也想得到这个王国。这个王国就被平分为般度族和俱卢族两个部分。但难敌并不满足于与般度族分享这个王国，他想要独占这个王国。尽管他几次密谋杀害般度族兄弟并夺取其土地的阴谋未能得手，但最终他还是非法占领了整个王国，并且，若不通过战争，他甚至拒绝归还一寸土地。主克里希那和其他人在般度族与俱卢族之间进行的所有调停也都告失败。因此，摩诃婆罗多族的一场大战不可避免，而般度族却不愿参战。但此时他们只有两个选择：出于责任为他们的权利而战，或为了和平和非暴力而不战并接受战败。在战场上，面对着是战斗还是为了和平而不战的两难选择，作为般度族五兄弟之一的阿周那，陷入了困境。

事实上，阿周那面对的困境是人类普遍面对的困境。所有人在日常生活中履行他们的职责时都会面临大大小小的困境。阿周那的困境是大困境。要么参加战斗，并杀死对方阵营中他最尊敬的古鲁、最亲密的朋友、近亲以及众多无辜的战士，要么为了坚持和平和

导 论

非暴力而撤离战场，他必须在这两者之间作出选择。《薄伽梵歌》全部700个诗节记录的，就是大约在公元前3100年，在现今印度新德里附近的俱卢之野战场上，主克里希那与困惑的阿周那之间进行的对话。这场对话是由这场战争的全程目击者、持国的车夫全胜（Sanjaya），向眼盲的国王持国讲述的。

《薄伽梵歌》主要的目的，是帮助那些在现世社会中生活和工作并在无知的黑暗中挣扎的人们，跨过轮回的海洋，达致解脱的灵性彼岸。《薄伽梵歌》的核心教导是，人们应该通过履行自己的职责来摆脱生命的束缚并获得快乐。要始终谨记创造主的荣耀和伟大，尽其所能地履职尽责，而不执着于或受制于行动的结果，即便其职责有时不可避免地要求动用暴力。有些人会为了灵性生活而忽视或放弃他们的生活职责，而另一些人则会为他们不事灵修寻找借口，说他们没有时间。

主克里希那传递的信息是，要圣化整个生活过程本身。无论一个人做什么或想什么，都应该怀着荣耀和满足创造主的愿望去做、去想。这一过程并不需要付出太多的努力或代价。履行你的职责，把它视为对主和人类的服务，以一种灵性的心境在万物中唯独看见神。通过自律、苦行、忏悔、善行、无私服务、冥想、崇拜、祷告、仪式和经典研读，可以逐渐达到这一灵性心境。结

交圣人、朝觐、修习瑜伽、唱诵神的圣名和探究自我，也有助于净化身体、净化心意、净化智力。人们必须学会放弃欲望、愤怒、贪婪，凭借经过净化的智力牢牢地控制住心意和五种感官（眼、耳、鼻、舌、身）；应该始终牢记所有的工作都是自然能量所为，你不是行动者而只是一件工具；必须在一切事业上追求卓越，且无论成败，无论得失，无论苦乐，都保持平静。

对形而上的知识的无知是人类的最大困境。而经典，是超越者的声音，它无法被翻译。要明晰地传达关于绝对者的知识，人的语言无能为力，各种翻译都有缺陷。在这个译本中，我们试图尽可能地保持原初梵文诗歌的风格，但又试图使之容易被人们阅读和理解。为使诗节更加明晰流畅，在英文译文中我们增加一些语词或句子并将之置于括弧内。为了方便初学者，有133个关键诗节印成了红色。我们建议本书的所有读者去沉思和冥想这些诗节并据此行事。在深入探究《薄伽梵歌》那深不可测的超然知识的海洋之前，初学者和忙碌的主管们可以首先阅读和理解这些关键诗节。

根据众多经典的论述，那些阅读、沉思和实践《薄伽梵歌》教导的人们，都不可能沾染上任何罪（无论是何种罪），这正如莲叶不会沾染上水一样。主克里希那本身，就寓居在阅读、唱诵、教导和遵循《薄伽梵歌》的地方。谁能怀着信仰和虔信之心去阅读、沉思和实践

《薄伽梵歌》的教导，谁就会因神的恩典而获得解脱（或涅槃）。

谨将本书献给我所有的古鲁们，他们的祝福、恩典和教导是无法估量的。我还要怀着爱和虔信把本书奉献给最伟大的古鲁主克里希那。愿主接纳它，并把宁静、快乐和关于自我的真知识赐给反复阅读本书的人们。

唵·塔·萨

第一章
阿周那的困境

在主克里希那（Krishna）和其他人为避免战争进行的所有调停失败后，摩诃婆罗多（Mahābhārata）大战——俱卢大战——开始了。《摩诃婆罗多》的作者、圣人毗耶娑（Vyāsa）要赐给眼盲的国王持国一个恩典——恢复他的视力，以便让他目睹他对之负有责任的这场战争的恐怖。但持国拒绝了，他不想目睹这场战争的恐怖，他宁愿让他的车夫全胜向他报告战况。于是，圣人毗耶娑赐给全胜一个神通——天眼，这样，全胜就能看见、听见和记住过去、现在和未来的所有事件，就能够向坐在宫中的盲眼持国报告实时战况。

在这场为期18天的战争的第10天，俱卢族军队的最强者和统帅毗湿摩（Bhishma）被阿周那（Arjuna）射杀而死在战场上。持国从全胜那里听到了这个坏消息，他对儿子们取得战争的胜利失去了所有希望。现在，他想知道战争开始以来发生的所有细节，包括其精良军队之统帅、强人毗湿摩——他自愿选择了死亡之恩典——

是如何在战场上被打败的。

《薄伽梵歌》的教导，是在全胜讲述了毗湿摩被打败的过程以后，从持国的询问开始的。

धृतराष्ट्र उवाच
धर्मक्षेत्रे कुरुक्षेत्रे समवेता युयुत्सवः।
मामकाः पाण्डवाश्चैव किम् अकुर्वत संजय ॥१॥

国王持国问道：全胜啊，在这场战争开始之前，我的儿子们（俱卢族）和般度五子在俱卢之野的战场上都做了什么？你详细地告诉我。（1.01）

我们有意把这一非常重要的开篇诗节延后讨论。诗节13.01节将阐明这一诗节的意义。读者应该在学习《薄伽梵歌》并且有了较好的理解之后，再来阅读这一节。

संजय उवाच
दृष्ट्वा तु पाण्डवानीकं व्यूढं दुर्योधनस् तदा।
आचार्यम् उपसंगम्य राजा वचनम् अब्रवीत् ॥२॥

全胜答道：国王啊，您的儿子难敌在察看了般度族军队的排兵布阵之后，就走到其古鲁身旁，并对他说道：（1.02）

为了不使本书的读者迷失在《薄伽梵歌》梵文原本的那些历史专有名词，各种人物的繁杂名字，以及各路天神复杂的梵文名称的丛林或陷阱中，在我们这个译本中，这些名词或名称，要么被略去，要么用一个通用名词或总的名称取而代之，因为它们与《薄伽梵歌》论述的主题，并无任何关联。这一点请读者诸君千万注意。

पश्यैतां पाण्डुपुत्राणाम् आचार्य महतीं चमूम् ।
व्यूढां द्रुपदपुत्रेण तव शिष्येण धीमता ॥३॥
अत्र शूरा महेष्वासा भीमार्जुनसमा युधि ।
युयुधानो विराटश्च द्रुपदश्च महारथः ॥४॥
धृष्टकेतुश्चेकितानः काशिराजश्च वीर्यवान् ।
पुरुजित् कुन्तिभोजश्च शैब्यश्च नरपुङ्गवः ॥५॥
युधामन्युश्च विक्रान्त उत्तमौजाश्च वीर्यवान् ।
सौभद्रो द्रौपदेयाश्च सर्व एव महारथाः ॥६॥

老师啊，请看这支强大的般度族军队，它由您的另一位天才弟子猛光排定阵容。这支军队里还有许多伟大的武士、勇士、英雄和神箭手。（1.03–06）

介绍军队将领

अस्माकं तु विशिष्टा ये तान् निबोध द्विजोत्तम ।
नायका मम सैन्यस्य संज्ञार्थं तान् ब्रवीमि ते ॥७॥
भवान् भीष्मश्च कर्णश्च कृपश्च समितिंजयः ।
अश्वत्थामा विकर्णश्च सौमदत्तिस्तथैव च ॥८॥

अन्ये च बहवः शूरा मदर्थे त्यक्तजीविताः ।
नानाशस्त्रप्रहरणाः सर्वे युद्धविशारदाः ॥९॥

我军也有很多英雄，他们都愿意为我以死相拼。我要向您介绍我军的一些著名将领的名字。难敌随即通报了他的军队这些将领的名字，并说道，他们都装备有各式武器，并能征善战。（1.07–09）

अपर्याप्तं तद् अस्माकं बलं भीष्माभिरक्षितम् ।
पर्याप्तं त्विदम् एतेषां बलं भीमाभिरक्षितम् ॥१०॥
अयनेषु च सर्वेषु यथाभागम् अवस्थिताः ।
भीष्मम् एवाभिरक्षन्तु भवन्तः सर्व एव हि ॥११॥

保护我军统帅的军队实力强大，而对手的军队力量有限。我们每个人都要各司其职，保护好我们的统帅。（1.10–11）

战争从吹响螺号开始

तस्य संजनयन् हर्षं कुरुवृद्धः पितामहः ।
सिंहनादं विनद्योच्चैः शङ्खं दध्मौ प्रतापवान् ॥१२॥

为了让您的儿子难敌高兴，俱卢族的最长者和威猛统帅毗湿摩像狮子一样吼叫起来，并高声吹响了螺号。（1.12）

第一章 阿周那的困境

ततः शङ्खाश्च भेर्यश्च पणवानकगोमुखाः।
सहसैवाभ्यहन्यन्त स शब्दस्तुमुलोऽभवत् ॥१३॥

顷刻之间,海螺声声,鼓镲一片,号角齐鸣,喧嚣骚动,排山倒海。(1.13)

ततः श्वेतैर्हयैर्युक्ते महति स्यन्दने स्थितौ।
माधवः पाण्डवश्चैव दिव्यौ शङ्खौ प्रदध्मतुः ॥१४॥

随即,安坐在由白色骏马牵引的宏伟战车上的主克里希那与阿周那,也吹响了他们的神螺。(1.14)

पाञ्चजन्यं हृषीकेशो देवदत्तं धनंजयः।
पौण्ड्रं दध्मौ महाशङ्खं भीमकर्मा वृकोदरः ॥१५॥
अनन्तविजयं राजा कुन्तीपुत्रो युधिष्ठिरः।
नकुलः सहदेवश्च सुघोषमणिपुष्पकौ ॥१६॥
काश्यश्च परमेष्वासः शिखण्डी च महारथः।
धृष्टद्युम्नो विराटश्च सात्यकिश्चापराजितः ॥१७॥
द्रुपदो द्रौपदेयाश्च सर्वशः पृथिवीपते।
सौभद्रश्च महाबाहुः शङ्खान्दध्मुः पृथक्पृथक् ॥१८॥
स घोषो धार्तराष्ट्राणां हृदयानि व्यदारयत्।
नभश्च पृथिवीं चैव तुमुलो व्यनुनादयन् ॥१९॥

克里希那吹响了他的法螺,阿周那,以及般度族军队各部的所有指挥官也都吹响他们各自的螺号。这阵阵螺号之声,狂暴激越,惊天动地,撕碎了您持国百子的心。(1.15–19)

阿周那想要检视即将与之作战的敌军

अथ व्यवस्थितान्दृष्ट्वा धार्तराष्ट्रान् कपिध्वजः ।
प्रवृत्ते शस्त्रसंपाते धनुर् उद्यम्य पाण्डवः ॥२०॥
हृषीकेशं तदा वाक्यम् इदम् आह महीपते ।
सेनयोर् उभयोर् मध्ये रथं स्थापय मेऽच्युत ॥२१॥
यावद् एतान् निरीक्षेऽहं योद्धुकामान् अवस्थितान् ।
कैर् मया सह योद्धव्यम् अस्मिन् रणसमुद्यमे ॥२२॥

看见您的儿子们摆开阵势,战争一触即发,阿周那也拿起了他的神弓,并对主克里希那说了这番话语:主啊,请把我的战车停在两军之间,我要看见站在这里急于开战的是哪些人,在我必须参加的这次战争行动中我的对手是谁。(1.20–22)

योत्स्यमानान् अवेक्षेऽहं य एतेऽत्र समागताः ।
धार्तराष्ट्रस्य दुर्बुद्धेर् युद्धे प्रियचिकीर्षवः ॥२३॥

我想要看见,是哪些人甘于服务和讨好心地邪恶的俱卢诸子,而集结在此准备参战。(1.23)

संजय उवाच
एवम् उक्तो हृषीकेशो गुडाकेशेन भारत ।
सेनयोर् उभयोर् मध्ये स्थापयित्वा रथोत्तमम् ॥२४॥

भीष्मद्रोणप्रमुखतः सर्वेषां च महीक्षिताम् ।
उवाच पार्थ पश्यैतान् समवेतान् कुरून् इति ॥२५॥

全胜说：国王啊，按照阿周那的请求，主克里希那把他那最好的战车停在了两军之间，面对着阿周那的祖父、他的古鲁和所有其他国王，并对阿周那说：请看，所有聚在这里的战士！（1.24–25）

तत्रापश्यत् स्थितान् पार्थः पितॄन् अथ पितामहान् ।
आचार्यान् मातुलान् भ्रातॄन् पुत्रान् पौत्रान् सखींस् तथा ॥२६॥

阿周那看见军队中有他的叔伯们、祖父们、老师们、舅父们、兄弟们、儿子孙子们，还有其他同伴们。（1.26）

阿周那的困境

श्वशुरान् सुहृदश्चैव सेनयोर् उभयोर् अपि ।
तान् समीक्ष्य स कौन्तेयः सर्वान् बन्धून् अवस्थितान् ॥२७॥
कृपया परयाविष्टो विषीदन्न् इदम् अब्रवीत् ।
दृष्ट्वेमं स्वजनं कृष्ण युयुत्सुं समुपस्थितम् ॥२८॥
सीदन्ति मम गात्राणि मुखं च परिशुष्यति ।
वेपथुश्च शरीरे मे रोमहर्षश्च जायते ॥२९॥

当看见他的岳父们、伙伴们和所有亲戚都分列在两军的阵营中之后，阿周那充满悲悯，并忧伤地说：克里

希那啊,看见我的亲人们分列两军急着开战,我四肢无力,口干舌燥,浑身战栗,毛发耸然。(1.27–29)

गाण्डीवं स्रंसते हस्तात् त्वक् चैव परिदह्यते ।
न च शक्नोम्य् अवस्थातुं भ्रमतीव च मे मनः ॥३०॥
निमित्तानि च पश्यामि विपरीतानि केशव ।
न च श्रेयोऽनुपश्यामि हत्वा स्वजनम् आहवे ॥३१॥

神弓从我手中滑落,周身体肤发烫。克里希那啊,我头晕目眩,站立不稳,我看见了不祥之兆。我不明白,在战争中杀死我的亲戚有何益处?!(1.30–31)

न काङ्क्षे विजयं कृष्ण न च राज्यं सुखानि च ।
किं नो राज्येन गोविन्द किं भोगैर् जीवितेन वा ॥३२॥
येषाम् अर्थे काङ्क्षितं नो राज्यं भोगाः सुखानि च ।
त इमेऽवस्थिता युद्धे प्राणांस् त्यक्त्वा धनानि च ॥३३॥

克里希那啊,我不渴望胜利,不渴望快乐,也不渴望王国。王国或享受甚或生命,于我有什么用处?因为正是为了所有这些人,我们才渴望王国、享受和快乐,但他们现在却都站在这里,准备舍弃生命参加战斗。(1.32–33)

आचार्याः पितरः पुत्रास् तथैव च पितामहाः ।
मातुलाः श्वशुराः पौत्राः श्यालाः संबन्धिनस् तथा ॥३४॥

第一章 阿周那的困境

एतान् न हन्तुम् इच्छामि घ्नतोऽपि मधुसूदन ।
अपि त्रैलोक्यराज्यस्य हेतोः किं नु महीकृते ॥३५॥

尽管他们准备杀死我们，但我不想杀死我的老师、叔伯、儿子、祖父、舅父、岳父、孙子、兄弟和其他亲戚。克里希那啊，即使能成为三界之主，我也不愿杀死他们，更何况只是为了这地上的王国。（1.34-35）

निहत्य धार्तराष्ट्रान् नः का प्रीतिः स्याज् जनार्दन ।
पापम् एवाश्रयेद् अस्मान् हत्वैतान् आततायिनः ॥३६॥

主克里希那啊，杀死这些堂兄弟们，我们有什么快乐可言？杀死这些罪人，只会使我们招致罪恶。（1.36）

तस्मान् नार्हा वयं हन्तुं धार्तराष्ट्रान् स्वबान्धवान् ।
स्वजनं हि कथं हत्वा सुखिनः स्याम माधव ॥३७॥

因此，克里希那啊，我们不应该杀死他们。杀死自己的亲戚，我们怎么能够快乐呢？（1.37）

यद्यप्येते न पश्यन्ति लोभोपहतचेतसः ।
कुलक्षयकृतं दोषं मित्रद्रोहे च पातकम् ॥३८॥
कथं न ज्ञेयम् अस्माभिः पापाद् अस्मान् निवर्तितुम् ।
कुलक्षयकृतं दोषं प्रपश्यद्भिर् जनार्दन ॥३९॥

因为他们被贪婪蒙蔽了双眼，不把毁灭家族看作恶，不把背叛朋友视为罪，但我们却分明知道，杀亲叛

友罪恶深重。克里希那啊，为什么我们不去避免这种罪恶呢？（1.38–39）

阿周那描述战争的罪恶

कुलक्षये प्रणश्यन्ति कुलधर्माः सनातनाः ।
धर्मे नष्टे कुलं कृत्स्नम् अधर्मोऽभिभवत्युत ॥४०॥

在战争中，永恒的家族传统和道德行为准则会随着家族（首领）的毁灭而毁灭。而家族传统一旦毁灭，家族中的不法行为就会盛行。（1.40）

अधर्माभिभवात् कृष्ण प्रदुष्यन्ति कुलस्त्रियः ।
स्त्रीषु दुष्टासु वार्ष्णेय जायते वर्णसंकरः ॥४१॥

当不法行为盛行时，人们就会腐败。而当人们腐败时，不肖的子孙就会出生。（1.41）

संकरो नरकायैव कुलघ्नानां कुलस्य च ।
पतन्ति पितरो ह्येषां लुप्तपिण्डोदकक्रियाः ॥४२॥

当祖先的灵魂得不到不肖子孙的爱和尊敬的献祭时，其等级就会降低，由此导致家族和毁灭家族者一起堕入地狱。（1.42）

第一章 阿周那的困境

दोषैर् एतैः कुलघ्नानां वर्णसंकरकारकैः ।
उत्साद्यन्ते जातिधर्माः कुलधर्माश्च शाश्वताः ॥४३॥

这些家族毁灭者的社会等级和家族传统的永恒品质,就会被不法子女的罪行所毁灭。(1.43)

उत्सन्नकुलधर्माणां मनुष्याणां जनार्दन ।
नरकेऽनियतं वासो भवतीत्यनुशुश्रुम ॥४४॥

克里希那啊,我们曾被教导说,毁弃家族传统者,注定会永远住在地狱中。(1.44)

अहो बत महत् पापं कर्तुं व्यवसिता वयम् ।
यद् राज्यसुखलोभेन हन्तुं स्वजनम् उद्यताः ॥४५॥

天啊!因为贪婪于获得王国的快乐,我们竟然准备去犯大罪,去残杀我们的族人!(1.45)

यदि माम् अप्रतीकारम् अशस्त्रं शस्त्रपाणयः ।
धार्तराष्ट्रा रणे हन्युस् तन् मे क्षेमतरं भवेत् ॥४६॥

我宁愿放下武器,放弃抵抗,就让我的堂兄弟们在战斗中用他们的武器杀死我吧。(1.46)

当事态变得艰难,甚至强人也会困惑

संजय उवाच
एवम् उक्त्वाऽर्जुनः संख्ये रथोपस्थ उपाविशत् ।
विसृज्य सशरं चापं शोकसंविग्नमानसः ॥४७॥

全胜说:阿周那在战场上说完这些话,便放下了他的神弓箭,痛不欲生地坐在战车上。(1.47)

第二章
超然的知识

संजय उवाच
तं तथा कृपयाविष्टम् अश्रुपूर्णाकुलेक्षणम् ।
विषीदन्तम् इदं वाक्यम् उवाच मधुसूदनः ॥१॥

全胜说：阿周那满眼泪水，神情沮丧，完全被悲悯和绝望所压倒，主克里希那便对他说了下面的话。（2.01）

श्रीभगवानुवाच
कुतस्त्वा कश्मलम् इदं विषमे समुपस्थितम् ।
अनार्यजुष्टम् अस्वर्ग्यम् अकीर्तिकरम् अर्जुन ॥२॥

主克里希那说：你怎么能在这样的关头被沮丧击倒？对于具有高贵心灵和行为的人来说，这很不合适，也很可耻。阿周那啊，这不能使人进入天堂。（2.02）

क्लैब्यं मा स्म गमः पार्थ नैतत् त्वय्य् उपपद्यते ।
क्षुद्रं हृदयदौर्बल्यं त्यक्त्वोत्तिष्ठ परंतप ॥३॥

阿周那啊，不要做懦夫，这很不适合你。克服你内心这微不足道的弱点，阿周那啊，站起来，去战斗。（2.03）

阿周那继续陈述他反对战争的理由

अर्जुन उवाच
कथं भीष्मम् अहं संख्ये द्रोणं च मधुसूदन ।
इषुभिः प्रतियोत्स्यामि पूजार्हाव् अरिसूदन ॥४॥

阿周那说：我怎么能在战斗中用神弓去射杀我的祖父、我的古鲁和我的所有亲戚——他们都是值得我尊敬的人，克里希那啊。（2.04）

在吠陀文化中，古鲁、长者、可敬之士以及所有其他尊长，都应该得到尊敬。即便他们要伤害你，你也不应该与他们战斗，甚或不应该笑话或讥讽他们。但同时，有些经典也认为，任何人，若行为可恶或支持针对你或其他人的犯罪，那么他们就不再得到尊重，而应予以惩罚。

गुरून् अहत्वा हि महानुभावान्
श्रेयो भोक्तुं भैक्ष्यम् अपीह लोके ।
हत्वार्थकामांस् तु गुरून् इहैव
भुञ्जीय भोगान् रुधिरप्रदिग्धान् ॥५॥

第二章 超然的知识

即便在世间靠施舍活着,的确也强于杀害这些尊贵者,因为如此享有的财富和快乐会染上他们的鲜血。(2.05)

न चैतद् विद्मः कतरन् नो गरीयो
यद् वा जयेम यदि वा नो जयेयुः ।
यान् एव हत्वा न जिजीविषामस्
ते ऽवस्थिताः प्रमुखे धार्तराष्ट्राः ॥६॥

参加战斗或退出战场,我们不知道哪种选择更好。而且,战胜他们,还是被他们战胜,结局我们并不知道。在杀死站在我面前的这些堂兄弟们之后,我们甚至也不想再活了。(2.06)

阿周那此时非常困惑,无所适从。据说,人们在危机时刻或为了解除人生的困惑,应该去寻求古鲁即灵性导师的专门指导。现在,阿周那便请求克里希那给予指导。

कार्पण्यदोषोपहतस्वभावः
पृच्छामि त्वां धर्मसंमूढचेताः ।
यच्छ्रेयः स्यान् निश्चितं ब्रूहि तन् मे
शिष्यस् ते ऽहं शाधि मां त्वां प्रपन्नम् ॥७॥

我的感觉被同情的弱点所征服,我的心意被责任(达磨/正法)所困惑。我是您的弟子,求您庇护我。请您告诉我,怎样做更好。(2.07)

"达磨"(Dharma)可以被定义为控制、支撑和维系创造物和世界秩序的永恒之法。它是创造者与其创造物之间的永恒关系。达磨也意味着生活方式、教义、原则、责任、正义、正行、正直、理想行为、习俗、美德、本性、本质、戒律、道德准则、灵性真理、灵性、灵性价值,以及依据经典的禁制①或宗教而行动。

न हि प्रपश्यामि ममापनुद्याद्
यच्छोकम् उच्छोषणम् इन्द्रियाणाम् ।
अवाप्य भूमाव् असपत्नम् ऋद्धं
राज्यं सुराणाम् अपि चाधिपत्यम् ॥८॥

即使获得这个世界上强大无敌繁荣富饶的王国,甚至获得统治天上诸神的权力,也不能消除那枯竭我的感觉的悲伤。(2.08)

संजय उवाच
एवम् उक्त्वा हृषीकेशं गुडाकेशः परंतप ।
न योत्स्य इति गोविन्दम् उक्त्वा तूष्णीं बभूव ह ॥९॥

全胜说:国王啊,强大的阿周那对主克里希那说完这些话后,又对主说:我不会参加战斗。然后,就归于沉默。(2.09)

---

① 禁制,指的是经典中禁止的行为。帕坦伽利的《瑜伽经》中就有关于禁制(持戒)的内容,主要包括:不杀生、不说谎、不偷盗、不纵欲、不贪婪等。——汉译者注

第二章 超然的知识

तम् उवाच हृषीकेशः प्रहसन्न् इव भारत ।
सेनयोर् उभयोर् मध्ये विषीदन्तम् इदं वचः ॥१०॥

主克里希那仿佛微笑着对正处在两军之间沮丧的阿周那说了下面这番话。（2.10）

《薄伽梵歌》的教导开始于关于自我与身体的真知识

श्रीभगवानुवाच
अशोच्यान् अन्वशोचस् त्वं प्रज्ञावादांश्च भाषसे ।
गतासून् अगतासूंश्च नानुशोचन्ति पण्डिताः ॥११॥

主克里希那说：你为那些不值得悲伤的人而悲伤，然而你又说出了富有智慧的话。智者既不为活着的人悲戚，也不为死去的人哀伤。（2.11）

尘世中的众生时而相遇时而分离，正如漂流在河中的两根木头时聚时散。（MB 12.174.15）知晓身体终有一死而灵魂不朽的智者，就不会有任何抱怨。（KaU 2.22）

自我（Self）或阿特曼（Atman）也被称作灵魂或意识，它是生命之来源，是身心复合体背后的宇宙力量。我们的身体存在于空间中，同样，我们的思想、智力、情感和心态等存在于自我即意识空间中。自我不能

被我们的身体感官所感知，因为自我超越了感官感知的领域。感官只能感知物质对象。

在《薄伽梵歌》中，依据不同的语境，阿特曼一词也可以用来指低级自我（身体、心意和感官）、心态、智力、灵魂、精神、精微的感觉、个体自我、私我、心、人、永恒存在（梵天）、绝对真理、个体灵魂、超灵或至上自我。

न त्वेवाहं जातु नासं न त्वं नेमे जनाधिपाः ।
न चैव न भविष्यामः सर्वे वयम् अतः परम् ॥१२॥

这些国王，以及你或我，过去无时不存在，未来也不会不存在。（2.12）

देहिनोऽस्मिन् यथा देहे कौमारं यौवनं जरा ।
तथा देहान्तरप्राप्तिर् धीरस् तत्र न मुह्यति ॥१३॥

正如在现世生命中灵魂所在的身体会历经童年、青年和老年，同样，人死后，灵魂会获得另一个身体。智者不该对此感到困惑。（参见15.08）（2.13）

मात्रास्पर्शास् तु कौन्तेय शीतोष्णसुखदुःखदाः ।
आगमापायिनोऽनित्यास् तांस् तितिक्षस्व भारत ॥१४॥

感官与感官对象的接触产生了热冷、苦乐的感觉。这些感觉短暂无常。因此，人们要学会勇敢地忍受它们。（2.14）

第二章 超然的知识

यं हि न व्यथयन्त्येते पुरुषं पुरुषर्षभ ।
समदुःखसुखं धीरं सोऽमृतत्वाय कल्पते ॥१५॥

不受感官对象的折磨，坦然面对苦乐，如此冷静的人才适合于获得解脱。（2.15）

如果心意经过训练能够抵挡住喜乐和忧郁、痛苦和欢乐、失去和获得这些对立的感觉冲动，这样的人就不会受到伤害。没有对立之物，就没有现象世界。善与恶、苦与乐将永远存在。宇宙，只是上主①（God）为众生设计的游戏场所。他使对立之物在场上游戏。若消除了两者的对立，游戏就不能继续下去。在能够感受幸福之前，必须经历悲伤。对于我们的成长和灵性发展而言，正反两个方面的经验都必不可少。痛苦停止，快乐生起；快乐停止，痛苦生起。因此，快乐孕育痛苦，战争孕育和平。悲伤是因为渴望欢乐。渴望欢乐的欲望消失，悲伤也就消失。悲伤只是欢乐的序曲，反之亦然。即便是升入天堂的欢乐，也会伴随着返回尘世的悲伤。

---

① 在本书中，"上主""至上之主""主""神""至上存在""绝对存在""绝对意识""绝对精神""宇宙精神""宇宙意识""至上灵魂""超灵""至上居所""阿特曼"等名词，都是对现象世界存在之根本原因的指称。它们之间的区别主要在于它是人格的（如"主""上主""神"等）还是非人格的（如"绝对存在""绝对意识""绝对精神"等）。相应的，在用第三人称指称此术语时，若指人格神，我们翻译为"他"，若指非人格神，我们翻译为"它"。此点敬请读者特别注意。——汉译者注

因此，世俗的对象不应成为人生的主要目标。人若选择物质的享乐，就好像放弃甘露而选择毒药一样。

变化是自然的法则——春夏秋冬的推移、月满月亏的变易。痛苦与快乐都不会持久，它们相生相伴，如影随形。通过这样的反思，你一定得学会耐心地忍受时间的流逝；不仅要学会忍受，还要学会期待、迎接和享受人生的欢乐和悲伤这两者。在悲伤的土地上播下希望的种子，用经典的火炬和对上主的信仰在逆境的黑夜中寻找脚下的路。没有问题，也就没有机遇。命运出自于危机。正如爱因斯坦所说，机会就在困难中。

自我永恒，身体短暂

नासतो विद्यते भावो नाभावो विद्यते सतः।
उभयोर् अपि दृष्टोऽन्तस् त्व् अनयोस् तत्त्वदर्शिभिः ॥१६॥

不真之物（非存在、身体、创造物）是暂时存在。真实之物（存在、阿特曼）是永远存在。知晓真理者的确看清了这两者的本质。（2.16）

自我（Self）无处不在，过去、现在和未来无时不有。人的身体和宇宙，这两者都是暂时的存在，虽然乍看起来似乎是永久的存在。韦伯斯特（Webster）把阿特曼定义为"宇宙灵魂"，并认为所有灵魂皆来源于宇宙灵魂，并将返回至上居所。

阿特曼也被称为"吉瓦"（jiva），它是所有个人私我的终极源泉。我们也使用不同的英语单词来交替表达阿特曼（或存在）的各个不同方面，例如自我（Self）、灵（Spirit）、精神（spirit）、灵魂（soul）、个体灵魂（individual soul）等。除了阿特曼，一切事物都被认为是易变的和不真的次级实在（Reality），即非存在。

我们的身体都受制于出生、成长、成熟、生殖、衰老和死亡之过程，而自我或阿特曼则永恒、不灭、不变、纯粹、独一，是全知者，是基础，自我照耀，是所有原因的原因，它遍及一切，不染不易，无法言说。物质的身体或世界是不真实的和暂时的，它们要经历变化，灵魂才是真实不虚的。

अविनाशि तु तद् विद्धि येन सर्वम् इदं ततम् ।
विनाशम् अव्ययस्यास्य न कश्चित् कर्तुम् अर्हति ॥१७॥

你要知道，遍及整个宇宙的灵（阿特曼）的确是不可毁灭的。无人能够毁灭不可毁灭的灵。（2.17）

अन्तवन्त इमे देहा नित्यस्योक्ताः शरीरिणः ।
अनाशिनोऽप्रमेयस्य तस्माद् युध्यस्व भारत ॥१८॥

永恒不变、不可思议的灵的外在身体终有一死，而灵（阿特曼）永恒不死。因此，阿周那啊，作为一名武士，你必须起来战斗。（2.18）

य एनं वेत्ति हन्तारं यश्चैनं मन्यते हतम् ।
उभौ तौ न विजानीतो नायं हन्ति न हन्यते ॥१९॥

有人认为灵（阿特曼）是杀人者，有人认为灵是被杀者，他们都是无知者，因为灵既不杀人，也不会被杀。（2.19）

न जायते म्रियते वा कदाचिन्
नायं भूत्वा भविता वा न भूयः ।
अजो नित्यः शाश्वतोऽयं पुराणो
न हन्यते हन्यमाने शरीरे ॥२०॥

灵从不出生，也从不死亡；既不产生，也不会不复存在；它是非生的，永恒的，不变的，原初的。身体毁灭时，灵不会毁灭。（2.20）

वेदाविनाशिनं नित्यं य एनम् अजम् अव्ययम् ।
कथं स पुरुषः पार्थ कं घातयति हन्ति कम् ॥२१॥

阿周那啊，知晓灵（阿特曼）不灭、永恒、非生、不变的人，怎么可能去杀人或者教人去杀人？（2.21）

死亡和个体灵魂的轮回

वासांसि जीर्णानि यथा विहाय
नवानि गृह्णाति नरोऽपराणि ।

तथा शरीराणि विहाय जीर्णान्
अन्यानि संयाति नवानि देही ॥२२॥

就像人们扔掉旧衣服之后会换上新衣服一样，个体灵魂或生命体在抛弃旧身体以后会获得另外的新身体。（2.22）

就像毛毛虫离开一个物体之前要抓住另一个物体一样，生命体或个体灵魂在离开旧身体之前或之后要得到另一个新身体。（BrU 4.4.03）也可以把粗身（身体）比作精身的一个笼子、一个运载工具、一个住所或衣服，它们都需要时常加以更新。死亡时精身从粗身中离开。个体灵魂是一位旅行者，死亡并不是其旅行的终点。死亡就像一个休息场所，个体灵魂在那里换了一辆车子以后又将继续旅行。生命是持续不断没有终点的。不可避免的死亡不是生命的终结，而不过是易腐的粗身之终结而已。

नैनं छिन्दन्ति शस्त्राणि नैनं दहति पावकः ।
न चैनं क्लेदयन्त्यापो न शोषयति मारुतः ॥२३॥
अच्छेद्योऽयम् अदाह्योऽयम् अक्लेद्योऽशोष्य एव च ।
नित्यः सर्वगतः स्थाणुर् अचलोऽयं सनातनः ॥२४॥

这个灵或阿特曼，刀不能砍死，火不能烧毁，水不能淋湿，风不能吹干。它是砍不死、烧不燃、淋不湿、吹不干的。它是永恒、遍在、不变、不动和不朽的。（灵或阿特曼是超越时间和空间的。）（2.23–24）

अव्यक्तोऽयम् अचिन्त्योऽयम् अविकार्योऽयम् उच्यते ।
तस्माद् एवं विदित्वैनं नानुशोचितुम् अर्हसि ॥२५॥

灵或阿特曼据说是不可说明、不可理解和不可变异的。既然知晓了阿特曼的本质,你就不该为身体的毁坏而悲伤。(2.25)

在前一诗节中,克里希那要求我们不要为不可毁灭之灵而担忧。这就可能产生这样一个问题:人们根本就不该为我们至亲之人(可毁灭的身体)的死亡而哀悼吗?答案如下:

अथ चैनं नित्यजातं नित्यं वा मन्यसे मृतम् ।
तथापि त्वं महाबाहो नैवं शोचितुम् अर्हसि ॥२६॥
जातस्य हि ध्रुवो मृत्युर् ध्रुवं जन्म मृतस्य च ।
तस्माद् अपरिहार्येऽर्थे न त्वं शोचितुम् अर्हसि ॥२७॥

阿周那啊,如果你认为身体会持续不断地出生和死亡,那么,你就不该如此悲伤。因为,生者肯定会死,而死者也肯定会生。因此,你不该为不可避免的死亡而悲伤。(2.26–27)

人们根本不该为任何人的死亡而悲伤。悲伤起因于执着,而执着把个体灵魂绑定在轮回之轮上。因此,诸经典建议,人们不应该为人的死亡而悲伤,而应该为死者灵魂的解脱做几天祷告。

然而，死亡的必然性和灵魂的不灭性，没有也不可能证明合法但不必要的杀生是正当的，没有也不可能证明非正义的战争甚或自杀是正当的。

关于杀人或杀害其他任何生命体，吠陀经典有着非常明确的观点：人不应该对任何人实施暴力；非法杀生在任何情况下都应受到惩罚。主克里希那敦促阿周那投入战斗，不是要他滥杀无辜，而是要他履行一个武士职责：即在人世间建立和平、正法和秩序。

अव्यक्तादीनि भूतानि व्यक्तमध्यानि भारत ।
अव्यक्तनिधनान्येव तत्र का परिदेवना ॥२८॥

一切众生在生前和死后都不显现（或我们的肉眼都不可见），而只是在生死之间才显现。你又何必为此而悲伤？（2.28）

不灭之灵超越心意和语言

आश्चर्यवत् पश्यति कश्चिद् एनम्
आश्चर्यवद् वदति तथैव चान्यः ।
आश्चर्यवच्चैनम् अन्यः शृणोति
श्रुत्वाप्येनं वेद न चैव कश्चित् ॥२९॥

有些人把灵看作是奇迹，有些人把灵说成是奇迹，有些人把灵听作是奇迹。但即便听说过灵之后，也很少有人知晓灵是什么。（参见 KaU 2.07）（2.29）

देही नित्यम् अवध्योऽयं देहे सर्वस्य भारत।
तस्मात् सर्वाणि भूतानि न त्वं शोचितुम् अर्हसि ॥३०॥

阿周那啊，寓居在众生身体中的灵永恒不灭。因此，你不应为任何人而悲伤。（2.30）

主克里希那提醒阿周那作为武士的职责

स्वधर्मम् अपि चावेक्ष्य न विकम्पितुम् अर्हसि।
धर्म्याद्धि युद्धाच्छ्रेयोऽन्यत् क्षत्रियस्य न विद्यते ॥३१॥

还考虑到你作为武士的职责，你也不该有任何犹豫踌躇，因为对于一名武士来说，没有什么比正义的战争更加吉祥。（2.31）

यदृच्छया चोपपन्नं स्वर्गद्वारम् अपावृतम्।
सुखिनः क्षत्रियाः पार्थ लभन्ते युद्धम् ईदृशम् ॥३२॥

阿周那啊，唯有幸运的武士才能得到反对邪恶的正义之战的机会，这就好像是开启了一扇通向天堂的大门。（2.32）

正义的战争并不是一种宗教反对其他宗教的宗教战争。但正义的战争甚至可以是一场反对我们自己的作恶的朋友和亲戚的战争。（RV 6.75.19）生活就是善恶两种力量之间的持续战斗。一个勇士，必须本着武士的精神（即一种必胜的意志和决心）和对邪恶势力及各种困难绝不妥协的态度去战斗。上主将会帮助那些坚守道德的勇士。正法（正义）将会保护那些维护正法（道德、正义、公平）的人。

为了正义的事业而死并获得牺牲的恩典，要优于那些普通但不可避免的死亡。天堂的大门将永远为那些维护正义和公平（正法）的人敞开。不反对邪恶就是间接地支持邪恶。世界上其他各种经典也表达过极为类似的观点。杀死侵略者没有任何罪。而谁要是帮助和支持侵略者，谁也就是侵略者。因此，从根本上说，所有支持俱卢族的人，也是侵略者，也应该被消灭。

अथ चेत् त्वम् इमं धर्म्यं संग्रामं न करिष्यसि ।
ततः स्वधर्मं कीर्तिं च हित्वा पापम् अवाप्स्यसि ॥३३॥

如果你不参加这场正义战胜邪恶的战斗，那你就放弃了你作为武士的职责，失去了你的名声，并会（因为你的失职而）招致罪恶。（2.33）

अकीर्तिं चापि भूतानि कथयिष्यन्ति तेऽव्ययाम् ।
संभावितस्य चाकीर्तिर् मरणाद् अतिरिच्यते ॥३४॥

人们会长久地谈论你的耻辱。对于一个尊者而言，耻辱比死亡还要可怕。（2.34）

भयाद्रणाद् उपरतं मंस्यन्ते त्वां महारथाः ।
येषां च त्वं बहुमतो भूत्वा यास्यसि लाघवम् ॥३५॥

伟大的武士会认为你是因胆怯而逃避战斗。这些一直非常尊敬你的人会因此而鄙视你。（2.35）

अवाच्यवादांश्च बहून् वदिष्यन्ति तवाहिताः ।
निन्दन्तस् तव सामर्थ्यं ततो दुःखतरं नु किम् ॥३६॥

你的敌人会说出很多难听的话，还会嘲笑你的能力。还有什么比此更痛苦呢？（2.36）

हतो वा प्राप्स्यसि स्वर्गं जित्वा वा भोक्ष्यसे महीम् ।
तस्माद् उत्तिष्ठ कौन्तेय युद्धाय कृतनिश्चयः ॥३७॥

如果你在履职的战斗中被杀死，你会进入天堂；而如果你获得胜利，你会在尘世王国中享受欢乐。因此，阿周那啊，下定决心起来战斗吧。（2.37）

सुखदुःखे समे कृत्वा लाभालाभौ जयाजयौ ।
ततो युद्धाय युज्यस्व नैवं पापम् अवाप्स्यसि ॥३८॥

同等看待欢乐和痛苦、得到和失去、胜利和失败，投入战斗。以此方式履行职责，你就不会招致任何罪恶。（2.38）

主克里希那在这里说，以本节讨论的那种正确心态来履职尽责，即便使用暴力也是无罪的。这是《薄伽梵歌》的主题即业瑜伽（行动瑜伽）理论的起始诗句。

智者应毫不气馁全神贯注地欢迎欢乐和痛苦、喜悦和悲伤。（MB 12.174.39）在这个世界上，只有两种人是快乐的：一是完全无知者，一是真正的智者。而其他所有人都是不幸的。（MB 12.174.33）

业瑜伽即无私行动的学问

एषा तेऽभिहिता सांख्ये बुद्धिर् योगे त्व् इमां शृणु ।
बुद्ध्या युक्तो यया पार्थ कर्मबन्धं प्रहास्यसि ॥३९॥

阿周那啊，关于超然知识的学问我已传授给你。现在请聆听关于献身于神即无私行动（业瑜伽）的学问吧。懂得了这一学问，你就可以从业的束缚或罪中解脱出来。（2.39）

नेहाभिक्रमनाशोऽस्ति प्रत्यवायो न विद्यते ।
स्वल्पम् अप्य् अस्य धर्मस्य त्रायते महतो भयात् ॥४०॥

在无私服务中，任何努力都不会白费，也不会产生任何不利的后果。只要对此学问稍加实践，也会使你远离生与死的巨大恐惧。（2.40）

无私行动（selfless action）也被称为业瑜伽（Karma Yoga）、祭祀、工作瑜伽、正确行动的学问、平静的瑜

伽。业瑜伽士怀着对上主的爱而工作,并把工作当作职责来履行,不渴望工作的果报,不执着行动的结果,因此从一切恐惧中解脱出来。"业"(Karma)这个词也意味着职责、行动、行为、工作、努力或过去行为的结果。

व्यवसायात्मिका बुद्धिर् एकेह कुरुनन्दन ।
बहुशाखा ह्य् अनन्ताश्च बुद्धयोऽव्यवसायिनाम् ॥४१॥

业瑜伽将使人断然决定只求觉悟到神,而那些为了享受行动成果而行动的人,他们的欲望是永无止境的。(2.41)

吠陀经论述了生活的物质和灵性两个方面

याम् इमां पुष्पितां वाचं प्रवदन्त्य् अविपश्चितः ।
वेदवादरताः पार्थ नान्यद् अस्तीति वादिनः ॥४२॥

阿周那啊,那些不理解吠陀的真正目的,却乐于甜美地唱诵吠陀的无知者认为,在吠陀中,除了以获得天堂享乐为唯一目的的祭祀仪式外,什么也没有。(2.42)

第二章 超然的知识

कामात्मानः स्वर्गपरा जन्मकर्मफलप्रदाम् ।
क्रियाविशेषबहुलां भोगैश्वर्यगतिं प्रति ॥४३॥

他们被物质欲望所控制,把进入天堂作为生命的最高目标。他们会为了物质繁荣和享受而举行各种特殊的仪式。轮回再生就是其行动的结果。(2.43)

भोगैश्वर्यप्रसक्तानां तयापहृतचेतसाम् ।
व्यवसायात्मिका बुद्धिः समाधौ न विधीयते ॥४४॥

那些执着于欢乐和权力的无知者,其判断力已被以实现物质欲望为目的的仪式活动所扰乱,要他们断然决定去认识神是绝无可能的。(2.44)

自我觉悟就是要知晓个人与至上之主及其真正的超然本性之间的关系。吠陀所载的仪式对物质利益的承诺,就像母亲为了哄诱生病的孩子吃药而承诺给他糖吃一样,这在大多数情况下是必要的。但仪式必须随着时间的推移而变化,并以虔信和善行为支撑。人们可以在任何时间、任何地点进行祈祷和冥想,而无须任何仪式。仪式在灵性生活中具有很大的作用,但也一直遭到极大的滥用。主克里希那和佛陀都不赞成滥用吠陀所载的仪式,但他们并非不赞成仪式本身。仪式会创造一种喜悦的气氛,被人们认为是天堂之船(RV 10.63.10),但也被批评为是一只脆弱的筏子。(MuU 1.2.07)

त्रैगुण्यविषया वेदा निस्त्रैगुण्यो भवार्जुन ।
निर्द्वन्द्वो नित्यसत्त्वस्थो निर्योगक्षेम आत्मवान् ॥४५॥

吠陀经列举过物质的三种形态（即原质三德）：善良（萨陲）、激情（罗阇）和愚昧（答磨）。要超越原质三德，就得具有自我意识，从二元对立的桎梏中解脱出来。保持平静，摒弃获得和保有物质对象的想法。（2.45）

यावानर्थ उदपाने सर्वतः संप्लुतोदके ।
तावान् सर्वेषु वेदेषु ब्राह्मणस्य विजानतः ॥४६॥

对于意识到内在自我的真实本性的觉悟者而言，吠陀的用处，就好像一个小池塘，而此时他却有一个巨大的湖泊的水可用。（2.46）

经典就如一个有限的小池塘，它的水，源自于真理之无限的大海。因此，只有在觉悟之后，经典才不再必要，这正如洪水泛滥时小池塘便毫无用处一样。一个意识到至上存在的人，不再渴望获得举行吠陀仪式所欲得到的结果，即达至天堂。诸如吠陀经一类的经典，只是必要的手段，而非目的。众经典可以在灵性道路上引导和指导我们。一旦实现这个目标，它们的使命就得以完成。

第二章 超然的知识

业瑜伽的理论和实践

कर्मण्येवाधिकारस्ते मा फलेषु कदाचन ।
मा कर्मफलहेतुर् भूर् मा ते सङ्गोऽस्त्व् अकर्मणि ॥४७॥

你只有履行自己的职责的权利,但绝不能控制和要求任何结果。享受行动的结果不应成为你的动机,但你绝不应该不行动。(2.47)

《薄伽梵歌》这一重要诗节,困惑了一些注释者和普通人。他们把这一诗节解释为:人们应该行动,但不要期望结果。这就意味着,主克里希那并不指望阿周那理解并遵循他的教导!因为无人能够诉诸行动而不期望某种结果。实际上,这一诗节意味着:我们不应仅仅期望我们选择的有利结果,还应该把所有结果当作神的恩典来接受。这被称为恩典智慧(Prasāda Buddhi)、智慧瑜伽、业瑜伽以及顺从主的意志。(参见18.66)

当我们充分理解到我们有能力尽力而为但不能选择我们的行动结果时,我们才能树立正确的人生观。我们不能绝对控制决定我们行为结果的所有因素。如果所有人都有选择其行动结果或满足其所有欲望的力量,那么世间事务将无法运作。每个人都被赋予了力量和能力在生活中各尽其责,但他却不能自由选择他想要的结果。不期望成功或善果的行动毫无意义,但是充分准备接受

某些期望之外的结果，也应该是任何计划中的一个重要部分。斯瓦米·卡玛南达（Swami Karmananda）曾说，业瑜伽的精华是：努力行动只是为了取悦创造者，在精神上弃绝所有行动的结果，让神去关注这些结果。作为神的仆人，你要尽其所能履行你在生活中的职责，而不要考虑你对行动结果的个人享受。

在情感上执着于行动的结果会引发对行动失败的恐惧，这种恐惧又会极大地阻碍你成功，因为恐惧会持续地扰乱你的平静的心意从而降低你的效率。因此，要不执地履行职责。如果你努力行动而不为结果所扰，则更容易获得成功。当人心无论在意识层面或潜意识层面都始终不为或好或坏的行动结果干扰时，你的行动就会更有成效。

人们不得不在生活中亲证这一事实。人们应该出于帮助人类而不只是帮助自己以及自己的孩子或少数人的责任，而不带任何个人动机地行动。宁静和灵性的进步来源于无私的服务，而动机自私的行动会产生业的束缚和巨大的失望。把无私服务奉献给一项伟大的事业，将导致今生和来世永久的平静和快乐。

个人的权限终止于完成职责，它绝不跨过行动结果的果园。猎人只掌控手中的箭，而不掌控林中的鹿。亨利·巴拉（Harry Bhalla）曾说：农夫可以控制如何耕种田地，但却不能控制庄稼的收成。但是，如果他不耕田种地，他就根本不能期望有任何收成。

第二章 超然的知识

没有对胜利的欢乐的渴望，就不会受到失败的痛苦的影响。由于业瑜伽士一直走在服务的道路上而不等待享受服务的果实甚或花朵，因此他不会产生成功的欢乐或失败的痛苦这样的问题。他们已经学会享受服务的快乐。由对形而上的知识的无知引发的目光短浅或自私自利，是世间所有邪恶的根源。正义之鸟不可能被囚禁在一己私利的笼子中。正法与自私无法共存共处。

对结果的渴望会把人们拖上罪恶的黑暗小路上，并妨碍人们的真正成长。只为个人一己私利的行动是有罪的行动。个体的福祉依赖于社会的福祉。智者为社会的所有成员而工作，而无知者只为他们自己或他们的子孙而工作。真知者不会让个人私利的影子落在职责的道路上。过一种有意义的生活的秘籍就在于，活跃地行动而不带任何个人动机，正如下面阐述的。

योगस्थः कुरु कर्माणि सङ्गं त्यक्त्वा धनंजय ।
सिद्ध्यसिद्ध्योः समो भूत्वा समत्वं योग उच्यते ॥४८॥

阿周那啊，心系于主尽其所能履行你的职责，放弃对行动结果的执着，冷静对待成功和失败。心意平静，就被称为业瑜伽（因为平静将导致与主合一）。（参见6.03-04）（**2.48**）

业瑜伽被定义为，履职尽责，并在任何情况下保持平静。在人们过去的行为或业的控制下，苦与乐、生与

死、失与得、合与分都是不可避免的，就像昼夜交替一样。傻瓜因荣华而欣喜，因挫折而悲伤。但业瑜伽士在任何情况下都保持平静。（TR 2.149.03–04）"瑜伽"一词也在《薄伽梵歌》诗节2.50, 2.53, 6.04, 6.08, 6.19, 6.23, 6.29, 6.31, 6.32和6.47中得到定义。能使人理解至上实在以及与之合一的任何实用技巧，都可以被称为灵性实践或瑜伽。

दूरेण ह्यवरं कर्म बुद्धियोगाद् धनंजय।
बुद्धौ शरणम् अन्विच्छ कृपणाः फलहेतवः ॥४९॥

阿周那啊，怀有自私动机的行动远不如无私服务。因此，成为一个无私的行动者吧。那些只为享受其劳动结果而行动的人是不幸的（因为人们无法控制其结果）。（参见2.48, 6.03, 10.10和18.57）**(2.49)**

बुद्धियुक्तो जहातीह उभे सुकृतदुष्कृते।
तस्माद् योगाय युज्यस्व योगः कर्मसु कौशलम् ॥५०॥

业瑜伽士或无私的人今生就可以从恶习和美德中解脱出来。因此要为无私服务而奋斗，要尽其所能地行动，而不执着于行动的结果，这被称为业瑜伽。**(2.50)**

那些本着不执的精神为了高尚事业而行动且不寻求任何回报或赞誉的人，平和而镇静，并从业的束缚中解脱出来。这些人将享受无私服务的喜悦，最终获得解脱的喜乐。业瑜伽净化心意，是一项强大而简单的灵性原则，生活和工作在社会中的人们都可以实践它。没有比无私服务更好的宗教了。恶习和美德的果实仅仅结在自私之树上，而不会结在无私服务的树上。

人们通常认为，当人们对行动结果深感兴趣或非常执着时，人们的行动会更加努力，因此，业瑜伽或无私服务可能不会非常有益于个人或社会的物质进步。这一困境可以这样来解决：培养一种无私服务于个人选择的高尚事业的爱好，而不要让对果实的贪婪污染了行动的纯粹性。行动的灵活性或技巧，就在于不受制于个人的业或世俗责任的束缚。

कर्मजं बुद्धियुक्ता हि फलं त्यक्त्वा मनीषिणः ।
जन्मबन्धविनिर्मुक्ताः पदं गच्छन्त्य् अनामयम् ॥५१॥

业瑜伽士因其放弃了（执着于）所有行动的结果而摆脱了再生的束缚，达致解脱或涅槃的神圣极乐之境。（2.51）

यदा ते मोहकलिलं बुद्धिर् व्यतितरिष्यति ।
तदा गन्तासि निर्वेदं श्रोतव्यस्य श्रुतस्य च ॥५२॥

当你的智力完全征服了（关于自我和非我的）虚幻泥潭时，你就不会在意你（从经典中）曾经听过并还将听到的教导。（2.52）

觉悟之后，经典便可有可无。根据商羯罗（Shankara）的观点，这一诗节的意思是：完全揭开无知之面纱并认识到真理的人，将不再理会吠陀经文关于祭祀仪式作出的种种详细规定，因为这些规定是针对那种为获得某些想要的结果的祭祀仪式作出的。

श्रुतिविप्रतिपन्ना ते यदा स्थास्यति निश्चला ।
समाधावचला बुद्धिस् तदा योगम् अवाप्स्यसि ॥५३॥

当你听到冲突的意见和教义而产生困惑，但你仍然稳固而坚定地专注于至上存在时，你将在深度的冥想中与神合一。（2.53）

非经典的阅读或阅读不同的哲学著作必然会产生困惑。罗摩克里希那（Ramakrishna）曾说："人应当向经典学习，而经典教导说：唯有神是真的，世界则是虚幻的。"初学者应该知道，唯有神是永恒的，其他一切都是暂时的。在觉知自我之后，人们会发现，唯有神才能成为一切事物，一切事物都是它的显现。它以各种不同形式活动着。在出神入迷或超意识的状态中，由冲突的观念产生的困惑将会停止，并获得心理的平衡。

不同的思想流派、哲学体系、崇拜方式和灵性实践，都可以在吠陀文化中找到，它们都是瑜伽阶梯上的不同梯级。如此广泛的选择方式在其他思想体系、宗教和生活方式中是找不到的。由于人们灵性发展和理解能力有所不同，人的气质也就不同。因此，不同的思想流派对于不同的个人来说是必要的，对同一个人在成长和发展的不同阶段也是必要的。纯粹一元论的最高哲学，是这个阶梯的顶端，绝大多数人都不可能抵达，所以，所有的学派和崇拜都是必要的。不同的方法并不意味着混乱，所以人们也不应该产生困惑，但是人们应该对它们作出明智的选择。

अर्जुन उवाच
स्थितप्रज्ञस्य का भाषा समाधिस्थस्य केशव ।
स्थितधीः किं प्रभाषेत किम् आसीत व्रजेत किम् ॥५४॥

阿周那问：克里希那啊，智力稳固的觉悟者有什么标志？他思考什么？谈论什么？这样的人如何与人相处？他如何生活在这个世界上？（2.54）

在本章第55-59节里，主克里希那回答了上述所有问题。

自我觉悟者的标志

श्रीभगवानुवाच
प्रजहाति यदा कामान् सर्वान् पार्थ मनोगतान् ।
आत्मन्येव् आत्मना तुष्टः स्थितप्रज्ञस् तदोच्यते ॥५५॥

主克里希那说：完全从心意的所有欲望中解脱出来，完全满足于知晓至上存在这一至福，阿周那啊，这样的人就被称为觉悟者。（2.55）

根据母亲莎拉达（Sarada）的说法，不能把追求知识、虔信和解脱的欲望归类为欲望，因为它们是较高层次的欲望。一个人首先要用较高层次的欲望代替较低层次的欲望，然后再弃绝最高层次的欲望，从而获得彻底自由。有人说，最高的自由就是不再变得自由的自由。

दुःखेष्व् अनुद्विग्नमनाः सुखेषु विगतस्पृहः ।
वीतरागभयक्रोधः स्थितधीर् मुनिर् उच्यते ॥५६॥

被称为觉悟者的圣人，智力稳固，心意平静，遇灾难不烦恼，遇欢乐不贪图，完全摆脱了执着、恐惧和愤怒。（2.56）

对人、地点和对象的执着夺走了人的智力，这样的人目光短浅。人们无助地被执着之绳所套牢。必须学会用关于绝对者的知识之剑砍断这根绳索。

यः सर्वत्रानभिस्नेहस् तत् तत् प्राप्य शुभाशुभम् ।
नाभिनन्दति न द्वेष्टि तस्य प्रज्ञा प्रतिष्ठिता ॥५७॥

不执于任何事物（除了自我）的人，心意和智力变得稳固，他们不会因为得到了想要的结果而狂喜，也不会因为收获了不想要的结果而烦恼。（2.57）

第二章 超然的知识

真正的灵修者在任何情况下都保持着平静和喜悦的面容。

यदा संहरते चायं कूर्मोऽङ्गानीव सर्वशः ।
इन्द्रियाणीन्द्रियार्थेभ्यस् तस्य प्रज्ञा प्रतिष्ठिता ॥५८॥

当一个人能够从感觉对象那里彻底撤回感官,就像乌龟为了免于灾祸而把肢体缩回壳内一样,这样的人就被认为是智力稳固者。(2.58)

如果一个人学会了在感官对象面前控制住或撤回感官,就如乌龟在遇到危险时把肢体缩回壳内而无法强制它伸开肢体直到危险过去一样,那么,其自我知识的灯就被点亮,这个人就会感知内心那自我照耀的至上存在。(MB 12.174.51)一个自我觉悟者,可以像乌龟一样完全控制住自己的感官,尽享世界的美妙。而要净化感官并像乌龟一样完全控制住感官,其最佳方式就是始终利用它们来服务于主。

विषया विनिवर्तन्ते निराहारस्य देहिनः ।
रसवर्जं रसोऽप्यस्य परं दृष्ट्वा निवर्तते ॥५९॥

如果一个人放弃了感官享受,对感官快乐的欲望就会逐渐消退,但对感官享受的渴望仍会以极其精细的形式存在。只有知晓至上存在的人,这种精细的渴望才会彻底消失。(2.59)

当人们放弃了感官享受，或者因疾病或年老必须进行某些生理限制时，对感官快乐的欲望就会暂时停止。但是作为精细的心理印迹，渴望仍然存在。那些品尝到与至上存在合一之甘露的人，将不会在低层次的感官快乐中寻求享受。但精细的渴望就如同那些随时准备抢劫的强盗在等待合适的机会一样潜伏着。

放纵感官的危害

यततो ह्यपि कौन्तेय　पुरुषस्य विपश्चितः ।
इन्द्रियाणि प्रमाथीनि　हरन्ति प्रसभं मनः ॥६०॥

阿周那啊，骚动不安的感官甚至会使奋力达致圆满的智者，也被迫失去自制力。（2.60）

智者始终要对心意保持警惕。绝不能完全信任心意，它甚至会误导努力求道的智者。（BP 5.06.02-05）人们必须非常警惕和密切注视到处游荡的心意。绝不要放松警惕，直到达成觉悟到神这一最终目的。母亲莎拉达说：正如水的本性是向下流动一样，心意的本性是走向低级的享受对象。正如阳光将水蒸发到天上一样，上主的恩典能够使心意走向高级的对象。

人的心意一直准备欺骗和捉弄人。因此，自律、持续警惕、真诚灵修是必不可少的。心意就像脱缰的野马,绝不要任由它进入感官享受之地。灵性生活的道路极为崎岖,必须非常小心地行走才不致跌倒。灵性之旅并不是在乘坐一条充满欢乐的渡船,而是在行走一条像刀刃一样非常艰难的小道。正如铁在加热、冷却和锤打的交替作用下才能锻铸成钢,灵性道路上的诸多障碍、干扰和失败有助于虔信者变得更加强大和取得进步。不要因为失败而气馁,要下定决心坚定不移地走下去。

तानि सर्वाणि संयम्य युक्त आसीत मत्परः ।
वशो हि यस्येन्द्रियाणि तस्य प्रज्ञा प्रतिष्ठिता ॥६१॥

控制住感官之后,就应该坚定地把心意集中在作为至上目标的我之上。当一个人的感官得到控制时,他的智力就得以稳定。(2.61)

ध्यायतो विषयान् पुंसः सङ्गस् तेषूपजायते ।
सङ्गात् संजायते कामः कामात् क्रोधोऽभिजायते ॥६२॥

思念感官对象,就会执着于感官对象。执着于感官对象,就会渴望感官对象。渴望得不到满足,就会产生愤怒。(2.62)

क्रोधाद् भवति संमोहः संमोहात् स्मृतिविभ्रमः ।
स्मृतिभ्रंशाद् बुद्धिनाशो बुद्धिनाशात् प्रणश्यति ॥६३॥

愤怒产生错觉(或错误的念头),错觉迷惑心意。心意迷惑,则理性毁灭。理性毁灭,人就会跌倒在正道上。(2.63)

通过感官控制和知识获得宁静

रागद्वेषवियुक्तैस्तु विषयान् इन्द्रियैश्चरन् ।
आत्मवश्यैर् विधेयात्मा प्रसादम् अधिगच्छति ॥६४॥

受过训练的人,用受控的感官享受感官对象,从执着和厌恶中摆脱出来,获得宁静。(2.64)

唯有通过控制感官而非满足感官,才能获得真实的平静和快乐。

प्रसादे सर्वदुःखानां हानिर् अस्योपजायते ।
प्रसन्नचेतसो ह्याशु बुद्धिः पर्यवतिष्ठते ॥६५॥

获得宁静,就摆脱了一切悲伤。这样的宁静者,其智力变得完全稳固,并与至上者合一。(2.65)

नास्ति बुद्धिर् अयुक्तस्य न चायुक्तस्य भावना ।
न चाभावयतः शान्तिर् अशान्तस्य कुतः सुखम् ॥६६॥

那些未与至上者合一的人,既没有自我知识,也没有自我认知。没有自我认知,就没有平静。没有平静,就没有快乐。(2.66)

इन्द्रियाणां हि चरतां यन् मनोऽनुविधीयते ।
तदस्य हरति प्रज्ञां वायुर् नावम् इवाम्भसि ॥६७॥

第二章 超然的知识

当飘忽不定的感官控制了心意,就会盗走智力,使之无法抵达平静和快乐的灵性之岸,就像海上的一叶扁舟在风暴中无法抵达海岸。(2.67)

若心意得不到控制,任由感官如无舵的扁舟任意漂流,这样的人不是行动者,他们产生恶业。

对享受火光快乐的贪婪导致了蛾子的毁灭,对享受感官愉悦的欲望使人远离自我知识而落进轮回之网中。(MB 3.02.69)

तस्माद् यस्य महाबाहो निगृहीतानि सर्वशः ।
इन्द्रियाणीन्द्रियार्थेभ्यस् तस्य प्रज्ञा प्रतिष्ठिता ॥६८॥
因此,阿周那啊,只有当感官完全离开感官对象时,智力才会稳固。(2.68)

या निशा सर्वभूतानां तस्यां जागर्ति संयमी ।
यस्यां जाग्रति भूतानि सा निशा पश्यतो मुनेः ॥६९॥
当众生处于黑夜时,自我控制的瑜伽士保持着清醒;而当众生醒着时,瑜伽士却认为是黑夜。(2.69)

当世俗众生处于黑夜时,苦行者保持着清醒或超然,因为他们要探寻最高的真理。当一个人摆脱了世俗的欲望时,他就被认为是清醒的。(TR 2.92.02)瑜伽士永远会觉知到其他人觉知不到的灵魂。圣人也不会去

觉知其他人觉知的感官对象。苦行者的生活完全不同于贪图物欲者的生活。被瑜伽士认为是真的东西，在世俗之人看来毫无价值。当大多数人在虚幻世界的黑夜中沉睡做梦时，瑜伽士却保持着清醒，因为他已脱离他生活在其中的这个世界。

能够看见、听见或想象到的一切，都根植于无知中，无一存在于实在中。正如在睡梦中，国王变乞丐，或贫民变天帝，但醒来时，他却没有得到或者失去任何东西，所以人们必须仔细审视这个世界。除非你一直醒着，否则就会有快乐或悲伤。摩耶处于梵与尘世之间。心意是摩耶的另一个名字，它从梵中创造了这个虚幻的表象世界。因此，没有任何创造物是真实不虚的。所有人都沉睡在虚妄和无知的黑夜里，他做着各种各样的梦，他们甚至不知道他们处于梦的世界里。这就是摩耶的欺骗力！只有智慧才能识破这种欺骗。

आपूर्यमाणम् अचलप्रतिष्ठं
समुद्रम् आपः प्रविशन्ति यद्वत् ।
तद्वत् कामा यं प्रविशन्ति सर्वे
स शान्तिम् आप्नोति न कामकामी ॥७०॥

正如河水流进完满的大海不会产生任何动静一样，当所有欲望消散在心意中而不会产生任何精神困扰时，人就达致平静。渴望物质对象的人，永远不会平静。（2.70）

第二章 超然的知识

河流在流动中带走木头和其他物体,同样,欲望之河的激流能够带走贪图物欲者的心意。而瑜伽士平静的心意就像海洋,它接受欲望的河流而不被其困扰,因为他根本不考虑个人的得失。人的欲望漫无止境,满足欲望就如用盐水止渴:非但不能止渴,反而增加了干渴。

试图满足物质的欲望就像给火添薪。如不添加更多的柴火,火就会熄灭。(MB 12.17.05)如果一个人还没有征服最大的敌人(即欲望)就死去,人就必然会陷入轮回再生之中,并与这个敌人一次又一次地战斗直到取得胜利。(MB 12.16.24)在被风吹乱的湖水中人不能看清自己的面孔,当心意和感官被物质欲望的风扰乱时,人不能认识自己的真我。(MB 12.204.03)

विहाय कामान् यः सर्वान् पुमांश्चरति निःस्पृहः ।
निर्ममो निरहंकारः स शान्तिम् अधिगच्छति ॥७१

放弃一切欲望,摆脱所有贪念,不执于"我"和"我的"的人,就达致平静。(2.71)

एषा ब्राह्मी स्थितिः पार्थ नैनां प्राप्य विमुह्यति ।
स्थित्वाऽस्याम् अन्तकालेऽपि ब्रह्मनिर्वाणम् ऋच्छति ॥७२॥

阿周那啊,这就是心意之至上状态。达到这种状态,人就不再虚妄。即便在生命的尽头达到这一状态,也会达成人生真正的目标,即与至上存在合一。(2.72)

至上存在是终极实在和真理，是知识和意识，是无限和喜乐。（TaU 2.01.01）在认识至上存在以后，个体灵魂充满喜乐。财富的给予者必定拥有财富，喜乐的给予者也正是喜乐自身。这个宇宙的来源、维系和消解全都出自于绝对者。（BS 1.01.02, TaU 3.01.01）知识不是绝对者的自然属性（Dharma），而是绝对者内在本质。（DB 7.32.19）绝对者是基础或质料，也是宇宙的动力因。它是能量之源与汇的合一。它也被称为统一场（Unified Field）、至上之灵（Supreme Spirit）、神人（Divine Person）和全意识（Total Consciousness），它是所有生命体凭借心意和智力的运作而获得感性知觉的原因。

基督教中的"拯救"一词意味着从"罪"的力量和惩罚中解放出来。在印度教中，"罪"不是别的而是轮回之业的束缚。"拯救"类似于印度教中的梵文词"解脱"（Mukti）——即生命从轮回中解放出来。"解脱"意味着从因果身中彻底摧毁欲望的所有印迹。这就是个体灵魂与至上灵魂的合一。有人说，遍及一切的至上灵魂就是指挥一切的因果身，它同样处于超然状态中。佛教中的梵文词"涅槃"（Nirvana），被认为是尘世欲望和私我的终结，这是一种存在的状态，在这种状态中，世俗的欲望和个体的好恶被绝对熄灭了。这种状态超出了身体意识（body-consciousness），而达到一种自我意识（Self-consciousness）的状态。它从对物质身体的执着中解放出来，达成了与至上存在的合一。

第三章
无私服务之道

अर्जुन उवाच
ज्यायसी चेत् कर्मणस् ते मता बुद्धिर् जनार्दन ।
तत् किं कर्मणि घोरे मां नियोजयसि केशव ॥१॥
व्यामिश्रेणेव वाक्येन बुद्धिं मोहयसीव मे ।
तद् एकं वद निश्चित्य येन श्रेयोऽहम् आप्नुयाम् ॥२॥

阿周那问：克里希那啊，如果您认为获得超然的知识（智慧）优于行动，那您为什么要让我参加这场恐怖的战争？你这明显矛盾的话语扰乱了我的心意。请您明确告诉我，通过哪条道路我可以达致至上者。（3.01-02）

阿周那非常困惑，他认为，主克里希那的意思是，冥想的生活（智慧瑜伽）优于诗节2.49中涉及的履行正常的生活职责。有些人往往会感到困惑，认为只有通过努力研习经典、冥想并获得自我知识才有可能获得解脱。主克里希那在下述诗节中通过解说依据个体性质的不同而可以采取的两种主要灵修道路，从而澄清了这一问题。

श्रीभगवानुवाच
लोकेऽस्मिन् द्विविधा निष्ठा पुरा प्रोक्ता मयाऽनघ ।
ज्ञानयोगेन सांख्यानां कर्मयोगेन योगिनाम् ॥३॥

主克里希那说：我过去曾经说过，在这个世界上，有两条灵修道路：冥想者的自我知识之道路和其他人的无私行动之道路（业瑜伽）。（3.03）

自我知识之道路即智瑜伽，无私行动之道路即业瑜伽。

"业瑜伽"意味着祭祀、无私服务、无私工作、利他行动以及有价值的行为。有些人通常会像阿周那样感到困惑，即认为过一种努力研习经典、冥想并获得自我知识的生活，可能比履行个人的世俗职责更容易获得灵性进展。

一个觉悟者会认为自己不是任何行动的行动者，而只是神圣者手中的一件工具。还应进一步指出的是，超然的知识和无私的服务这两者都是臻达至上存在的途径。这两条道路不是分开的，而是相辅相成的。在生活中，最好把这两条道路结合起来。在下面的诗节中，讲述了你应该如何把这两者结合起来。

न कर्मणाम् अनारम्भान् नैष्कर्म्यं पुरुषोऽश्नुते ।
न च संन्यसनाद् एव सिद्धिं समधिगच्छति ॥४॥
न हि कश्चित् क्षणमपि जातु तिष्ठत्य् अकर्मकृत् ।

第三章 无私服务之道

कार्यते ह्य् अवशः कर्म सर्वः प्रकृतिजैर् गुणैः ॥५॥

仅靠放弃行动并不能从业的束缚中获得解脱。人们不能仅靠放弃行动就获得圆满,因为没有人能做到哪怕一刻不行动。确实,宇宙间任何事物受原质①三德的驱使都不得不行动。(3.04–05)

任何人都不可能在思想、语言和行为上完全放弃行动。因此,人们应该通过选择不同的方法积极地服务于至上之主,绝不应该毫不行动,因为无所事事的心意是魔鬼的工场。怀着无欲之心态积极行动直到死亡,比放弃行动和过苦行者生活更强,甚至在成为觉悟者之后也是如此,因为即便是苦行者,也不能逃脱行动的冲动。

कर्मेन्द्रियाणि संयम्य य आस्ते मनसा स्मरन् ।
इन्द्रियार्थान् विमूढात्मा मिथ्याचारः स उच्यते ॥६॥

控制了行动的感官,但精神上仍想念感官的欢乐,这样的无知者被称为伪善者。(3.06)

---

① 原质,即宇宙原初的物质。根据印度数论哲学,宇宙由原质生成。原质具有三德——即第2章第45节中提及的物质的三种形态或属性:善良(萨埵)、激情(罗阇)及愚昧(答磨)。在这里,《薄伽梵歌》采用了数论哲学的宇宙创造观。关于宇宙的创造,数论哲学与吠檀多不二论看法不同。尽管《薄伽梵歌》是吠檀多不二论哲学的重要经典,但它仍然混用了数论派的某些哲学思想。读者在研读本经典时需要认真分辨。——汉译者注

人的成长来自于无私行动,而不是放弃行动,或是还没有准备好就实施对感官的控制。要控制心意非常困难,但除非征服感官,否则灵性生活就是一个笑话。欲望有可能会处于休眠状态,但其后会再次苏醒而给人带来烦恼,这正如睡着的人会适时地醒来一样。

吠陀传统设计了人生的四个目标——履行人的职责、赚取财富、获取物质和感官享受、解脱。其目的,是为了个人和社会渐次而系统的成长和进步。灵性生活的成功并不在于过早地穿上僧袍并只去维持一个精舍,或者过一种没有首先征服欲望、愤怒、贪婪、傲慢、执着和嫉妒这六个敌人的生活。据说,这样的伪善者由于对神、对社会以及对他们自己造成了巨大的伤害,他们在此生和来世都不可能获得幸福。(BP 11.18.40–41)假冒的僧侣被认为是有罪的,是苦行生活秩序的破坏者。

为什么要服务他人

यस् त्व् इन्द्रियाणि मनसा नियम्यारभतेऽर्जुन।
कर्मेन्द्रियैः कर्मयोगम् असक्तः स विशिष्यते ॥७॥

那些凭借(经过训练和净化的)心意和智力控制住感官的人,会利用行动器官从事业瑜伽即无私服务而不执着,他们是人中翘楚。(3.07)

第三章 无私服务之道

नियतं कुरु कर्म त्वं कर्म ज्यायो ह्य् अकर्मणः ।
शरीरयात्रापि च ते न प्रसिद्ध्येद् अकर्मणः ॥८॥

履行你义不容辞的职责，因为行动确实优于不行动。若不行动，你甚至不能维持生命。（3.08）

यज्ञार्थात् कर्मणोऽन्यत्र लोकोऽयं कर्मबन्धनः ।
तदर्थं कर्म कौन्तेय मुक्तसङ्गः समाचर ॥९॥

这个世界的人，若其行动（业）不是无私服务，他就要受此行动的束缚。因此，要摆脱对行动结果的执着，（为了人类的利益）尽你最大能力履行职责服务于我。（3.09）

互相帮助是创造者的第一诫命

सहयज्ञाः प्रजाः सृष्ट्वा पुरोवाच प्रजापतिः ।
अनेन प्रसविष्यध्वम् एष वोऽस्त्व् इष्टकामधुक् ॥१०॥

在远古，创造主（生主）创造了人类，同时创造了无私服务（虔信、祭祀①），他还说：通过互相帮助，

---

① 《吠陀经》中有很多歌颂和描写"祭祀（yajñā）"的颂诗。在吠陀时代，祭祀是为了获得财富、后代、战争的胜利等果报而举行的祈求诸神庇佑的仪式。然而"祭祀"这一词，也含有"行动"的意思。在《薄伽梵歌》中，祭祀指的是把我们人类所有行动的结果作为献给至上之主（至上神）的祭品，以此取得至上神的喜悦和恩典，从而获得觉悟和自由。但行动这一"祭品"，只有在我们不执着行动结果时才有可能。——汉译者注

你们会繁荣昌盛,而祭祀服务会满足你们的一切欲求。
(3.10)

देवान् भावयतानेन ते देवा भावयन्तु वः।
परस्परं भावयन्तः श्रेयः परम् अवाप्स्यथ ॥११॥

以无私服务(祭祀)帮助众天神,他们也会帮助你们。因此,互相帮助,你们就会达致至上目标。
(3.11)

इष्टान् भोगान् हि वो देवा दास्यन्ते यज्ञभाविताः।
तैर्दत्तान् अप्रदायैभ्यो यो भुङ्क्ते स्तेन एव सः ॥१२॥

众天神受到无私服务的滋养并感到喜悦,他们就会赐予你们一切想要之物。不与他人分享而个人独占众天神的赐物,这样的人无异于窃贼。(3.12)

天神或者守护神意指控制、守护和满足欲望的某种超自然的统治者、天人、天使、至上之主的代理人或宇宙力量。天堂的大门,对于那些想要独自进入天堂的人始终关闭着。根据古代经典,帮助他人是一个人所能做的最佳善事。智者会寻求在服务他人的过程中服务自己,无知者则为了服务自己而不惜牺牲他人的利益。互相服务是创造主之原初命令和第一诫命,主克里希那在《薄伽梵歌》中重申了这一诫命。至上者已经赐予我们服务的能力,我们可以在服务他人的过程中获得灵性成长。我们生而就应互相服务,即互相理解、互相关心、彼此相爱、互相给予、互相谅解。

人们相信,自私自利会损害我们的自然健康,破坏我们的免疫系统。当我们自己远离自我,而考虑他人的需求及如何为他人服务时,身体的治愈过程就自动开始。如果我们能亲自帮助一个在生活中可能永远不会见面的人,这一点尤其真实。

不做任何祭祀,也不服务他人而想获取一切的人,就像是窃贼。有人说,当人们互相帮助时,天神也会高兴。神的恩典将增加给予者的能力,满足其任何给予的愿望。主在这里似乎暗示了人与人之间、国与国之间以及组织与组织之间的合作——而非竞争或冲突——的精神。所有的生活必需品都是由他人奉献的祭祀服务生产的。我们生而就是相互依赖的。斯瓦米·查玛雅南达(Swami Chinmayananda)把这个世界称为合作行动的宇宙之轮。合作而非竞争,更加有益于个体和社会的整体进步。没有合作和互助,任何有价值的事业都不可能实现。如果世界上所有人都能合作与互助,而非竞争或争斗,世界会更加美好。正是自私的动机阻止了合作,甚至阻止了灵性组织之间的合作。所以,一个人,如果能够真实地宣称,所有的组织、庙宇、清真寺、教堂都是他自己的宝物,他就是真正的领袖和圣人。

यज्ञशिष्टाशिनः सन्तो मुच्यन्ते सर्वकिल्बिषैः ।
भुञ्जते ते त्व् अघं पापा ये पचन्त्यात्मकारणात् ॥१३॥

义人在进食前首先与他人分享食物，他从所有的罪恶中解脱出来；不敬者只为自己准备食物（而不首先祭祀神或与他人分享），事实上，他吃下的是罪恶。（3.13）

अन्नाद् भवन्ति भूतानि पर्जन्याद् अन्नसंभवः ।
यज्ञाद् भवति पर्जन्यो यज्ञः कर्मसमुद्भवः ॥१४॥
कर्म ब्रह्मोद्भवं विद्धि ब्रह्माक्षरसमुद्भवम् ।
तस्मात् सर्वगतं ब्रह्म नित्यं यज्ञे प्रतिष्ठितम् ॥१५॥

众生靠五谷生存，五谷靠雨水生长，雨水靠祭祀降落，祭祀靠行动（职责）举行。职责由经典规定，经典来自至上存在。因此，遍及一切的至上存在或神永在祭祀（无私服务）中。（3.14-15）

एवं प्रवर्तितं चक्रं नानुवर्तयतीह यः ।
अघायुर् इन्द्रियारामो मोघं पार्थ स जीवति ॥१६॥

不履行祭祀职责，不帮助创造之轮旋转，而陷在感官享乐中的罪人，实在是枉自为人。（3.16）

圣人、凡人、树木、河流和大地都是供他人使用的。然而，如下述诗节所述，对觉悟者来说，没有任何规定的职责。

यस् त्वात्मरतिर् एव स्याद् आत्मतृप्तश्च मानवः ।
आत्मन्येव च संतुष्टस् तस्य कार्यं न विद्यते ॥१७॥
नैव तस्य कृतेनार्थो नाकृतेनेह कश्चन ।
न चास्य सर्वभूतेषु कश्चिद् अर्थव्यपाश्रयः ॥१८॥

只以至上存在为喜悦，只以至上存在为满意；只以至上存在为满足，这种自我觉悟的人没有任何职责，也没有任何该做或不该做的事。除了上主，自我觉悟的人不为任何事而依赖于任何人。（3.17–18）

主罗摩曾说：有人声称是我的虔信者，却任何事都依赖于他人，告诉我，他对我有何种信仰？他们的信仰是脆弱的。（TR 7.45.02）

所有的职责、义务、禁制、规则和禁令都旨在使个人达到圆满。因此，拥有自我知识不执而虔信的完美瑜伽士，他们履行尘世职责却与世无求。

领导者应该作出榜样

तस्माद् असक्तः सततं कार्यं कर्म समाचर ।
असक्तो ह्याचरन् कर्म परम् आप्नोति पूरुषः ॥१९॥

因此，永远尽力履行你的职责，而不执着于结果。不执地履行职责，就可以达成生命的至上目的。（3.19）

在《薄伽梵歌》写成以前，任何成文经典对业瑜伽哲学——为了人类的福祉而无私奉献——的解释都没有如此完美。主克里希那把利他主义的理念提高到崇拜和灵性实践的最高形式。通过利他，人们获得恩典；通过恩典，人们得到信仰；通过信仰，终极真理得以启示。帮助他人，你立即会感觉美好，更接近圆满。辨喜（Swami Vivekananda）曾说，为他人服务，将唤醒体内处于休眠状态的精妙的神性力量——昆达里尼（Kundalini）。下面讲述的，就是那些在履行尘世职责中成为自我觉悟者的例子。

कर्मणैव हि संसिद्धिम् आस्थिता जनकादयः ।
लोकसंग्रहमेवापि संपश्यन् कर्तुम् अर्हसि ॥२०॥

贾纳卡（Janaka）国王和其他许多人仅仅通过行动就获得了自我觉悟的圆满。你也应该为了引导世人和社会福祉而履行职责。（3.20）

无私服务者将摆脱业的束缚而获得解脱。（VP 1.22.52）他人的利益常萦于心，就没有什么不能得到。斯瓦米·哈里哈（Swami Harihar）曾说，对人类的无私服务，就是对上主的真正服务，也就是最高形式的崇拜。

यद् यद् आचरति श्रेष्ठस् तत् तद् एवेतरो जनः ।
स यत् प्रमाणं कुरुते लोकस् तद् अनुवर्तते ॥२१॥

高贵者做什么，其他人就会做什么。高贵者建立标准，普通人遵守仿效。（3.21）

普通人会效法伟人(BP 5.04.15)。为了引导普通民众，领袖人物必须制定更高的伦理、道德和精神标准，否则，国民的生活质量就会下降，社会进步就会大大受阻。因此，领袖人物的担子更重。一个真正的领袖，其生命是服务和祭祀的生命，而不应去追求财富或名誉。

न मे पार्थास्ति कर्तव्यं त्रिषु लोकेषु किंचन ।
नानवाप्तम् अवाप्तव्यं वर्त एव च कर्मणि ॥२२॥

阿周那啊，在天堂、尘世和地狱这三界之中，没有什么是我应该做的事，也没有什么是我应该得到而没有得到的，然而，我仍然会采取行动。（3.22）

यदि ह्यहं न वर्तेयं जातु कर्मण्यतन्द्रितः ।
मम वर्त्मानुवर्तन्ते मनुष्याः पार्थ सर्वशः ॥२३॥
उत्सीदेयुर् इमे लोका न कुर्यां कर्म चेद् अहम् ।
संकरस्य च कर्ता स्याम् उपहन्याम् इमाः प्रजाः ॥२४॥

阿周那啊，如果我不全力以赴地采取行动，人们就会照此模样仿效我。如果我不采取行动，三界就会毁灭，我就会成为混乱和毁灭的原因。（3.23–24）

对于无知者,智者应该做什么?

सक्ताः कर्मण्य् अविद्वांसो यथा कुर्वन्ति भारत ।
कुर्याद् विद्वांस् तथासक्तश् चिकीर्षुर् लोकसंग्रहम् ॥२५॥

无知者执着于行动本身的结果而行动;智者应不执地为了社会福祉而行动。(3.25)

न बुद्धिभेदं जनयेद् अज्ञानां कर्मसङ्गिनाम् ।
जोषयेत् सर्वकर्माणि विद्वान् युक्तः समाचरन् ॥२६॥

无知者执着于行动的结果,但智者不应去扰乱他们的心意,而应尽力履行其所有职责,以此来激励他人。(参见3.29)(3.26)

履行自己的职责,而毫无自私自利的个人动机,这是唯有觉悟者才能达到的一种高尚境界。这可能很难为普通人所理解。天才的标志就在于,他有处理两个矛盾观念或悖论的能力,例如不执地生活在尘世的能力。大多数人只有在某种动机(如享受行动的成果)的驱动下才会努力行动。不要阻止这类人的行动,也不要责备他们,而应慢慢引导他们走上无私服务的开始阶段。痛苦来源于对财富的过度执着,而不来源于财富本身。

人们必须专心致志地祈祷和崇拜,同样,人们也应该全神贯注地履行尘世的职责,即便当你对这个世界及其事务的短暂性有了充分认识之时。人活着不应只是思考神而忽略人在世间的职责。尤迦南达（Yogananda）说：要认真地冥想，也要认真地挣钱。人不应过一种片面的生活。下面将讲述控制感官的重要性和与私我（ego）作斗争的方式。

所有的行动都是原质的行动

प्रकृतेः क्रियमाणानि गुणैः कर्माणि सर्वशः ।
अहंकारविमूढात्मा कर्ताहम् इति मन्यते ।।२७।।

所有行动都是由原质的各种力量（或三德）执行的。但由于私我或无知的虚妄，人们却认为自己是唯一的行动者。（参见5.09,1.29,14.19,18.14）**（3.27）**

上主间接地是一切事物的造作者。上主的力量和意愿做着一切事。人甚至在自杀时也不是自由的。只要一个人认为"我是行动者"，他就不能感知到无所不在之上主的临在。一旦人们承蒙上主的恩典从而意识到，人并非行动者而只是一件工具，人就立即获得自由。如果我们认为自己是行动者和享受者，那么业的束缚就得以产生。自我觉悟的大师和普通人从事同一行动，但结果却很不相同。自我觉悟的大师的行动将会灵性化且不会产生业的束缚，因为他们并不认为自己是行动者或享受

者。但普通人从事行动则会产生业的束缚。

तत्त्ववित् तु महाबाहो गुणकर्मविभागयोः ।
गुणा गुणेषु वर्तन्त इति मत्वा न सज्जते ॥२८॥

一切行动皆因三德之力的作用而产生，洞悉这一真理的智者，就不会执着于行动，因为他们懂得，是三德借用我们的器官作为工具在从事行动。（3.28）

प्रकृतेर् गुणसंमूढाः सज्जन्ते गुणकर्मसु ।
तान् अकृत्स्नविदो मन्दान् कृत्स्नविन् न विचालयेत् ॥२९॥

被原质的虚幻之力（摩耶）迷惑的人，执着于三德之力造作的行动。智者不应该扰乱无知者的心意，因为他们的知识不完满。（参见3.26）（3.29）

对于受到原质虚幻之力的迷惑正在从事自私行动的无知者，智者不应该加以劝阻或使他们分心，因为只有从事行动——而非从一开始起就弃绝行动——才会最终引导他们把握这一真理：我们不是行动者，而只是神的工具。随着自私的行动在社会发展和普通人的生活中占有一席之地，有些人就会为他们选择的高尚目的而采取行动，这样就能够轻易地超越自私的欲望。

मयि सर्वाणि कर्माणि संन्यस्याध्यात्मचेतसा ।
निराशीर् निर्ममो भूत्वा युध्यस्व विगतज्वरः ॥३०॥

第三章　无私服务之道

摆脱欲望，摆脱执着，摆脱悲伤，在心意的灵性框架下把一切行动奉献给我，你就履行你应尽的职责吧！（3.30）

ये मे मतम् इदं नित्यम् अनुतिष्ठन्ति मानवाः।
श्रद्धावन्तोऽनसूयन्तो मुच्यन्ते तेऽपि कर्मभिः ॥३१॥
ये त्वेतद् अभ्यसूयन्तो नानुतिष्ठन्ति मे मतम्।
सर्वज्ञानविमूढांस् तान् विद्धि नष्टान् अचेतसः ॥३२॥

对于我的这一教导，怀有信仰，毫不怀疑，且始终实践的人们，将摆脱业的束缚；而对此教导挑错找茬且不予实践的人们，应被认为是无知的、愚蠢的和糊涂的。（3.31–32）

सदृशं चेष्टते स्वस्याः प्रकृतेर् ज्ञानवान् अपि।
प्रकृतिं यान्ति भूतानि निग्रहः किं करिष्यति ॥३३॥

众生皆遵循其本性（原质），即便是智者，也根据其本性而行动。（如果我们不过是我们的本性的奴隶，）那么，感官约束有何价值？（3.33）

尽管我们不能也不该压制我们的本性，但也不能成为感官的牺牲品，而应该运用人类逐渐增进的分辨能力成为感官的控制者和主人。控制感官的最佳方式，就是运用我们的所有感官服务于上主。

圆满之路上的两块主要绊脚石

इन्द्रियस्येन्द्रियस्यार्थे रागद्वेषौ व्यवस्थितौ ।
तयोर् न वशम् आगच्छेत् तौ ह्यस्य परिपन्थिनौ ॥३४॥

执着于感官对象，或厌恶感官对象，人的感官不应该被这两者所控制，它们的确是（圆满之路上的）两块（主要）绊脚石。（3.34）

可以把这里的"执着"，定义为一种对反复享受感官快乐的强烈欲望；"厌恶"则是对不快之事物的强烈憎恨。对内心的平和、舒适及幸福的寻求，包括对知识的获得和传播，是所有人的基本活动。欲望，就如同上主赐予的其他力量一样，其本身并不是问题。我们能够把欲望置于适当的心意框架内，使我们控制住执着和厌恶。如果能够控制欲望，我们拥有的大部分事物就是可有可无而非必不可少的了。只要态度正确，我们就能够掌控所有执着和厌恶。唯一必需的，是一个可使大多数事物都成为并非必需之物的心意框架，那些拥有知识的人们，不执着且虔信，他们对尘世间的一切对象、人、地方或行动，既不喜欢，也不厌恶。个人的好恶扰乱平静的心意，成为灵性进步之路上的障碍。好与恶，分别是得到满足和未得到满足的欲望的另一种形式。欲望必须得到适当的控制。

第三章 无私服务之道

人应该怀着某种责任感去行动，而不应受个人好恶的强烈影响。无私服务是这个时代最容易践行的苦行，经由它，任何人都可以不用躲进深山和丛林中，尽可生活和工作在现代社会中而臻达至上之主。

浇树浇根，而不必浇每一片树叶，但树的每个部分都会得到水分；同样，为上主工作，每个人也都会受益。当一个高尚的人着手寻求自我知识和不执之时，执着和厌恶就被摧毁。个人的好恶（即执着与厌恶）是圆满之路上的两个主要障碍，它们的征服者，通过履行下述自然职责将获得自由和解脱。

श्रेयान् स्वधर्मो विगुणः परधर्मात् स्वनुष्ठितात् ।
स्वधर्मे निधनं श्रेयः परधर्मो भयावहः ॥३५॥
不完满地履行自己的自然职责，优于完满地履行他人的非自然职责。即便在履行自己的自然职责中死去也是十分有益的，而履行他人的职责会产生太多的压力。（参见18.47）**（3.35）**

履行自然赋予自己的职责的人，将从业的束缚中解脱出来，并逐渐超越世俗层面。（BP 7.11.32）履行并非他本人的职责的人，则必定招致失败。通过履行最适合自己本性或禀赋的职责，个人得以发展。这个世界的每一种职业都有缺陷。人不应该过于关注他在生活中的职责的缺陷，而应该认真研究自己的本性究竟适合何种职

业。自然的职责不会产生压力，且有利于发挥创造力，而不适合自己自然禀赋的职业不仅压力很大，而且效率低下，还失去了灵性的成长和发展的机会和闲暇。另一方面，如果人们走一条非常便捷的艺术之路，就很有可能挣不到足够的钱来满足家庭生活的基本需求。因此，要限制不必要的奢侈，过一种简朴的生活，发展无私服务的爱好，由此平衡生活中的物质需求和精神需求。平衡的生活，就是幸福的生活。

贪欲是罪恶之源

अर्जुन उवाच
अथ केन प्रयुक्तोऽयं पापं चरति पूरुषः ।
अनिच्छन् अपि वार्ष्णेय बलाद् इव नियोजितः ॥३६॥

阿周那说：克里希那啊，是什么驱动一个人去犯罪或行自私之事，就好像他们并非自愿而是被迫违心为之似的？（3.36）

श्रीभगवानुवाच
काम एष क्रोध एष रजोगुणसमुद्भवः ।
महाशनो महापाप्मा विद्ध्येनम् इह वैरिणम् ॥३७॥

主克里希那说：是由激情生起的贪欲。当贪欲得不到满足，就会变成愤怒。而贪欲是无法得到满足的，是最大的魔鬼。要知道，敌人就在这里。（3.37）

第三章 无私服务之道

激情之德缺乏精神的平衡,会导致为获得欲望之果的强力行动。贪欲,即对所有感官和物质享乐的强烈欲望,是激情之德的产物。贪欲若得不到满足,就会变成愤怒。成果获得的过程若受阻或中断,对获得成功的强烈欲望就会转化成暴怒。因此,主说,贪欲和愤怒是两个强大的敌人,它们让人犯罪,让人偏离自我觉悟的道路。实际上,世俗的欲望会迫使个人不顾其意志而从事犯罪活动。控制欲望,无论你想要什么。所以佛陀有言:欲望是所有罪恶和痛苦的根源。

धूमेनाव्रियते वह्निर् यथादर्शो मलेन च ।
यथोल्बेनावृतो गर्भस् तथा तेनेदम् आवृतम् ॥३८॥
आवृतं ज्ञानम् एतेन ज्ञानिनो नित्यवैरिणा ।
कामरूपेण कौन्तेय दुष्पूरेणानलेन च ॥३९॥

正如烟雾笼罩火焰,正如尘埃蒙住镜子,正如羊膜包裹胚胎,同样,(这一程度不同、无法满足的)贪欲将遮蔽自我知识。它甚至也是智者的永恒敌人。(3.38–39)

贪欲是自我知识(Self-knowledge)的永恒敌人。贪欲只能被自我知识所摧毁。下面将讲述,贪欲寓居何处,人们应如何控制感官从而征服贪欲。

इन्द्रियाणि मनो बुद्धिर् अस्याधिष्ठानम् उच्यते ।
एतैर् विमोहयत्येष ज्ञानम् आवृत्य देहिनम् ॥४०॥

感官、心意和智力据说是贪欲的中心或来源。通过它们,贪欲遮蔽了自我知识,迷惑住人们。(3.40)

तस्मात् त्वम् इन्द्रियाण्यादौ नियम्य भरतर्षभ ।
पाप्मानं प्रजहि ह्येनं ज्ञानविज्ञाननाशनम् ॥४१॥

因此,首先要控制感官,杀死这物质欲望(或贪欲)之恶魔,因为它摧毁自我知识,阻止自我觉悟。(3.41)

贪欲产生于三个不同的层面上:在十个感官之任何一个的身体层面,在心意的情绪层面,或者在智力的思想层面。人们必须仔细地守住这三道门,严防贪欲进入而掌控我们的生命。这个强大的敌人,把心意当作它的朋友,把感官和感官对象作为它的士兵,从而束缚了智力。这些士兵欺骗个体灵魂,阻止绝对真理成为我们的生命之剧的一个部分。我们行动的成败,依赖于我们如何处理自己的个体角色而达成自己的命运。

不能也不必消灭所有的欲望。但是,为了灵性进步,首先要消灭自私的欲望和动机。要通过我们的思想、语言和行为等所有行动(包括欲望)去荣耀上主,去服务人类。经典有言,从欲望之囚笼中解脱出来的凡人就达于不朽,甚至在此世就会获得解脱。(KaU 6.14, BrU 4.04.07)

如何控制贪欲并达至目标

इन्द्रियाणि पराण्याहुर् इन्द्रियेभ्यः परं मनः ।
मनसस् तु परा बुद्धिर् यो बुद्धेः परतस् तु सः ॥४२॥

据说，感官优于身体，感官对象优于感官，心意优于感官对象，智力优于心意，自我知识优于智力，而自我是至高无上者。（参见KaU 1.03.10–11, 6.7–8；MB 12.204.10）**（3.42）**

注意：这一节的翻译基于KaU、MB，因此应该更加精确。

एवं बुद्धेः परं बुद्ध्वा संस्तभ्यात्मानम् आत्मना ।
जहि शत्रुं महाबाहो कामरूपं दुरासदम् ॥४३॥

因此，阿周那啊，（要知道你的真实本性是自我，）自我是至高无上者，要用（被自我知识所净化和加强的）智力去控制心意，就必须（用关于自我的真知识之利剑）杀死这强大的敌人——贪欲。（参见KaU 1.03.03–04）**（3.43）**

不受控制的尘世欲望将破坏生命的美丽的灵性之旅。众经典提供了适当控制欲望的方法和道路。可以把身体比作一辆车，个体灵魂既是其乘客，又是其所有者

和享受者,这辆车正在进行一次前往至上之主的居所的灵性之旅。无私服务(业瑜伽)和自我知识(智瑜伽)分别是这辆车的两只轮子,虔信则是车的轮轴;法(正义)是道路,神性品质(参见16.01-03)是里程碑,众经典是驱散无知的黑暗的明灯;感官对象是道路边的青草,对感官对象、某些人和地方的好恶是道路上的两块主要绊脚石(见3.34);欲望、愤怒、贪婪、骄傲、执着和嫉妒是路边的盗贼,亲朋好友则是在旅途中暂时相遇的同路人。

智力是这辆车的车夫,五个感官是拉车的马,灵性之旅的成功主要依赖于车夫(智力)控制心意和五匹感官之马的力量和技术。感官对象在我们的心意中留下了深深的脚印——甚至在欲望得到满足之后也难以消除。感官对象比五个感官更加有力。

在这个等级秩序中,力量大的将控制力量小的。因此,心意能够控制感官,因为心意是感官之王。心意是第六感官,的确很难控制,但是通过稳定的修习和不执,是能够得到控制的。(参见6.33-36)稳定的修习和不执可以比作是控制心意的两根缰绳,在它们的帮助下,车夫(智力)就可以控制心意。道德约束和规范原则(参见禁制和劝制,PYS 2.30-32)的鞭子,也可用来征服感官。

如果智力不够强大而不足以控制心意,则乘客就不能抵达目的地。自我知识优于智力。智力通过自我知识而与自我（the Self）相连接，冥想就变得纯粹而有力，足以控制住心意，且心意就可以控制感官。由此可见，对于灵性之旅的成功，自我知识是必不可少的。为了能够控制心意，自我知识提供净化的力量（参见4.37-38），众经典为智力控制心意提供必要的工具和技巧。

感官之马必须在心意的控制之下，心意必须始终由智力加以控制。片刻的疏忽都可能导致寻道者的堕落。脆弱的智力不能够控制心意和感官。如果智力太脆弱，对感官快乐和感官对象的欲望就将控制心意，而不是心意控制感官。心意和感官会反过来攻击和控制智力这位软弱的车夫，引导乘客偏离解脱之正道而陷入轮回的壕沟。

最后，人们还必须越过虚幻（摩耶）的河流，其桥梁，便是凭借冥想和默诵主的圣名或曼陀罗（mantra）来平息心意波浪的涟漪，由此才能抵达出神入迷之灵性彼岸。不能控制感官的人，则不能达于自我觉悟这一人生的目的地。

人们不能在不适当的、短暂的感官享乐中作践自己。不能控制感官的人，就不能控制整个世界，也不能在任何工作中获得成功。激情无法被完全消除，但可以被自我知识削弱。干净的河流在雨季会变得污浊，智力在年轻时也会受到污染。人们应通过结交益友，设置较高的生活目标，来防止心意和智力免受感官享乐的污染。不能控制感官的人，也不能在研习中获得成功并达成事业目标。

第四章
伴随着自我知识的业瑜伽之道

业瑜伽是被遗忘的古老戒律

श्रीभगवानुवाच
इमं विवस्वते योगं प्रोक्तवान् अहम् अव्ययम् ।
विवस्वान् मनवे प्राह मनुर् इक्ष्वाकवेऽब्रवीत् ॥१॥
एवं परम्पराप्राप्तम् इमं राजर्षयो विदुः ।
स कालेनेह महता योगो नष्टः परंतप ॥२॥
स एवायं मया तेऽद्य योगः प्रोक्तः पुरातनः ।
भक्तोऽसि मे सखा चेति रहस्यं ह्येतद् उत्तमम् ॥३॥

主克里希那说：我把这一关于正确行动的永恒科学即业瑜伽教授给太阳神（Vivasvan），太阳神把它教授给摩奴（Manu），摩奴又教授给甘蔗王（Ikshvaku）。就这样代代相传，圣王们知道了这一关于正确行动的科学即业瑜伽。但很久以后，这一科学在世间失传。今天，我要把这一古老科学教授给

第四章 伴随着自我知识的业瑜伽之道

你,因为你是我虔诚的信奉者和朋友。这一科学确实是至上的秘密。(4.01–03)

主宣称,前一章所讨论的业瑜伽,是关于正确行动的至上的秘密科学。根据业瑜伽的实践者斯瓦米·卡玛南达的说法,若非主亲自启示这一秘密科学,任何人都无法实践甚或理解它。

अर्जुन उवाच
अपरं भवतो जन्म परं जन्म विवस्वतः।
कथम् एतद् विजानीयां त्वम् आदौ प्रोक्तवान् इति ॥४॥

阿周那说:您是后来出生的,但太阳神出生在古代。如何理解您在创造之初就教授这门科学呢?(4.04)

阿周那问主克里希那,你是我的同时代人,又如何能够把业瑜伽这门古老的科学传授给在你之前很久的古代出生的太阳神。《薄伽梵歌》的教导并不是只有五千年的历史,它是原始以来的教导。为了人类的福祉,主在《薄伽梵歌》中重述了这一科学。所有的伟大导师都会重新点燃这束被遗忘的真理之火。不同的导师在不同的时间都会教导我们听到或读到的一切。

上主为何要化身

श्रीभगवानुवाच
बहूनि मे व्यतीतानि जन्मानि तव चार्जुन ।
तान्यहं वेद सर्वाणि न त्वं वेत्थ परंतप ॥५॥

主克里希那说：你和我都已出生了很多次。阿周那啊，我记得所有一切，但你什么都不记得。（4.05）

अजोऽपि सन्न् अव्ययात्मा भूतानाम् ईश्वरोऽपि सन् ।
प्रकृतिं स्वाम् अधिष्ठाय संभवाम्यात्ममायया ॥६॥

尽管我是永恒的，不变的，是众生之主（自在天），但我可以通过控制物质原质，运用我自身神圣的潜能即瑜伽摩耶，显现自身。（参见10.14）（4.06）

瑜伽-摩耶（神圣之光、梵光、努尔）是主克里希那的创造之力（Ānanda-śakti，喜乐—萨克提）。大摩耶（Mahā-māyā）是瑜伽—摩耶的部分反射。卡拉—摩耶（Kāla-māyā）是大摩耶的反射。所有虚幻之力（摩耶）都是永恒存在（梵天）之超然、非凡和神奇的力量。大摩耶、卡拉—摩耶和摩耶也被称为原质。原质被认为是摩耶的反射。因此，瑜伽—摩耶是摩耶和原质的来源。古鲁那纳克（Nanak）说："他创造了欺骗和控制我们的摩耶。"

"摩耶"一词也意味着实在之不真、虚幻或欺骗性的形象。由于摩耶之力,人们认为宇宙的存在与永恒的存在(梵天)是不同的。永恒之光(梵光,努尔,瑜伽—摩耶)是不可见的潜能;摩耶是动能,是梵的行动力量。它们就如火和热一样不可分离。摩耶也常被用作一个比喻,用以向普通人解释什么是可见的世界。"我""我的""你"和"你的"一类的感觉,正是控制我们所有个体灵魂的摩耶。

यदा यदा हि धर्मस्य ग्लानिर् भवति भारत ।
अभ्युत्थानम् अधर्मस्य तदात्मानं सृजाम्यहम् ॥७॥
परित्राणाय साधूनां विनाशाय च दुष्कृताम् ।
धर्मसंस्थापनार्थाय संभवामि युगे युगे ॥८॥

阿周那啊,每当正法衰微、非法盛行之时,我就显现自己。我不时显现自己,是为了保护善良,消灭邪恶,建立世界秩序(正法)。(4.07-08)

至上存在既属神又属人。(AV 4.16.08)先知应社会福祉之需受神命所托不时出现于世。每当恶人出世要摧毁世界秩序(正法)时,善良之主毗湿奴,就会化身为先知而把诸事摆平。(VR 7.08.27)悲悯是主化身为人的主要理由。(SBS 49)除了保护正法外,主化身为人还有其他理由。对此,不能僵化地加以界定,很可能还有很多原因,其中有些并不为我们人类所知。实际

上,具有属性之梵与无属性之梵之间并无分别,就如水和水蒸气、雪、冰之间没有分别一样。圣人图拉斯达萨（Tulasidasa）说：尽管梵不具物质属性,独立不依,永恒不变,然而为了虔信者的爱,主表现出具有属性的样子。（TR 2.218.03）超越生死的至上存在,之所以化身为地球上的伟大圣人,是为了满足虔信者们的期盼：他们想要看见他,看见他的人格临在。

正是为了取悦其虔信者,或使事物走上正轨,上主也会从事很多普通的、属人的也是不寻常的或有争议的消遣活动。普通人无法理解这些消遣活动背后的原因,因此,不应评判主化身时的这些活动。就如国王可以自由地打破既定的规则一样,伟大的人物和化身有时也会从事一些有违经典规则的活动,但这很可能是为了某种至善目的或出于某种超越人类理解的缘由。所以,人既不要批评也不要仿效这些行为。

上主赐予我们以自由意志,但是他并不会站在一边任由我们滥用自由、毁坏世界秩序（正法）。每当因为滥用自由、世界陷入混乱而非法盛行之时,他就会显现于世对之进行拨乱反正。圣人们也会根据需要按照克里希那的意志而化身于世。罗摩克里希那曾说,他会以精妙之身在其虔信者的内心生活300年。尤迦南达说,只要这个世界有人哭喊呼救,他就会返回尘世驾船把他们度往天堂之彼岸。

जन्म कर्म च मे दिव्यम् एवं यो वेत्ति तत्त्वतः ।
त्यक्त्वा देहं पुनर्जन्म नैति माम् एति सोऽर्जुन ॥९॥

阿周那啊，那些真正理解我超然的外貌以及创造、维系和毁灭之行动的人，将臻达我的至上居所，在离开此世身体后不再出生。（4.09）

人们通过学习和聆听众经典中圣人们叙述的关于主的超然出生和嬉戏活动的故事，将发展出他们对主克里希那的爱。对主的形式、化身和行为之超然本性的真正理解，就是达致解脱的自我知识。

वीतरागभयक्रोधा मन्मया माम् उपाश्रिताः ।
बहवो ज्ञानतपसा पूता मद्भावम् आगताः ॥१०॥

向我寻求庇护，完全沉浸在我的思想中，经由自我知识得到净化，许多人由此摆脱了执着、恐惧、愤怒，并获得解脱。（4.10）

崇拜和祈祷之路

ये यथा मां प्रपद्यन्ते तांस् तथैव भजाम्यहम् ।
मम वर्त्मानुवर्तन्ते मनुष्याः पार्थ सर्वशः ॥११॥

无论人们因何动机而皈依我，我都会因此满足他们的愿望。阿周那啊，人们崇拜我，有着不同的动机。（4.11）

主的本性，是要报答我们对他的爱。神爱那些爱神的人。请求神，你就会得到；寻找神，你就会发现。正是因为神的虚幻之力（摩耶），大多数人才寻求暂时的物质利益，如健康、财富和成功，而不是自我知识，不是崇拜在他的莲花足下。

काङ्क्षन्तः कर्मणां सिद्धिं यजन्त इह देवताः ।
क्षिप्रं हि मानुषे लोके सिद्धिर् भवति कर्मजा ॥१२॥

那些渴望事业成功的人，在世间崇拜天神（提婆）。在这个人类世界，行动会很快获得成功。（4.12）

包括诸天神和梵天在内的任何人和众神，都不拥有其自身的力量。他们全都从至上存在即至上梵那里获得力量。

人们通过祈祷请求主帮助他们获得他们需要的一切，然后通过崇拜为他们拥有的一切敬仰、荣耀和感谢主。人们首先应该知道并沉思自己的困境，感觉到要摆脱困境是如此的无助，然后在这种无助的状态下怀着强烈的信仰通过祈祷寻求神的帮助。如果你知道自己的困境并寻求主的帮助，主就会向你迈出第一步。你要在祈祷中向主显示、敞开和表白自己，坦陈你的具体诉求，向他哭喊呼救。

所有祈祷都有回应，但为了他人的利益所作的祈祷会绝对优先地得到回应。实际上，主在任何时候都知道我们的需求，他只是等待着我们依据自己的自由意志去寻求他的帮助。冥想就是通过平静心意并做出接受的姿态来聆听主的声音，这样就能听见主的教导、洞见和启示。在此过程中，还要本着这样的态度：感谢您回应我的祈祷，感谢您赐给我的一切，但是现在，您想要我用您赐予我的东西做什么？保持安静和警觉，试着去聆听。如此的祈祷，你就能与主对话，告诉主你近况如何，你正在做什么。如此的冥想，主就会告诉你，现在你应该去做什么。

劳动分工建立在人的天资基础上

चातुर्वर्ण्यं मया सृष्टं गुणकर्मविभागशः ।
तस्य कर्तारम् अपि मां विद्ध्य् अकर्तारम् अव्ययम् ॥१३॥

依据人的天资或能力，我把人的职业分为四类①。尽管我是这一分工体系的创造者，但是人们应该知道，我什么也没有（直接）做，我是永恒者（参见18.41）（4.13）

न मां कर्माणि लिम्पन्ति न मे कर्मफले स्पृहा ।
इति मां योऽभिजानाति कर्मभिर् न स बध्यते ॥१४॥

我不受行动或业的束缚，因为我对行动结果全无欲

---

① 这四种职业即为印度的四种姓：婆罗门、刹帝利、吠舍和首陀罗。——汉译者注

望。完全了解我（并实践这一真理）的人，因此也不受业的束缚。（4.14）

从事包括祈祷在内的所有行动，都应该有正当的理由，而不能只为个人的收获。

एवं ज्ञात्वा कृतं कर्म पूर्वैर् अपि मुमुक्षुभिः ।
कुरु कर्मैव तस्मात् त्वं पूर्वैः पूर्वतरं कृतम् ॥१५॥

寻求解脱的古人，也是这样履行职责而从不关心结果。因此，你应该效法古人如此行动。（4.15）

执着的、不执的和禁止的行动

किं कर्म किम् अकर्मेति कवयोऽप्य् अत्र मोहिताः ।
तत् ते कर्म प्रवक्ष्यामि यज् ज्ञात्वा मोक्ष्यसेऽशुभात् ॥१६॥

什么是行动，什么是不行动，即使智者也感到困惑。因此，我要清楚地向你解释什么是行动，知道此之后，你就可以从（生死的）罪恶中解脱出来。（4.16）

कर्मणो ह्यपि बोद्धव्यं बोद्धव्यं च विकर्मणः ।
अकर्मणश्च बोद्धव्यं गहना कर्मणो गतिः ॥१७॥

行动的真实本性很难理解。因此，你应该知道执着的行动的本性，不执的行动的本性，以及禁止的行动的本性。（4.17）

第四章　伴随着自我知识的业瑜伽之道

执着的行动是激情状态下的自私行为，它们产生业的束缚，导致轮回。不执着的行动是善良状态下的无私行为，它们导致解脱。不执着的行动被认为是不行动，因为从业的观点来看它好像没有执行任何行动。而经典所禁止的行动，是愚昧状态下的行为，既为害行动者本人，也为害整个社会，造成今生和来世的永久不幸。

业瑜伽士不受制于业的法则

कर्मण्य् अकर्म यः पश्येद् अकर्मणि च कर्म यः ।
स बुद्धिमान् मनुष्येषु स युक्तः कृत्स्नकर्मकृत् ॥१८॥

于行动中看见不行动，在不行动中看见行动，这样的人就是智者，就是瑜伽士，他无所不为。（参见 3.05, 3.27, 5.08 和 13.29）（4.18）

所有行动都是永恒存在（梵）的神圣之光，即那不行动的行动者的行动。智者可以觉察到，那不动的、无限的、不可见的至上潜能之容器，就是宇宙中所有可见的动能的终极源泉，就好像不可见的电力驱动了电风扇。行动的欲望和力量都来自至上存在。因此，人们应该理解，我们从根本上说什么也没有做，一切都是至上存在的能量所为，我们只是至上存在的工具，由此把一切行动灵性化。

यस्य सर्वे समारम्भाः कामसंकल्पवर्जिताः।
ज्ञानाग्निदग्धकर्माणं तम् आहुः पण्डितं बुधाः॥१९॥

一个人，若其欲望经由自我觉悟之火的烧烤而变成无私者，智者便称他为圣人。（4.19）

त्यक्त्वा कर्मफलासङ्गं नित्यतृप्तो निराश्रयः।
कर्मण्य् अभिप्रवृत्तोऽपि नैव किंचित् करोति सः॥२०॥

他弃绝对行动结果的执着而永远满足。除了克里希那，他不依赖任何人。这样的人，尽管他从事行动，但从根本上说他什么也没有做（因此不招致任何业报）。（4.20）

निराशीर् यतचित्तात्मा त्यक्तसर्वपरिग्रहः।
शारीरं केवलं कर्म कुर्वन् नाप्नोति किल्बिषम्॥२१॥

摆脱欲望，心意和感官得到控制，弃绝对一切事物的占有，这样的人尽管身体仍在行动，但不会招致罪恶——业报。（4.21）

यदृच्छालाभसंतुष्टो द्वन्द्वातीतो विमत्सरः।
समः सिद्धाव् असिद्धौ च कृत्वापि न निबध्यते॥२२॥

业瑜伽士满足于经由其意志而自然获得的一切，他不受二元对立的影响，从不嫉妒，无论成败，心如止水，他不受业的束缚。（4.22）

गतसङ्गस्य मुक्तस्य ज्ञानावस्थितचेतसः ।
यज्ञायाचरतः कर्म समग्रं प्रविलीयते ॥२३॥

他摆脱了执着，内心充满自我知识，虔信地为主服务，他的一切业的束缚全被消解。（4.23）

ब्रह्मार्पणं ब्रह्म हविर् ब्रह्माग्नौ ब्रह्मणा हुतम् ।
ब्रह्मैव तेन गन्तव्यं ब्रह्मकर्मसमाधिना ॥२४॥

梵（永恒存在）是祭品，梵是黄油，是梵把祭品投入梵火中。谁能把一切事物沉思为梵的显现和梵的行动，谁就觉悟到梵。（参见9.16）（4.24）

生命本身是一团一直燃烧的火，持续不断地进行着祭祀仪式。每一个行动都必须看作是一次神圣的祭祀即神圣的行动。任何事物都不是永恒存在（梵），但梵却是一切事物的根基。在每一个行动中感知梵，感知每一事物都是梵的转化，从而意识到一切行动的过程也是梵，那么你就可以获得解脱并与梵合一而不失你个人的身份。因此，解脱不是个体灵魂（吉瓦）的毁灭，而是意识到个体灵魂的真正本性就是梵。

不同类型的祭祀

दैवम् एवापरे यज्ञं योगिनः पर्युपासते ।
ब्रह्माग्नाव् अपरे यज्ञं यज्ञेनैवोपजुह्वति ॥२५॥

有些瑜伽士履行崇拜天神的仪式，另一些瑜伽士无私地祭祀永恒存在之圣火。（4.25）

श्रोत्रादीनीन्द्रियाण्य् अन्ये संयमाग्निषु जुह्वति ।
शब्दादीन् विषयान् अन्ये इन्द्रियाग्निषु जुह्वति ॥२६॥

有些瑜伽士把耳朵和其他感官祭祀在克制之火中；另一些瑜伽士把声音和其他感官对象祭祀在感官之火中。（4.26）

सर्वाणीन्द्रियकर्माणि प्राणकर्माणि चापरे ।
आत्मसंयमयोगाग्नौ जुह्वति ज्ञानदीपिते ॥२७॥

有些瑜伽士把感官的所有活动和生命力（普拉那）的活动祭祀在由自我知识点燃的自我克制之火中。（4.27）

द्रव्ययज्ञास् तपोयज्ञा योगयज्ञास् तथापरे ।
स्वाध्यायज्ञानयज्ञाश्च यतयः संशितव्रताः ॥२८॥

其他瑜伽士把其财富、苦行和瑜伽实践作为祭祀，而那些有过严格誓言的苦行者则把关于经典的学问和知识作为祭祀。（4.28）

第四章 伴随着自我知识的业瑜伽之道

अपाने जुह्वति प्राणं प्राणेऽपानं तथापरे ।
प्राणापानगती रुद्ध्वा प्राणायामपरायणाः ॥२९॥

有些瑜伽士通过瑜伽调息术控制吸气和呼气，用吸气祭祀呼气，用呼气祭祀吸气。（4.29）

4.29、4.30、5.27、6.13、8.10、8.12、8.13、8.24和8.25这些诗节涉及瑜伽实践技术的深度灵性意义和阐释，我们在这里不可能作出解释。为了避免冥想中隐藏的危险，这些瑜伽技术应该从合格的导师那里获得，并在他们的监督下练习。

通过下述方式，呼吸过程可以放慢：（1）就像观察海浪的起伏一样，观察气息的吸入和呼出；（2）练习腹式（diaphragmatic）呼吸或深度瑜伽呼吸；（3）使用瑜伽技术和克利亚瑜伽（Kriya Yoga）。瑜伽练习的目的是经由逐渐掌控呼吸过程而达到超意识或无呼吸的出神状态。

अपरे नियताहाराः प्राणान् प्राणेषु जुह्वति ।
सर्वेऽप्येते यज्ञविदो यज्ञक्षपितकल्मषाः ॥३०॥

另一些瑜伽士严格控制饮食，通过专注呼吸达到无呼吸的出神状态。所有这些人都从事祭祀，其心意通过祭祀或灵性实践而得到净化。（4.30）

यज्ञशिष्टामृतभुजो यान्ति ब्रह्म सनातनम् ।
नायं लोकोऽस्त्य् अयज्ञस्य कुतोऽन्यः कुरुसत्तम ॥३१॥

享用祭祀剩余的甘露，这些人将达至永恒的梵。阿周那啊，甚至这个世界也不是不祭祀者的安宁之地，其他世界又如何可能是他们的安宁之地？（参见4.38和5.06）（4.31）

एवं बहुविधा यज्ञा वितता ब्रह्मणो मुखे ।
कर्मजान् विद्धि तान् सर्वान् एवं ज्ञात्वा विमोक्ष्यसे ॥३२॥

吠陀经典描述了灵性操练（祭祀）的众多类型。要知道，所有这些祭祀都出自于由原质驱动的身体、心意和感官的行动。理解了这一点，你就可以达致涅槃或获得解脱。（参见3.14）（4.32）

为了获得解脱，应把灵性操练或祭祀作为一项不执的职责来履行，还要充分理解，你自己并不是那个行动者。

高级灵性实践

श्रेयान् द्रव्यमयाद् यज्ञाज् ज्ञानयज्ञः परंतप ।
सर्वं कर्माखिलं पार्थ ज्ञाने परिसमाप्यते ॥३३॥

自我知识的获得与传播，胜过任何物质利益或礼物。阿周那啊，自我知识（和虔信）是一切灵性实践的目标。（4.33）

第四章 伴随着自我知识的业瑜伽之道

发现一个人的真实身份是灵性实践的目标。（VC 1.32）心意和智力的净化最终会导致超然的知识和自我觉悟。涅槃是自我知识的果实。所有灵性实践的唯一目的，都是形成对创造者的信仰和爱。

तद् विद्धि प्रणिपातेन परिप्रश्नेन सेवया ।
उपदेक्ष्यन्ति ते ज्ञानं ज्ञानिनस् तत्त्वदर्शिनः ॥३४॥
通过谦卑的崇敬、真诚的询问和无私的服务，从自我觉悟的大师那里获得这一超然知识。那些已经觉悟到这一真理的人，会把这一知识教给你。（4.34）

结交那些已经觉悟到这一真理的伟大灵魂非常有益。仅仅靠阅读经典、广为布施和灵性实践不能觉悟到神。唯有一个觉悟到神的灵魂，才能够唤醒和照亮另一个灵魂。但是，若无神的恩典，任何古鲁也无法把自我觉悟的秘籍交给你。吠陀经有言：认识那个地方的人，将给不认识并询问那个地方的人指出方向。（RV 9.70.09）也可以说，自我觉悟是一个人迹罕至之地，要凭靠神的恩典在合适的时间才能达致，而单靠个人的努力是不够的。所以，人们必须非常真诚地进行灵性实践。

吠陀经典禁止以任何形式出售神。其中有言：哦，无价财富的强大之主啊，我不会用任何价钱出售你。（RV 8.01.05）古鲁的角色是指导者和给予者，而不是

接受者。在接受一位古鲁之前,你必须首先拥有或形成对古鲁的充分信任,而不必考虑其人性的弱点,要接受其智慧的珍珠而丢掉牡蛎壳。如果不能做到这一点,那就应该记住,"古鲁"①一词也意味着驱散无知和虚妄的自我知识之光;当一个人的心意通过无私服务、灵性实践和放弃而得到净化时,至上存在就会自动地把那光投射进他心里,此即内在的古鲁。

有四种类型的古鲁:(1)伪古鲁,(2)古鲁,(3)觉悟到自我的古鲁,(4)神圣的古鲁。在当今这个时代,有太多的伪古鲁,他们收费教授曼陀罗,甚至按条收取费用。这些曼陀罗商人就是伪古鲁。他们从弟子那里收取钱财,以满足其个人的物质需求,全不教授关于至上存在的真知识。圣人图拉斯达萨(Tulasidasa)说,从弟子那里收取钱财的古鲁不会消除弟子的无知,他们会下地狱。(TR 7.98.04)古鲁,是那些传授其关于绝对者和短暂者的真知识和透彻理解的人。觉悟到自我的古鲁,正是本诗节提到的自我觉悟的大师,这类古鲁将凭借其自己特有的灵性力量,帮助虔信者始终保持他们关于神的意识。而神,就是所谓神圣的古鲁。

当心意和智力得到净化时,至上之主,即神圣的古鲁,就会把自己投射在虔信者的内心深处,给他遣送一位内在的古鲁或觉悟到自我的古鲁。真古鲁是给予者,

---

① 古鲁,guru,即导师、老师。Gu,黑暗;ru,光明。而古鲁就是通过知识之光照亮因无明而来的黑暗。——汉译者注

绝不会从弟子那里收取钱财或费用，而只依靠上主。真古鲁不会为了个人利益甚或组织利益而从弟子那里索要任何东西。然而，弟子也有义务尽其最大努力服务于古鲁。有人说，如果没有给予弟子以充分指导、使之理解绝对者、神的动能（摩耶）、短暂的物质本性（原质）和生命体，古鲁就不应从弟子那里接受任何财物。（BrU 4.01.02）

我们内心的灵（the Spirit）就是神圣的古鲁。外在的导师只能在灵性之旅的开初帮助我们。当我们自己的智力通过无私服务、祈祷、冥想、崇拜、默念主名、齐诵圣名及学习经典等而得到净化时，它就成为引导我们通向那神圣知识之河流的最佳通道。（参见4.38和13.22）我们所有人内心深处的神圣存在是真正的古鲁，我们必须学会如何与它和谐相处。有人说，再没有比我们自己的纯洁心灵更伟大的古鲁了。纯洁的心灵，就成为引导我们走向真正的古鲁和自我觉悟之灵性向导和内在的神圣古鲁。正如俗话所说，当你有所准备之时，古鲁就会走向你。"古鲁"一词也意味着宽广宏大，被用来描述至上存在——神圣的古鲁和内在的指导者。

智慧的灵性大师不赞成盲目的个人服务或古鲁崇拜，这在当今印度非常普遍。有位自我觉悟的大师说，唯有神才是古鲁，所有人都是他的弟子。弟子就像蜜蜂从花中寻求花蜜一样。如果蜜蜂在这朵花中采不到蜜糖，它就会立即飞向另一朵花；而只要采得了花蜜，蜜

蜂就会停留在那朵花上。对人间古鲁的偶像崇拜和盲目崇拜,有可能会成为灵性进步的绊脚石,既对弟子也对古鲁造成伤害。

यज् ज्ञात्वा न पुनर् मोहम् एवं यास्यसि पाण्डव ।
येन भूतान्य् अशेषेण द्रक्ष्यस्य् आत्मन्य् अथो मयि ॥३५॥

阿周那啊,懂得了超然知识,你就再不会如此受骗。用这知识之慧眼,你会看到,一切都在你自己的自我中,因而在我中,即在至上的自我中。(参见6.29, 6.30, 11.07, 11.13)(4.35)

至上存在之同一生命力会投射在所有生物中以维持与活跃生命。因此,我们都是梵即自我之宇宙能量的重要组成部分并彼此相连。当觉悟的黎明到来之时,我们就融入绝对者之中(参见18.55),一切多样性都将消失,只有更高级的自我的扩张。

अपि चेद् असि पापेभ्यः सर्वेभ्यः पापकृत्तमः ।
सर्वं ज्ञानप्लवेनैव वृजिनं संतरिष्यसि ॥३६॥

即便你是所有罪人中的罪大恶极者,自我知识之舟,仍可载你渡过罪恶之河。(4.36)

यथैधांसि समिद्धोऽग्निर् भस्मसात् कुरुतेऽर्जुन ।
ज्ञानाग्निः सर्वकर्माणि भस्मसात् कुरुते तथा ॥३७॥

第四章 伴随着自我知识的业瑜伽之道

阿周那啊,正如燃烧的大火把木材化为灰烬,自我知识之火把所有的业的枷锁烧成灰烬。(4.37)

懂得真理,真理就会把你从枷锁中解放出来。自我知识烧尽所有累积的业或全部尘世的债(它们是灵魂轮回的根源),就像大火把堆积成山的棉花即刻化为灰烬一样。由于智者知道,所有行动都是原质之力所为,我们并不是行动者,所以其现世的行动不会产生新的业。当自我知识降临时,觉悟者在从轮回中获得解脱之前,必须耗尽当为现世生命负责的那部分累积的业——即所谓的命业(Prārabdha)。

粗身(肉身)和心意会产生新的业。因果身是覆盖自我(the Self)最外层的身体。因果身是贮存累积的业的大仓库。业从因果身中投向精身,然后再进入轮回命运中的那个粗身。业产生身体,身体产生新业。这样,生与死无限期地循环往复。唯有无私服务才能打破这一循环,而若无自我知识就不可能有无私服务。因此,超然的知识将打破业的束缚并导致解脱。这一知识不会向恶人显现,也不会向那些未到接受灵性知识的时间的人显现。

得与失、生与死、荣与辱都掌握在一个人的业的手中。命运是全能的。既然如此,人就既不应该愤怒,也不应该责备任何人。(TR 2.171.01)人们知道善恶,但一个人的选择被命运或业力所规定,因为心意和智力都

受命运操控。尽管作出了最大的努力,但成功仍然没有到来,由此或许可以得出结论说,命运先于努力。

自我知识自动向业瑜伽士显现

न हि ज्ञानेन सदृशं पवित्रम् इह विद्यते ।
तत् स्वयं योगसंसिद्धः कालेनात्मनि विन्दति ॥३८॥

确实,在这个世界上,再没有像关于至上存在的真知识这样的净化者了。在适当的时候(即当一个人通过真诚的灵性实践其心意得到净化时),他会在其内心中自然地发现这一知识。(参见4.31, 5.06,和18.78)(**4.38**)

正如阳光照亮大地,虔信神之烈火将烧掉所有的业,净化和照亮心意和智力。(BP 11.03.40)一个人应尽其所能地从事无私的服务,直到心意得到净化。(DB 7.34.15)关于自我的真知识就会自动地投射在其纯洁的意识(Chitta)中。业瑜伽将清除心意中自私自利的尘埃,为接受自我知识作好准备。因此,无私服务(业瑜伽)和自我知识是获得解脱之两翼。

श्रद्धावाँल् लभते ज्ञानं तत्परः संयतेन्द्रियः ।
ज्ञानं लब्ध्वा परां शान्तिम् अचिरेणाधिगच्छति ॥३९॥

信神的人,真诚地从事瑜伽实践,控制住感官和心意,将获得这种超然知识。而获得这种知识的人,会很快达致至上的宁静或自由。(4.39)

自我知识之水能够彻底浇灭源于执着的精神悲伤和忧愁之火。(MB 3.02.26)没有自我知识,正确的思想和行动就没有任何根基。

अज्ञश्चाश्रद्दधानश्च संशयात्मा विनश्यति।
नायं लोकोऽस्ति न परो न सुखं संशयात्मनः ॥४०॥

无知者、无信仰者和怀疑者(或无神论者),他们走向毁灭(或轮回)。对于怀疑者来说,既无此世,也无彼世,更无幸福。(4.40)

涅槃既需要超然知识也需要业瑜伽

योगसंन्यस्तकर्माणं ज्ञानसंछिन्नसंशयम्।
आत्मवन्तं न कर्माणि निबध्नन्ति धनंजय ॥४१॥

具有自我意识的人,通过业瑜伽弃绝行动的果实,行动不会束缚他,阿周那啊,他们(关于身体与灵的关系问题)的迷惑,已被自我知识彻底摧毁。(4.41)

तस्माद् अज्ञानसंभूतं हृत्स्थं ज्ञानासिनात्मनः ।
छित्त्वैनं संशयं योगम् आतिष्ठोत्तिष्ठ भारत ॥४२॥

因此，阿周那啊，用自我知识之剑斩断由无知引起的（关于身体与灵的关系问题的）迷惑，再求助于业瑜伽，站起来，去战斗吧。（4.42）

第五章
弃绝之道

अर्जुन उवाच
संन्यासं कर्मणां कृष्ण पुनर् योगं च शंससि।
यच्छ्रेय एतयोर् एकं तन् मे ब्रूहि सुनिश्चितम् ॥१॥

阿周那问:主啊,您赞扬超然知识之道,也赞扬无私服务(业瑜伽)之道。请明确告诉我,这两条道路哪一条更好?(参见5.05)(5.01)

弃绝(Renunciation)意味着彻底放弃行动者身份、所有者身份和行动背后的动机,而不是放弃行动本身或世俗对象。弃绝仅仅出现在自我知识降临之后。因此,在《薄伽梵歌》中,"弃绝"一词和"自我知识"常常互换使用。弃绝被认为是生活的目标。无私服务(业瑜伽)和自我知识则是达成这一目标的必要手段。真正的弃绝负载着为服务至上者所需的所有行动和拥有之物——包括身体、心意和思想。

श्रीभगवानुवाच
संन्यासः कर्मयोगश्च निःश्रेयसकरावु उभौ ।
तयोसु तु कर्मसंन्यासात् कर्मयोगो विशिष्यते ॥२॥

主克里希那说：自我知识之道和无私服务之道，这两者都导向至上目标。但这两者中，无私服务比自我知识更好（因为对初学者而言它更容易践行）。（5.02）

ज्ञेयः स नित्यसंन्यासी यो न द्वेष्टि न काङ्क्षति ।
निर्द्वन्द्वो हि महाबाहो सुखं बन्धात् प्रमुच्यते ॥३॥

既不执着任何事物，也不厌恶任何事物，这样的人应被认为是真正的弃绝者。从诸如执着与厌恶这类对立中解脱出来的人，也很容易从业的束缚中解脱出来。（5.03）

通向至上者的两条道路

सांख्ययोगौ पृथग्बालाः प्रवदन्ति न पण्डिताः ।
एकम् अप्य् आस्थितः सम्यग् उभयोर् विन्दते फलम् ॥४॥

无知者而非智者认为，自我知识之道与无私服务（业瑜伽）之道这两者彼此不同。但真正掌握了其中之一者，就能获得这两条道路的全部益处。（5.04）

第五章 弃绝之道

यत् सांख्यैः प्राप्यते स्थानं तद् योगैर् अपि गम्यते ।
एकं सांख्यं च योगं च यः पश्यति स पश्यति ॥५॥

无论弃绝者（数论瑜伽士）要达到什么目标，业瑜伽士也会达到同样的目标。因此，那些认为弃绝之道与无私行动之道是同一道路的人，是深谙此道者。（参见 6.01，6.02）（5.05）

संन्यासस् तु महाबाहो दुःखम् आप्तुम् अयोगतः ।
योगयुक्तो मुनिर् ब्रह्म नचिरेणाधिगच्छति ॥६॥

但是，阿周那啊，若无业瑜伽，真正的弃绝（弃绝行动者身份和所有者身份）就难以达到。而践行业瑜伽的圣人会很快达到涅槃。（参见4.31，4.38，5.08）（5.06）

无私服务将为弃绝提供必要的准备、原则和净化。自我知识是业瑜伽之上限，而弃绝行动者身份和所有者身份则是自我知识之上限。

योगयुक्तो विशुद्धात्मा विजितात्मा जितेन्द्रियः ।
सर्वभूतात्मभूतात्मा कुर्वन्न् अपि न लिप्यते ॥७॥

业瑜伽士心意纯净，心意和感官得到了控制，他在众生中看见同一个灵，即使行动，也不受业的束缚。（5.07）

知真者不把自己看作行动者

नैव किंचित् करोमीति युक्तो मन्येत तत्त्ववित् ।
पश्यन् शृण्वन् स्पृशन् जिघ्रन् अश्नन् गच्छन् स्वपन् श्वसन् ॥८॥
प्रलपन् विसृजन् गृह्णन्न् उन्मिषन् निमिषन्न् अपि ।
इन्द्रियाणीन्द्रियार्थेषु वर्तन्त इति धारयन् ॥९॥

知晓真理的智者认为:"我什么也没有做。"智者相信,看,听,触,嗅,吃,行,睡觉,呼吸,说话,给予,索取,睁眼,闭眼,这些都只是感官在对其对象发挥作用。(参见3.27,13.29,14.19)(5.08-09)

一切行动,无论好坏,都是神的力量所为,觉察到这一点的人,就会使感官活动灵性化,那就不必抑制感官。

业瑜伽士为上主服务

ब्रह्मण्य् आधाय कर्माणि सङ्गं त्यक्त्वा करोति यः ।
लिप्यते न स पापेन पद्मपत्रम् इवाम्भसा ॥१०॥

把所有行动献祭给主,放弃对行动结果的执着,这样的人不受业报或罪恶的污染,正如莲叶不会被水打湿一样。(5.10)

业瑜伽士不会怀着自私动机而行动,因此不会招致罪恶。无私服务始终无罪。自私则是罪恶之母。履行个人应尽之责,把其结果供奉给上主,并保持内心的超然,这样的人幸福、平静、纯洁、觉悟。

कायेन मनसा बुद्ध्या केवलैर् इन्द्रियैर् अपि ।
योगिनः कर्म कुर्वन्ति सङ्गं त्यक्त्वात्मशुद्धये ॥११॥
为了心意和智力的净化,业瑜伽士用他们的身体、心意、智力甚至只用感官行动,但不执着。(5.11)

युक्तः कर्मफलं त्यक्त्वा शान्तिम् आप्नोति नैष्ठिकीम् ।
अयुक्तः कामकारेण फले सक्तो निबध्यते ॥१२॥
放弃对行动结果的执着,业瑜伽士达到至上平静。而执着于行动结果的人,则受缚于其行动的个人动机。(5.12)

知识之道

सर्वकर्माणि मनसा संन्यस्यास्ते सुखं वशी ।
नवद्वारे पुरे देही नैव कुर्वन् न कारयन् ॥१३॥
其心意完全弃绝对所有行动结果的执着,这样的人幸福地安居在九门之城中,他们既不行动,也不引起行动。(5.13)

众经典把人的身体称为九门之城。这九门是：两眼，两耳，两鼻孔，嘴，肛门和尿道。居住在这座城中的众生和宇宙之主，连同个体灵魂或生命体（吉瓦），被称为灵性存在（原人），他从事和引起所有行动。（参见13.22）

न कर्तृत्वं न कर्माणि लोकस्य सृजति प्रभुः।
न कर्मफलसंयोगं स्वभावस् तु प्रवर्तते ॥१४॥

上主既不创造行动的冲动，也不创造行动者身份的感觉，还不执着于行动的结果。所有这一切，为原质的力量所为。（5.14）

नादत्ते कस्यचित् पापं न चैव सुकृतं विभुः।
अज्ञानेनावृतं ज्ञानं तेन मुह्यन्ति जन्तवः ॥१५॥

上主不对任何人的善恶行为负责。无知的面纱遮蔽了自我知识，人因此迷惑而作恶。（5.15）

上主不会奖惩任何人。是我们自己错误使用或正当使用推理和自由意志的力量做着一切。坏事碰上好人，坏事也会变成好事。

ज्ञानेन तु तद् अज्ञानं येषां नाशितम् आत्मनः।
तेषाम् आदित्यवज् ज्ञानं प्रकाशयति तत् परम् ॥१६॥

超然知识将摧毁对于自我的无知，显现出至上的存在，正如太阳展现出世间万物的美丽。（5.16）

第五章　弃绝之道

तद्बुद्धयस् तदात्मानस् तन्निष्ठास् तत्परायणाः ।
गच्छन्त्य् अपुनरावृत्तिं ज्ञाननिर्धूतकल्मषाः ॥१७॥

把心意和智力完全融入至上存在，以它为至上目标和唯一庇护，用自我知识摧毁不洁，这样的人不会再生。（5.17）

觉悟者的额外标记

विद्याविनयसंपन्ने ब्राह्मणे गवि हस्तिनि ।
शुनि चैव श्वपाके च पण्डिताः समदर्शिनः ॥१८॥

觉察到梵在万物之中的觉悟者，平等看待博学者、流浪汉、牛、大象和狗。（参见6.29）（5.18）

一个人不会认为身体的各部分（如胳膊和腿）不同于身体本身，同样，自我觉悟者不会认为任何一种生灵不同于遍及一切的永恒存在。（BP 4.07.53）这样的人会在任何地方、任何事物和任何生命体中看见主。发现形而上的真理之后，人就会满怀尊敬、慈悲和善意来看待一切，因为物质世界中的一切都是主毗湿奴的宇宙之身体之不可或缺的组成部分。

इहैव तैर् जितः सर्गो येषां साम्ये स्थितं मनः ।
निर्दोषं हि समं ब्रह्म तस्माद् ब्रह्मणि ते स्थिताः ॥१९॥

他们的心意安于平等,他们在此生中就已成就一切。这样的人已认识到至上存在,因为至上存在是完美无瑕、公平公正的。(参见18.55)(5.19)

对任何人平等相待,是对主最好的崇拜。(BP 7.08.10)没有平等感,就有歧视感。因此,不公和歧视的受害人,应为歧视者感到遗憾,应为歧视者改变心意而向主祈祷,而不是伤心、愤怒或报复。

न प्रहृष्येत् प्रियं प्राप्य नोद्विजेत् प्राप्य चाप्रियम् ।
स्थिरबुद्धिर् असंमूढो ब्रह्मविद् ब्रह्मणि स्थितः ॥२०॥
不因获得喜欢之物而欣喜,不因获得可憎之物而沮丧,心意稳定,不受迷惑,至上存在的知晓者,这样的人永远立足于梵之中。(5.20)

बाह्यस्पर्शेष्व् असक्तात्मा विन्दत्यात्मनि यत् सुखम् ।
स ब्रह्मयोगयुक्तात्मा सुखम् अक्षयम् अश्नुते ॥२१॥
与梵合一的人,不执着外在的感官享乐,他们(通过冥想)在自我中发现喜乐,享受超然的极乐。(5.21)

ये हि संस्पर्शजा भोगा दुःखयोनय एव ते ।
आद्यन्तवन्तः कौन्तेय न तेषु रमते बुधः ॥२२॥
感官享乐(最终)是痛苦的来源,它有开始,也有终结。因此，阿周那啊，智者不会因感官享乐而欣喜。
（参见18.38）（5.22）

智者不断反思感官享乐的害处：它不可避免地会成为痛苦的原因。因此，智者不会成为感官贪欲的受害者。

शक्नोतीहैव यः सोढुं प्राक् शरीरविमोक्षणात् ।
कामक्रोधोद्भवं वेगं स युक्तः स सुखी नरः ॥२३॥
在死亡之前能够抵挡住贪欲和愤怒的冲动，这样的人是瑜伽士，是幸福的人。（5.23）

योऽन्तःसुखोऽन्तरारामस् तथान्तर ज्योतिर एव यः ।
स योगी ब्रह्मनिर्वाणं ब्रह्मभूतोऽधिगच्छति ॥२४॥
因至上存在而幸福，因至上存在而欢乐，被自我知识所照亮，这样的瑜伽士达致涅槃，与梵合一。（5.24）

लभन्ते ब्रह्मनिर्वाणम् ऋषयः क्षीणकल्मषाः ।
छिन्नद्वैधा यतात्मानः सर्वभूतहिते रताः ॥२५॥
摧毁了罪恶（或不完满），凭借自我知识消除了对宇宙自我之存在的怀疑，心意得到控制，并投身于众生福祉的事业中，这样的圣人臻达至上存在。（5.25）

कामक्रोधवियुक्तानां यतीनां यतचेतसाम् ।
अभितो ब्रह्मनिर्वाणं वर्तते विदितात्मनाम् ॥२६॥

摆脱贪欲和愤怒，制服心意和感官，意识到自我的存在，这样的人很容易达致涅槃。（5.26）

冥想之道

स्पर्शान् कृत्वा बहिर् बाह्यांश् चक्षुश्चैवान्तरे भ्रुवोः।
प्राणापानौ समौ कृत्वा नासाभ्यन्तरचारिणौ ॥२७॥
यतेन्द्रियमनोबुद्धिर् मुनिर् मोक्षपरायणः।
विगतेच्छाभयक्रोधो यः सदा मुक्त एव सः ॥२८॥

弃绝所有享乐，目光和心意集中在双眉之间，使用瑜伽技术使呼吸均衡地出入鼻孔，控制感官、心意和智力，以解脱为首要目标，摆脱贪欲、愤怒和恐惧，确实，这样的圣人获得自由。（5.27-28）

人体中精微能量流的无形星体通道被称为经脉。当通过经脉在星体脊髓中流动的宇宙气流，被由瑜伽实用技术打开的中脉所隔离时，吸气和呼气就会均匀地出入鼻孔，心意趋于平静，这就为导致出神的深度冥想作好了准备。

भोक्तारं यज्ञतपसां सर्वलोकमहेश्वरम्।
सुहृदं सर्वभूतानां ज्ञात्वा मां शान्तिम् ऋच्छति ॥२९॥

我是祭祀和苦行的享受者，我是整个宇宙伟大的主，我是一切众生的朋友，知晓我即至上存在的人，达致永久的宁静。（5.29）

第六章
冥想之道

业瑜伽士是弃绝者

श्रीभगवानुवाच
अनाश्रितः कर्मफलं कार्यं कर्म करोति यः ।
स संन्यासी च योगी च न निरग्निर् न चाक्रियः ॥१॥

主克里希那说：履职尽责而不求果报的人，既是弃绝者，也是业瑜伽士。仅仅放弃祭火，不能成为弃绝者；仅仅放弃行动，不能成为瑜伽士。（6.01）

यं संन्यासम् इति प्राहुर् योगं तं विद्धि पाण्डव ।
न ह्य् असंन्यस्तसंकल्पो योगी भवति कश्चन ॥२॥

阿周那啊，弃绝就是业瑜伽，不弃绝行动的个人动机，就不能成为业瑜伽士。（参见5.01，5.05，6.01和18.02）（6.02）

瑜伽的定义

आरुरुक्षोर् मुनेर् योगं कर्म कारणम् उच्यते ।
योगारूढस्य तस्यैव शमः कारणम् उच्यते ॥३॥
यदा हि नेन्द्रियार्थेषु न कर्मस्व् अनुषज्जते ।
सर्वसंकल्पसंन्यासी योगारूढस् तदोच्यते ॥४॥

寻求达致冥想瑜伽或者心意平静的智者,业瑜伽据说是其方法。那些已经达致瑜伽的人,平静则是其自我觉悟的方法。没有对感官享乐的欲求,没有对行动结果的执着,弃绝了所有个人动机,这样的人达致瑜伽的圆满。(6.03–04)

只有当人们仅仅为取悦至上之主克里希那而从事行动时,才能获得瑜伽的圆满。业瑜伽或无私服务带来心意的平静。当人们不带任何个人动机而只是当作职责来从事行动时,心意就不会被失败的恐惧所扰乱;心意变得平静,人们就可以通过冥想获得瑜伽的圆满。自我觉悟所需的心意平静,只有在放弃所有动机和欲望之后才会达成。自私是心意中其他不纯欲望的根本原因。无欲的心意才是平静的。因此,主把业瑜伽推荐给想在冥想瑜伽上获得成功的每个人。冥想的圆满将导致控制感官,心意平静,并最终通向觉悟到神。

第六章 冥想之道

心意是朋友也是敌人

उद्धरेद् आत्मनात्मानं नात्मानम् अवसादयेत् ।
आत्मैव ह्यात्मनो बन्धुर् आत्मैव रिपुर् आत्मनः ॥५॥
बन्धुर् आत्मात्मनस् तस्य येनात्मैवात्मना जितः ।
अनात्मनस् तु शत्रुत्वे वर्तेतात्मैव शत्रुवत् ॥६॥

自己的心意必须用来提升自己,而不是降低自己。心意是我的朋友,也是我的敌人。对于控制住心意的人来说,它是朋友;对于没有控制住心意的人来说,它就是敌人。(6.05-06)

在这个世界上,除了未受控制的心意以外,没有其他敌人。(BP 7.08.10)因此,人首先应该怀着坚定的决心进行正规的冥想实践,致力于控制和征服这个敌人。所有灵性实践的目的都旨在征服心意。古鲁那纳克说:"掌控了心意,就掌控了世界。"圣人帕坦伽利把瑜伽定义为控制心意和智力的活动或意识波动(Chitta Vritti)。(PYS 1.02)稳固地控制心意和感官就是所谓瑜伽。(KaU 6.11)控制心意和感官被称为苦行和瑜伽。(MB 3.209.53)冥想的目的是控制心意,以便专注神并根据他的命令和意志来生活。瑜伽士控制心意,而不被心意所控制。数论哲学的冥想定义是,对心意指向感官对象的向外倾向进行毫不费力的控制,使之转而

向内指向至上者。瑜伽士专注、自在和向内的心意，是最有力和最具创造性的心意，可说是无所不能的。

事实上，心意是生命体解脱的原因，也是其受束缚的原因。当心意受到原质三德的控制时，心意就是束缚的原因；这同一心意，当它系于上主之时，就成为解脱的原因。（BP 3.25.15）唯有心意，既是人类解脱之因，又是其受束缚之因。当心意被感官对象控制时，就是束缚之因；当心意被智力控制时，就成为解脱之因。（VP 6.07.28）对心意和感官的绝对控制，是自我觉悟的灵性实践的先决条件。人若不能成为感官的主人，就不能在自我觉悟的道路上有所进步。因此，在控制住心意活动之后，就应该让心意远离感官享乐而专注于上主，此后，由于感官从心意那里获得了力量，感官的冲动就不起作用了。心意是其他五种感官的统治者。你一旦成为心意的主人，也就成为所有感官的主人。

जितात्मनः प्रशान्तस्य परमात्मा समाहितः ।
शीतोष्णसुखदुःखेषु तथा मानापमानयोः ॥७॥

控制住低级自我（心意和感官）的人，无论在冷热中，还是在苦乐或荣辱中，都保持平静，他们始终坚定地专注于至上自我。（6.07）

只有当心意平静，彻底摆脱了如苦乐这类欲望和二元性的时候，人们才能意识到神。然而，人们很难彻底摆脱欲望和二元性。但是，如果一个人把心意和感官都用于服务上主，他就能够从欲望和二元性的束缚中解脱出来。那些掌控了心意的人，会获得知识的灵性财富和极乐。正如湖水归于平静才能看见月影，心意之湖水趋于平静才能意识到自我。（参见 2.70）

ज्ञानविज्ञानतृप्तात्मा कूटस्थो विजितेन्द्रियः।
युक्त इत्युच्यते योगी समलोष्टाश्मकाञ्चनः ॥८॥

拥有自我知识的自我觉悟的人，被称为瑜伽士。他心意平静，控制了感官。在他看来，泥土、石头、金子都是同一不二的。（6.08）

सुहृन्मित्रार्युदासीन-मध्यस्थद्वेष्यबन्धुषु।
साधुष्व् अपि च पापेषु समबुद्धिर् विशिष्यते ॥९॥

公平对待同伴、朋友、敌人、中立者、仲裁者、憎恨者、亲戚、圣人和罪人，这样的人卓尔不凡。（6.09）

冥想的技巧

योगी युञ्जीत सततम् आत्मानं रहसि स्थितः।
एकाकी यतचित्तात्मा निराशीर् अपरिग्रहः ॥१०॥

瑜伽士应该独自静坐，持续冥想至上之主，控制心意和感官，摆脱欲望和所有者身份。（6.10）

冥想之处应该拥有宁静、孤寂和灵性的氛围，如喜马拉雅山中的一个无气味、无杂音的洞穴，而不必是一栋带有精致的大理石天神雕像的华丽宏伟的建筑。这些建筑常常会消耗灵性，只具有宗教商业的价值。

帕坦伽利《瑜伽经》（PYS 2.29）曾告诉过我们瑜伽八支：禁制、劝制、坐法、调息、制感、专注、冥想和三摩地。

必须遵循这瑜伽八支并在正确的指导下在冥想上取得进步。不对心意进行必要的净化，不通过道德行为和灵性练习对情感和欲望进行升华，使用调息和专注技术可能会导致心意进入一种危险的神经病似的状态。（参见16.24）帕坦伽利说：对于个人的身体而言，冥想的坐法应该是稳定的、放松的和舒适的。

瑜伽的调息并不是强制地把呼吸保留在肺部（这常常是十分有害的），但这一点经常被误解和误用。帕坦伽利把它定义为对引发呼吸进程的普拉那（生命的脉动或生命力）的控制。（PYS 2.49）通过使用标准的瑜伽技术，例如瑜伽体位、呼吸练习、锁扣身印等，来逐步控制或减缓生命脉动的过程，这就会刺激运动神经和感觉神经去调节通常是不受控制的呼吸。

通过使无所不在的巨大宇宙能量流过延髓给身体增压，人对呼吸的需求就会减弱甚或消除，由此瑜伽士将达致无呼吸的出神状态，这是灵性之旅的最后一个里程碑。奥义书有言：凡人不能只靠氧气而生活，他还要依赖其他东西。（KaU 5.05）人并非只是依靠食物、水和空气而活着，他还要依赖源自上主的宇宙能量才能活。呼吸的绳索把生命体（灵魂）系在身-心复合体上。瑜伽士在无呼吸的出神状态下把灵魂从身体中解脱出来，并将之系在至上灵魂上。

把感官从感官对象那里撤离回来，是一个瑜伽士在实现其目标的过程中的一个主要障碍。一旦感官撤离得以完成，专注、冥想和三摩地就很容易掌握。要控制心意，使之遵循智力，而不是让它接近和受控于粗糙感官对象，如色、声、香、味、触。心意在本性上是躁动不安的。观察呼吸进出鼻孔的自然气流和交替呼吸，有助于使心意趋于稳定。

感官撤离最常用的两个技巧是：（1）把全部注意力集中到眉心，感知并扩大那里的一个旋转发光的白色球体。（2）在心中长时间地并尽可能快地唱诵一个曼陀罗或主的一个圣名，让心意完全融入内心唱诵的声音中，直到你听不见近旁时钟的嘀嗒声。内心唱诵的速度和音量，应根据心意不安的程度而增加，反之亦然。在冥想中，人们可以利用心意潜意识的力量以实现某种高尚的生活目标。

把注意力集中在某位神的某个特殊部位上，或曼陀罗的声音中，或呼吸的流动中，或身体的不同能量中心中，或眉心，或鼻尖，或胸部中心那个想象的深红色莲花上，直到心意平静，不再荡漾。

शुचौ देशे प्रतिष्ठाप्य स्थिरम् आसनम् आत्मनः ।
नात्युच्छ्रितं नातिनीचं चैलाजिनकुशोत्तरम् ॥११॥
तत्रैकाग्रं मनः कृत्वा यतचित्तेन्द्रियक्रियः ।
उपविश्यासने युञ्ज्याद् योगमात्मविशुद्धये ॥१२॥

在洁净的地方，稳固地安置自己的座位，座位既不要太高，也不要太低，其上依次铺上草、鹿皮和布。以舒适的姿势坐下，心意专注于至上者，控制思想和感官活动，练习冥想，以求净化心意和感官。（6.11–12）

瑜伽士应该沉思至上者的任何一个美丽形象，直到这个形象出现在心意中。完全专注的短时间冥想，优于不专注的长时间冥想。集中心意在沉思的单个对象上12秒、150秒和半小时，分别被称为专注、冥想和三摩地。冥想和三摩地是专注的自然结果。当心意在专注点上停止摆动时，冥想就发生了。

在三摩地的低级阶段即有余三摩地（Savikalpa Samadhi），心意应集中在神祇的某个特殊的部位上，比如脸或脚上，以至忘记一切。这就如同醒态下的梦，人依然知道他的心意、想法和周围的一切。在三摩地的高级阶段即无余三摩地（Nirvikalpa Samadhi），身体一动不动，心意将经验到至上真理的各种层面，永久地失去个体身份和私我，并与宇宙心意合一。

心意的超意识状态是三摩地的最高状态。在这种状态下，人的正常意识与宇宙的意识联结起来，或被宇宙意识所控制，人达到一种无思想、无脉动和无呼吸的状态，除了平静、欢乐和至上喜乐，别无所感。在三摩地的最高状态中，头顶的能量中心（即顶轮）打开了；心意融进无限者中，再无心意或思想，只有超然的存在、意识和喜乐的感觉。达到这一状态的人被称为圣人。

对于大多数人来说，达到喜乐的三摩地状态似乎很难。但摩尼吉（Muniji）提供了一个简单的方法，他说：当你沉浸在至上者中，它的行动在你身体中流动的时候，你就永远幸福、永远喜乐。

समं कायशिरोग्रीवं धारयन्न् अचलं स्थिरः।
संप्रेक्ष्य नासिकाग्रं स्वं दिशश्चानवलोकयन् ॥१३॥
प्रशान्तात्मा विगतभीर् ब्रह्मचारिव्रते स्थितः।
मनः संयम्य मच्चित्तो युक्त आसीत मत्परः ॥१४॥

保持腰部、脊柱、胸部、脖子和头颅垂直，安稳不动地坐好，双眼和心意稳固地集中在鼻尖上，目光不动不移，心意安详无惧，践行禁欲，控制心意，把我作为至上目标来思念。（参见4.29，5.27，8.10和8.12）**（6.13—14）**

我的克利亚古鲁斯瓦米·哈瑞哈罗南达建议，要把注意力准确地集中在双眉之间靠近主腺体（脑垂体）四英寸深的地方。斯瓦米·希瓦南达则推荐，克里亚瑜伽中的一个姿势——凝视鼻尖，为的是唤醒脊柱底部的昆达里尼（Kundalini）能量。每天做点这一练习，双眼

将会习惯性地轻微收敛,看见鼻子的两侧。在你凝视鼻尖时,应专注通过鼻孔的呼吸运动。10分钟后,闭上眼睛,内视在双眼前方的黑暗空间。如果你看见光亮,就专注于它,因为根据瑜伽经典,这光能够完全吸收你的意识,引导你进入三摩地。初学者在学习凝视鼻尖之前,应该首先练习诗节5.27提及的凝视眉心,或者练习诗节8.12提及的凝视大脑。

禁欲有助于我们平静心意,唤醒沉睡的昆达里尼。禁欲和正确的呼吸练习净化精身。正如食物滋养粗身,生殖能量滋养精身。莎拉达·玛(Sarada Ma)警告她的弟子,不要与异性亲密接触,即便神以那样的形象出现。西方人忽视灵性生活中禁欲的作用,因为对于大多数人来说,这是很难做到的。如果不可能做到禁欲,那么,为了灵性之旅的成功,个人应该选择合适的生活伴侣。对于还没有作好禁欲准备的自己或弟子来说,强制性的禁欲是非常危险的。经典有言,一个国王,要被城堡保护起来,才能战胜敌人;同样,那些想要战胜心意和感官的人,应该尝试过一种居士的生活,以便征服它们。(BP 5.01.18)

性冲动的升华先于觉醒。(AV 11.05.05)水壶上的一个小洞,能够漏光水壶中所有的水,执着于对象的感官,也能够耗尽智力。(MS 2.99)让感官执着于感官对象,将使人犯罪;控制感官,则可获得瑜伽力量。凝视居于所有人的身体内的神圣者并在精神上诚服它,由此超越性冲动，这虽然困难，但却是可能做到的。

युञ्जन् एवं सदात्मानं योगी नियतमानसः ।
शान्तिं निर्वाणपरमां मत्संस्थाम् अधिगच्छति ॥१५॥

因此，通过不断练习把心意专注于我，征服心意的瑜伽士达到涅槃之至上平静，并与我合一。（6.15）

नात्यश्नतस् तु योगोऽस्ति न चैकान्तम् अनश्नतः ।
न चाति स्वप्नशीलस्य जाग्रतो नैव चार्जुन ॥१६॥

阿周那啊，这种瑜伽，对于暴食者或几乎不食者是不可能的，对于贪睡者或几乎不睡者也是不可能的。（6.16）

युक्ताहारविहारस्य युक्तचेष्टस्य कर्मसु ।
युक्तस्वप्नावबोधस्य योगो भवति दुःखहा ॥१७॥

饮食节制，娱乐适当，工作尽责，起居有度，冥想瑜伽消除所有的悲伤。（6.17）

《薄伽梵歌》教导我们应该避免生活中的一切极端行为。主佛陀曾称赞《薄伽梵歌》所倡导的这种适度，他将之称为中道或正道。要成功地进行任何灵性修习都需要有健康的心意和身体。因此，瑜伽士应该控制自己的日常生活，诸如饮食、睡眠、沐浴、休息和娱乐。那些暴食者或几乎不食者可能会生病或非常脆弱。建议吃

半饱,喝四分之一的水,让胃留一些空间。如果睡眠超过6小时,就会增加人的倦怠、激情和胆汁。瑜伽士应避免极度放纵于不受控制的欲望中,也要避免走向瑜伽修习的另一个极端,即对身体和心意进行折磨。

यदा विनियतं चित्तम् आत्मन्य् एवावतिष्ठते ।
निःस्पृहः सर्वकामेभ्यो युक्त इत्य् उच्यते तदा ॥१८॥
当一个人完全控制住心意,摆脱了一切欲望,并与上主意识之来源彻底合一,这个人就达到了瑜伽之境。(6.18)

यथा दीपो निवातस्थो नेङ्गते सोपमा स्मृता ।
योगिनो यतचित्तस्य युञ्जतो योगम् आत्मनः ॥१९॥
放在(由自我之墙)遮蔽住(欲望之)风之处的(心意)灯火,不会飘忽不定,这可以用来比喻与自我意识合一的瑜伽士的被控制的心意始终稳定平静。(6.19)

瑜伽圆满的标志就在于,心意始终像避风之处的灯火一样稳定平静。

यत्रोपरमते चित्तं निरुद्धं योगसेवया ।
यत्र चैवात्मनात्मानं पश्यन्न् आत्मनि तुष्यति ॥२०॥
由瑜伽修习所训练的心意一旦变得稳定平静,人就会用净化的智力观照(无处不在及无所不在的)自我,并由此满足于自我。(6.20)

第六章 冥想之道

自我存在于所有人当中,这正如火存在于木头中。摩擦,可以使木中之火为肉眼所见,同样,冥想也可以使寓居在体内的自我被人感知。(MB 12.210.42)对于自我觉悟,在三摩地中进行心意的心理物理转换(或超意识的状态)是必不可少的。我们每个人都可以进入那不受时空限制的超意识心意。

人不能通过推理来理解无限者。要把握无始的绝对者之本性,推理是无能为力的。最高级的能力不是推理而是直觉,直觉才能领悟来自于自我而不是来自不可靠的感官或推理的知识。只有通过最高级的三摩地状态中的直觉经验或其他方式,才能感知到自我。尤迦南达说,冥想能够扩展直觉的魔术杯,使人把握住无限的智慧之海。

सुखम् आत्यन्तिकं यत् तद् बुद्धिग्राह्यम् अतीन्द्रियम्।
वेत्ति यत्र न चैवायं स्थितश् चलति तत्त्वतः ॥२१॥

超越感官的无限至福,只有通过智力才能获得。意识到绝对实在之后,就绝不会再与它分离。(6.21)

यं लब्ध्वा चापरं लाभं मन्यते नाधिकं ततः।
यस्मिन् स्थितो न दुःखेन गुरुणापि विचाल्यते ॥२२॥

自我觉悟之后,就再没有优于此的东西需要获得。安住在自我觉悟中,即使遭遇最大的灾难,人也不会动摇。(6.22)

तं विद्याद् दुःखसंयोग-वियोगं योगसंज्ञितम् ।
स निश्चयेन योक्तव्यो योगोऽनिर्विण्णचेतसा ॥२३॥

断绝与痛苦的联结，就是所谓瑜伽。要决心坚定、毫不分心地修习瑜伽。（6.23）

要心怀坚定信仰，长时间、不间断、精力充沛地练习冥想（或任何其他修持），才能获得瑜伽。（PYS 1.14）

संकल्पप्रभवान् कामांस् त्यक्त्वा सर्वान् अशेषतः ।
मनसैवेन्द्रियग्रामं विनियम्य समन्ततः ॥२४॥
शनैः शनैर् उपरमेद् बुद्ध्या धृतिगृहीतया ।
आत्मसंस्थं मनः कृत्वा न किंचिद् अपि चिन्तयेत् ॥२५॥

彻底弃绝一切欲望，智力全面控制感官，利用训练有素和净化的智力，使心意充分融入自我且心无旁骛，心意会逐渐获得平静。（6.24–25）

色欲和贪婪来自于"我（I）、我（me）和我的(my)"的感觉，在灵性修习的帮助下，当心意摆脱污秽的色欲和贪婪时，它就会在物质的幸福和不幸中保持平静。（BP 3.25.16）

यतो यतो निश्चरति मनश्चञ्चलम् अस्थिरम् ।
ततस् ततो नियम्यैतद् आत्मन्येव वशं नयेत् ॥२६॥

第六章 冥想之道

（在冥想期间）无论躁动不安的心意在哪里游荡，你都应该把它摄回，使之处于自我意识的控制之下。（6.26）

心意会想方设法在感官享乐的世界中游荡。冥想者应通过经常默想个人的本质是灵魂而不是身体从而把心意集中在自我上。只要观察到心意在游荡，就温柔地把它摄回，使之处于智力和自我意识的监管和控制之下。

心意的自然倾向是游荡。我们从个人的经验中深知心意很难得到控制。控制心意，就如同控制风一样几乎是一项不可能完成的任务。但人的心意能够通过诸如冥想和不执一类的真诚灵性修习而得以征服。（Gita 6.34-35）大部分评论者认为，在冥想期间，当心意开始游荡时，就应该加以约束并把它招回，使之处于自我的控制之下。

人们认为，阿特曼（Atman）优于身体、感官、心意和智力。（Gita 3.42）因此，我们能够利用对阿特曼的觉知来征服心意。基于对此节略为不同的解释，斯瓦米·维夏瓦（Swami Vishvas）发展出一种冥想技巧。基于"绝不要让心意不受监管地四处游荡"的理论，这种冥想方式被描述如下：

采用诗节6.13给出的冥想姿势。一个非常之好的做法是：在你开始任何动作之前，你要祈求你个人选择的那位你相信的神的恩典。印度教徒也可以祈求伽内什

（Ganesha）、主克里希那或自己的古鲁的恩典。

冥想或任何灵性修习的主要目的，是为了使自己摆脱外部世界及其活动，开启内在的灵性之旅，成为内观者。你要始终记住，你不是身体，不是心意，也不是智力，而是脱离并超越身体-心意-私我复合体的自我（阿特曼）。你要在冥想期间使你的自我脱离身体-心意-私我复合体，让自我成为见证人。把你的心意从外部世界中摄回，凝视你所选择的让你感觉最舒服的任何一个中心（脑下垂体、第六轮、鼻尖、心脏中心或肚脐）。观察心意的活动，不要判断出现在你心意中的想法的好坏。只是放松，坐在心意之车的后座上去兜风，观察心意在思想的世界中如何游荡。心意因其本性总会四处游荡，从一开始就不得安宁。不要匆忙地延缓、压制和控制它，也不要试图用诸如唱诵曼陀罗、专注任何对象或思想等任何其他方式参与心意。

把你自己从你的心意中彻底脱离出来，观看心意摩耶的游戏。不要忘记，你的任务就是用（高级）自我即阿特曼来观看你的（低级）自我即心意。不要执着或被心意的意识波动所带走，而要见证或跟踪它。经过严肃认真的练习之后，当心意发现它时常在被观察和跟踪时，它就会开始趋于缓慢。不要对见证内心思想进程的这一过程增加任何东西。慢慢地，你的专注力就会增加，心意就会像一个朋友加入到你内心的旅程中。（Gita 6.05-06）至福的光芒就会围绕你，你将超越思想进入到无余三摩地的无思境界。每天早晚练习半小时,或在你选择的其他方便时间(但要固定)练习半小时。冥想的进步还依赖几个不受你控制的因素,但你得坚持不懈。在每次冥想结束时,你得发出三声"唵",并感谢神。

谁是瑜伽士

प्रशान्तमनसं ह्येनं योगिनं सुखम् उत्तमम् ।
उपैति शान्तरजसं ब्रह्मभूतम् अकल्मषम् ॥२७॥

心意平静,欲望平息,罪恶消除,自我觉悟的瑜伽士获得至上的极乐。(6.27)

युञ्जन् एवं सदात्मानं योगी विगतकल्मषः ।
सुखेन ब्रह्मसंस्पर्शम् अत्यन्तं सुखम् अश्नुते ॥२८॥

持续地将其心意和智力专注于自我意识,这样一个无罪的瑜伽士,将享受与自我合一的永恒极乐。(6.28)

尤迦南达说:缺少内在的喜悦,人们就会转向恶。冥想上主的极乐将使善良弥漫我们。

सर्वभूतस्थम् आत्मानं सर्वभूतानि चात्मनि ।
ईक्षते योगयुक्तात्मा सर्वत्र समदर्शनः ॥२९॥

> 与至上存在合一的瑜伽士，用平等的眼光看待一切，他看见无所不在的至上存在（或自我）寓于众生中，又看见众生寓于至上存在中。（参见4.35, 5.18）（6.29）

对自我寓于众生中的同一性的觉知，是最高的灵性圆满。圣人雅迦瓦克雅（Yajnavalkya）说：一个妻子不是因为她的身体得到满足而爱她的丈夫的，而是因为她感到她的灵魂和丈夫的灵魂是同一的而爱她的丈夫的。她融入了她丈夫之中并与他合而为一。（BrU 2.04.05）吠陀婚姻的基础，正是建立在这一高贵且坚实的灵魂文化的基石之上，且坚不可摧。要发展人与人之间任何有意义的关系，若缺乏对一切关系的灵性基础的坚实理解，就好像浇树浇叶而不是浇根一样愚蠢。

当一个人在众生之中觉知到自己的高级自我，并在自己的高级自我中觉知到众生的时候，他就不会憎恨或伤害任何人。（IsU 06）永恒的平静属于那些觉知到上主作为灵魂存在于每个人之中的人。（KaU 5.13）人应该爱他人，包括敌人，因为所有人都是你自己的自我。"爱你的敌人，并为那些迫害你的人祈祷"，这不仅是《圣经》最高贵的教导，也是通向神的一切道路所共享的基本思想。当人意识到他或她自己的自我就是一切事物时，他还会憎恨或者惩罚谁呢？谁也不会拔掉咬了自己舌头的牙齿。当人觉知到并非任何别的东西，而是他自己的主寓于整个宇宙中的时候，他还会与谁去战斗？

人不应该只爱玫瑰,还应该爱荆棘。

在一切中看见一,并在一中看见一切,这样的人就会无处不看见一。充分理解这一点并体验到个体灵魂与超灵的合一性,是人生的最高成就和唯一目的。(BP 6.16.63)在人的灵性发展的圆满中,人们发现,寓于个人自己心中的上主,也寓于所有其他人——无论是富人还是穷人,是印度教徒还是穆斯林、基督徒,是受害者还是迫害者,是圣人还是罪人——的心中。因此,憎恨一个人就是憎恨主。这一觉悟会使人成为一个真正谦卑的圣人。那些意识到超灵遍及一切,而且它正是个人自己之个体自我的人,将除掉其身上的一切不纯,获得不朽和极乐。

यो मां पश्यति सर्वत्र सर्वं च मयि पश्यति ।
तस्याहं न प्रणश्यामि स च मे न प्रणश्यति ॥३०॥

在一切地方(和一切事物中)都看见我,把一切事物都看作是我的不可缺少的部分,这样的人不会与我分离,我也不会与他分离。(**6.30**)

自我觉悟的人会在整个宇宙和他自身之中看见我,并在我中看见整个宇宙和他自身。当一个人看见我遍及一切之中正如火弥漫在木头之中时,立即就会摆脱虚妄。当一个人明白他自己不同于身体、心意和原质三德并且与我并无分别之时,他就获得解脱。(BP 3.09.31–

33）智者看见他自己的高级自我存在于整个宇宙中，整个宇宙也存在于他自己的高级自我中。真正的虔信者绝不会对生命中的任何境况——例如再生轮回，上天堂或下地狱——感到恐惧，因为他们明白上主无处不在。（BP 6.17.28）如果你在任何时候想看见主、记念主并与主在一起，那么，你得学会在一切地方和一切事物中看见主。

सर्वभूतस्थितं यो मां भजत्येकत्वमास्थितः।
सर्वथा वर्तमानोऽपि स योगी मयि वर्तते ॥३१॥

非二元论者崇拜寓于一切之中的我，无论他们怎样生活，他们都生活在我之中。（6.31）

आत्मौपम्येन सर्वत्र समं पश्यति योऽर्जुन।
सुखं वा यदि वा दुःखं स योगी परमो मतः ॥३२॥

阿周那啊，那些把众生都看作他自己，把他人的苦乐感受为他自己的苦乐的人，堪称完美的瑜伽士。（6.32）

一个人应该把众生都看作是自己的孩子。（BP 7.14.09）这是一个真正的虔信者的品质之一。圣人把所有的女人都看作他的母亲，把他人的财富看作一朵云，把众生看作他自己的自我。为他人的悲伤而悲伤，为他人的荣耀而欣喜，这样的人是稀有的。

第六章 冥想之道

控制不安心意的两种方法

अर्जुन उवाच
योऽयं योगस् त्वया प्रोक्तः साम्येन मधुसूदन ।
एतस्याहं न पश्यामि चञ्चलत्वात् स्थितिं स्थिराम् ॥३३॥
चञ्चलं हि मनः कृष्ण प्रमाथि बलवद्दृढम् ।
तस्याहं निग्रहं मन्ये वायोर् इव सुदुष्करम् ॥३४॥

阿周那说：克里希那啊，您说瑜伽冥想以心意平静为特征。但是由于心意躁动不安，我很难感知它是稳定的。因为心意的确是极为不安、躁动、有力和固执的，克里希那啊，我认为控制心意就如控制风一样的困难。（6.33–34）

श्रीभगवानुवाच
असंशयं महाबाहो मनो दुर्निग्रहं चलम् ।
अभ्यासेन तु कौन्तेय वैराग्येण च गृह्यते ॥३५॥

主克里希那说：阿周那啊，毫无疑问，心意躁动不安，难以控制。但若你坚持不懈地以不执之心持续有力地进行灵性修习（如冥想），阿周那啊，你就可以征服心意。（6.35）

不执，与一个人把世界及其对象理解为无根基的认识相关。（MB 12.174.04）沉思而无不执之心，就像不穿

衣服之人体上的珠宝。（TR 2.177.02）通过年复一年的刻意修习，任何事情都可以达成。（更多的参见17.03）

असंयतात्मना योगो दुष्प्राप इति मे मतिः।
वश्यात्मना तु यतता शक्योऽवाप्तुम् उपायतः ॥३६॥

无法控制心意的人，很难获得瑜伽。但设法通过正确的方法控制住心意的人，是可以获得瑜伽的。（6.36）

不成功的瑜伽士将走向哪里

अर्जुन उवाच
अयतिः श्रद्धयोपेतो योगाच् चलितमानसः।
अप्राप्य योगसंसिद्धिं कां गतिं कृष्ण गच्छति ॥३७॥

阿周那说：克里希那啊，那些有信仰，却因不能征服心意而偏离正道且未能达成瑜伽圆满的瑜伽士，他们将走向哪里？（6.37）

कच्चिन् नोभयविभ्रष्टश् छिन्नाभ्रम् इव नश्यति।
अप्रतिष्ठो महाबाहो विमूढो ब्रह्मणः पथि ॥३८॥

克里希那啊，他们不会像消散的云一样消失吧？他们不会遗失在天堂欢乐与世俗欢乐之间吧？他们不会无助地困惑在自我觉悟的道路上吧？（6.38）

第六章 冥想之道

एतन् मे संशयं कृष्ण छेत्तुम् अर्हस्य् अशेषतः ।
त्वदन्यः संशयस्यास्य छेत्ता न ह्य् उपपद्यते ॥३९॥

克里希那啊,只有您才能完全消除我的这个疑惑,因为除了您,再也无人能够消除这样的疑惑了。(参见15.15)(**6.39**)

阿周那问了一个很好的问题。因为心意非常难于控制,所以,在一个人的一生当中,很有可能达不成瑜伽圆满。那么,所有的努力是否都白费了?其回答见下。

श्रीभगवानुवाच
पार्थ नैवेह नामुत्र विनाशस् तस्य विद्यते ।
न हि कल्याणकृत् कश्चिद् दुर्गतिं तात गच्छति ॥४०॥

主克里希那说:瑜伽士从事的灵性实践绝不会在此生或来世浪费掉。一个卓越者再生时其出身等级绝不会比此世更低,我亲爱的朋友。(**6.40**)

प्राप्य पुण्यकृतां लोकान् उषित्वा शाश्वतीः समाः ।
शुचीनां श्रीमतां गेहे योगभ्रष्टोऽभिजायते ॥४१॥
अथवा योगिनाम् एव कुले भवति धीमताम् ।
एतद्धि दुर्लभतरं लोके जन्म यद् ईदृशम् ॥४२॥

低等级的失败瑜伽士在抵达天堂并在那里生活许多年之后,会再生在一个虔诚而富裕的家庭。高等级的失败瑜伽士则不会去往天堂,而会再生在一个灵性得到充

分发展的家庭。确实,像这样高贵的出生,是很难在此世获得的。(6.41-42)

तत्र तं बुद्धिसंयोगं लभते पौर्वदेहिकम्।
यतते च ततो भूयः संसिद्धौ कुरुनन्दन ॥४३॥

阿周那啊,失败的瑜伽士由此恢复了他在前世获得的知识,并以他离开之处为起点,再一次为获得瑜伽圆满而努力。(6.43)

पूर्वाभ्यासेन तेनैव ह्रियते ह्यवशोऽपि सः।
जिज्ञासुर् अपि योगस्य शब्दब्रह्मातिवर्तते ॥४४॥

由于前世修习瑜伽留下的业的印迹,失败的瑜伽士会本能地趋向神。即便他只是瑜伽的探寻者,也胜过那些(为了物质利益)举行吠陀祭祀的人。(6.44)

प्रयत्नाद् यतमानस् तु योगी संशुद्धकिल्बिषः।
अनेकजन्मसंसिद्धस् ततो याति परां गतिम् ॥४५॥

勤奋努力的瑜伽士,在经过多次再生逐渐获得圆满之后,从所有的不圆满中彻底解脱出来,臻达至上居所。(6.45)

人们在灵性生活中必须非常小心,因为其中存在着被摩耶创造的强大歪风带走的可能性,由此人就可能放弃灵性之道。但人们绝不应该气馁。不成功的瑜伽士可以通过从他们离开之处重新开始而获得另一次机会。灵性之旅漫长而缓慢,但真诚的努力绝不会白费。一般说来,人要经过许多许多次再生才能达致解脱的圆满。所有生命体(灵魂)在抵达灵性进展的顶点后,最终都会获得拯救。

谁是最佳的瑜伽士?

तपस्विभ्योऽधिको योगी ज्ञानिभ्योऽपि मतोऽधिकः ।
कर्मिभ्यश्चाधिको योगी तस्माद् योगी भवार्जुन ॥६.४६॥
瑜伽士优于苦行者,瑜伽士优于吠陀学者,瑜伽士优于祭祀者。因此,阿周那啊,做一个瑜伽士吧。(6.46)

योगिनाम् अपि सर्वेषां मद्गतेनान्तरात्मना ।
श्रद्धावान् भजते यो मां स मे युक्ततमो मतः ॥६.४७॥
在所有的瑜伽士中,怀着至上的信仰崇拜我,心意全然专注于我的意识,我认为,这样的虔信瑜伽士,是最佳的瑜伽士。(参见12.02和18.66)(6.47)

如果带着对上主的知识、信仰和爱从事冥想或任何其他行动,这些行动会变得更加有力和有效。对灵性进步来讲,冥想是其必要条件,而非充分条件。所以心

意应该全然专注于上主的意识。冥想的心境，应该在其他时间里通过经典研习、自我分辨和无私服务来保持和继续。有人说，若无其他瑜伽的存在，任何单一的瑜伽都是不完整的。为了准备一顿丰盛的大餐，所有食材的正确组合是必不可少的，同样，为了抵达至上目标，无私服务、唱诵主的圣名、冥想、研习经典、沉思以及虔信之爱，都是必不可少的。有些求道者偏爱于只走一条道路，他们应该试试所有其他的主要道路，看看它们的某种组合是否更好。如果彻底服从于上主，则任何道路都是正确的道路。怀着对上主虔信之爱进行冥想的人，被称为虔信瑜伽士，他们被认为是所有瑜伽士中最优秀者。

在通过曼陀罗或冥想净化个人的心智之前，他必须要达到某个层面，在那个层面上，他的意识系统才能够感受到某个曼陀罗。这就意味着，人的世俗欲望必须首先不执地予以满足，并且他已经练习过帕坦伽利《瑜伽经》中的前四支瑜伽。这就好比珠宝在镀金之前必须首先把它清洗干净一样。

第七章
自我知识与觉悟

श्रीभगवानुवाच
मय्य् आसक्तमनाः पार्थ योगं युञ्जन् मदाश्रयः ।
असंशयं समग्रं मां यथा ज्ञास्यसि तच्छृणु ॥१॥

主克里希那说:阿周那啊,请听我说,你要一心一意专注我①,以我为庇护,践行灵性修习,毫无疑问,你就会彻底了解我。(7.01)

---

① 《薄伽梵歌》中克里希那教导所说的"我"有两层含义:一是指人格神,即克里希那本身;一是指非人格的至上存在或绝对意识,或大我、真我、自我。但无论是人格神还是非人格神,"我"均指梵——世界表象(包括人和万物)的根基、原因、源起,即存在本身。——汉译者注

形而上的知识是终极知识

ज्ञानं तेऽहं सविज्ञानम् इदं वक्ष्याम्य् अशेषतः।
यज् ज्ञात्वा नेह भूयोऽन्यज् ज्ञातव्यम् अवशिष्यते ॥२॥

我要把超然的知识和超然的经验或观察力都传授给你，知道它们后，在这个世界上，你就再没有什么需要知道了。（7.02）

拥有超然的经验的人会变得圆满。（RV 1.164.39）当人们听见、反思、冥想、看见和了解至上存在时，人们就（仿佛）了解了一切。（BrU 4.05.06）随着关于绝对者即至上灵魂的知识的出现，就没有必要去了解任何其他事物了。了解了金子，就了解了金子做成的一切物件；同样，了解了至上存在（大梵，Para Brahma），也就了解了永恒存在（梵天）的一切显现。有人说，主克里希那就是至上存在（大梵），了解了他，也就了解了一切；但若了解一切，却不了解克里希那，那就什么也不了解。这一诗节的意图是：若不了解我是谁，则所有其他知识都残缺不全。

第七章 自我知识与觉悟

求道者非常稀少

मनुष्याणां सहस्रेषु कश्चिद् यतति सिद्धये ।
यतताम् अपि सिद्धानां कश्चिन् मां वेत्ति तत्त्वतः ॥३॥

在成千上万的人中,很少有人能争取到自我觉悟的圆满;在那些争取成功的人中,也很少有人真正了解我。(7.03)

很少有人会如此的幸运,能够去获得关于至上存在的知识并献身于至上存在。

精神和物质的定义

भूमिर् आपोऽनलो वायुः खं मनो बुद्धिर् एव च ।
अहंकार इतीयं मे भिन्ना प्रकृतिर् अष्टधा ॥४॥

心意、智力、私我、以太(空)、风、火、水和土①,是我的物质属性(原质)的八个类别。(7.04)
(参见 13.05)

---

① 一般都翻译成"地",但我们在本书中以及其他相关译著中都翻译成"土"。——汉译者注

"物质属性"（原质）被定义为：一切事物得以形成的物质原因或物质能量。根据数论派的观点，物质属性（原质）是物质世界的原始来源，它构成了宇宙万物得以演化的原质三态（三德）和八个基本要素。物质属性（原质）是神性力量（摩耶）的一种变换，是整个宇宙创造的物质原因。因此，物质是上主虚幻能量即摩耶的一个部分。物质属性（原质）也被称为易腐的身体、物质、自然、摩耶、领域、创造物以及显现状态。那创造了多样性的事物和多样性本身，以及所有能够被看见或知道的事物（包括宇宙心意），也被称为物质属性。

अपरेयम् इतस् त्व् अन्यां प्रकृतिं विद्धि मे पराम् ।
जीवभूतां महाबाहो ययेदं धार्यते जगत् ॥५॥

阿周那啊，物质属性或原质是我的低级属性。我的另一个高级属性是灵或意识，借由它，整个宇宙得以维系。（7.05）

7.04 和7.05这两个诗节描述了两种属性。7.04描述的八种物质属性是低级能量或物质能量，也就是通常所谓的原质（Prakriti）。它在意识的帮助下创造了物质世界。7.05提到的高级属性，也被称为高级能量或灵性能量（Purusha，普鲁沙/原人）。它来源于意识，即至上之灵(Supreme Spirit)。在原质的帮助下，普鲁沙创造并维系整个宇宙。灵是稳定不变的，而产生于灵的物质属性是变动不居的。普鲁沙观察、见证、享受和监督物质属性。

至上之灵是宇宙创造的直接原因。物质属性和灵（普鲁沙）不是两种独立的实体，而是至上之灵的两个方面。至上之灵、灵（普鲁沙）和物质属性既相同也不同，正如太阳、阳光和光热既相同又不同一样。

水，和产生于水并靠水维系的鱼，并不是同一事物。同样，灵，和产生于灵的物质属性，也不是同一事物。（MB 12.315.14）当灵与感官相联结而享有物质属性的形态时，灵就称为灵魂。灵与灵魂是不同的，因为灵维系灵魂，但智者对这两者不作分别。（BP 4.28.62）

诸如至上之灵、灵、物质属性和灵魂这些术语，在不同的学说中有不同的定义，根据不同的文本也有不同的含义。在此情况下，无宗派色彩的单词"神"（God），可以用来指代那宇宙的独一无二之主，即至上存在。而印度教徒喜欢用各种人名来称呼它，如罗摩、克里希那、希瓦和母亲。这些不同的术语肯定会使读者感到困惑，因此，一个人要想在灵性之旅的道路上有所进步，就必须（最好是在导师的帮助下）弄懂这些术语的完整内涵、用法以及它们与其他不同表达之间的层次关系。

至上之灵是一切的基础

एतद्योनीनि भूतानि सर्वाणीत्य् उपधारय ।
अहं कृत्स्नस्य जगतः प्रभवः प्रलयस् तथा ॥६॥

要知道，一切生物都进化自这两种能量，并且我是整个宇宙的来源或起源，也是整个宇宙的毁灭者。（参见13.26）（7.06）

मत्तः परतरं नान्यत् किंचिद् अस्ति धनंजय ।
मयि सर्वम् इदं प्रोतं सूत्रे मणिगणा इव ॥७॥

阿周那啊，除了我，即至上存在，再没有其他（或更高的）存在。宇宙中的一切都与我相连，正如不同的珠子串联在一根线上一样。（7.07）

同一个灵存在于牛、马、人、鸟和所有其他生物中，正如同一根线存在于由钻石、黄金、珍珠或木头做成的项链中。（MB 12.206.02–03）"他"遍及全部创造物。（YV 32.08）

रसोऽहम् अप्सु कौन्तेय प्रभास्मि शशिसूर्ययोः ।
प्रणवः सर्ववेदेषु शब्दः खे पौरुषं नृषु ॥८॥
पुण्यो गन्धः पृथिव्यां च तेजश्चास्मि विभावसौ ।
जीवनं सर्वभूतेषु तपश् चास्मि तपस्विषु ॥९॥

第七章　自我知识与觉悟

阿周那啊，我是水中的滋味，我是日月的光辉，我是所有吠陀中的神圣音节"唵"（AUM），我是以太的声音，我是人的潜力。我是土的甜香，我是火的热量，是所有生物的生命，是苦行者的苦行。（7.08-09）

बीजं मां सर्वभूतानां विद्धि पार्थ सनातनम् ।
बुद्धिर् बुद्धिमताम् अस्मि तेजस् तेजस्विनाम् अहम् ॥१०॥
बलं बलवतां चाहं कामरागविवर्जितम् ।
धर्माविरुद्धो भूतेषु कामोऽस्मि भरतर्षभ ॥११॥

阿周那啊，要知道，我是所有生物的永恒种子。我是智者的智力，我是辉煌者的辉煌。（参见9.18和10.39）我是强者的力量，全无贪欲和执着。我是人的性欲或爱欲，不仅喜悦感官，而且顺应正法（出于婚后生殖的神圣目的）。（7.10-11）

ये चैव सात्त्विका भावा राजसास् तामसाश्च ये ।
मत्त एवेति तान् विद्धि न त्व् अहं तेषु ते मयि ॥१२॥

要知道，原质有三态（三德）：善良、激情和愚昧，它们也都出自于我。我既不依赖原质三态，也不受其影响，但它们却要依赖我。（参见9.04、9.05）（7.12）

त्रिभिर् गुणमयैर् भावैर् एभिः सर्वम् इदं जगत् ।
मोहितं नाभिजानाति माम् एभ्यः परम् अव्ययम् ॥१३॥

人类被原质三态的不同表现所迷惑;因此,他们不了解我,不知道我才是永恒者,并超越原质三态。
(7.13)

如何征服虚幻的摩耶神力

दैवी ह्येषा गुणमयी मम माया दुरत्यया ।
माम् एव ये प्रपद्यन्ते मायाम् एतां तरन्ति ते ॥१४॥

我的这一神力被称为摩耶,它由原质三态构成,很难征服它们。只有那些顺从我的意志的人,才能撩开摩耶的面纱,认识绝对实在。(参见14.26, 15.19和18.66)
(7.14)

当一个人把自己的生命完全奉献给至上之主,并在任何情况下都像小孩依靠父母一样依靠他时,上主就会亲自照看这样的虔信者。而当上主看管你时,你就再无任何恐惧,也再不必为了生命中的任何事物——无论是灵性的还是物质的事物——依靠任何人。

谁在寻求神?

न मां दुष्कृतिनो मूढाः प्रपद्यन्ते नराधमाः ।
माययापहृतज्ञाना आसुरं भावम् आश्रिताः ॥१५॥

第七章 自我知识与觉悟

作恶者，无知者，恶魔附身的低等人，被神的虚幻之力（摩耶）夺走了判断力，他们不会顺从我的意志。（7.15）

चतुर्विधा भजन्ते मां जनाः सुकृतिनोऽर्जुन ।
आर्तो जिज्ञासुर् अर्थार्थी ज्ञानी च भरतर्षभ ॥१६॥

阿周那啊，有四种善人会崇拜我或寻求我，他们是：受苦人，求知者，求财者，以及（已经经验到至上存在的）觉悟者。（7.16）

人的行为是欲望的产物。若无对事物的欲望，人根本不会做任何事。欲望不可能被彻底清除。所以，人首先应该对低级形式的自私欲望进行转化。获得解脱的欲望是高级或高贵形式的欲望。而虔信并爱神，这一欲望被认为是人类欲望的最高级最纯粹的形式。有人说，高级虔信者甚至不会有向神祈求解脱的欲望。他们只是渴望生生世世奉爱并服务于神。

那些为了圆满而靠近神的虔信者，其低级欲望就像烧焦了的种子，再也不能发芽并长成欲望的大树。真正重要的是，要通过虔信、爱、敬畏等情感，甚或为了物质功利，深深地冥想神。（BP 10.22.26）

तेषां ज्ञानी नित्ययुक्त एकभक्तिर् विशिष्यते ।
प्रियो हि ज्ञानिनोऽत्यर्थम् अहं स च मम प्रियः ॥१७॥

在这四种人中，觉悟者与我联结，虔信专一，是最优秀者。我最爱觉悟者，觉悟者也最爱我。（7.17）

若不虔信（即爱神），关于神的知识就是空洞的思辨；而若无关于神的知识，虔信就是盲目的信仰。巴克提（Bhakti）即虔信，是自我知识即智慧之花朵，而觉悟就是其果实。如上所述，自我觉悟者被认为是所有瑜伽士或虔信者中最优秀者。没有自我知识，虔信就不完全。虔信之道的倡导者圣人图拉斯达萨甚至说：是自我知识带来了信仰，没有信仰就不可能有对神的爱；没有爱，虔信和不执就不会持续，就比水还不稳定。（TR 7.88.04）觉悟者不会从神那里祈求任何事物，被认为是最优秀的虔信者。参见诗节15.19的评注。

उदाराः सर्व एवैते ज्ञानी त्व् आत्मैव मे मतम् ।
आस्थितः स हि युक्तात्मा माम् एवानुत्तमां गतिम् ॥१८॥

所有这些求道者的确都是高贵的，但我认为觉悟的虔信者才是我的自我（至上之梵），因为他们坚定地与我合一，安居于我的至上居所中。（参见9.29）（7.18）

第七章 自我知识与觉悟

一切都是神的显现

बहूनां जन्मनाम् अन्ते ज्ञानवान् मां प्रपद्यते ।
वासुदेवः सर्वम् इति स महात्मा सुदुर्लभः ॥१९॥

经过多次再生之后，觉悟者意识到所有一切确为我的显现，从而顺从于我的意志。这样的伟大灵魂是非常罕见的。（参见7.07, 18.66）（**7.19**）

在吠陀经典中还有另外七个被称为大圣言的梵文诗节，它们是：

（1）所有这一切当然是灵，因为一切产生于灵，依赖于灵，并将融入于灵。（ChU 3.14.01）

（2）所有这一切就是灵。灵无处不在。这整个宇宙确实是至上之梵。（MuU 2.02.11）

（3）意识是灵。（AiU 3.03）

（4）我是灵。（BrU 1.04.10）

（5）你是灵。（ChU 6.08.07）

（6）个体自我（吉瓦）与绝对者（梵）同一。（MaU 02）

（7）那个一就是所有这一切。（RV 8.58.02）

整个创造以及实在的一切秩序不过是神的另一种形式，这一确定的理解就是真正的自我知识。同一的阿特曼可以从微观的（吉瓦，或非真实的"我"）层

次被看作是个体灵魂，也可以从宏观的（宇宙，或真实的"我"）层次被看作是宇宙灵魂。换言之，宇宙与梵同一。

雄性麝香鹿在四处寻找麝香香味的来源徒劳无果之后，最终在其自身之中发现了麝香。在觉悟到神之后，人就会明白，正是神之灵（或意识），变成了宇宙和所有的生命体。所以，一切事物都是意识。在神力（摩耶）之风的吹拂下，创造物就像连绵不绝的波浪一样出现在意识的海洋中。一切事物，包括被称为摩耶的原生神性能量，都不过是那绝对者的一个不可或缺的组成部分。

कामैस् तैस्तैर् हृतज्ञानाः प्रपद्यन्तेऽन्यदेवताः ।
तं तं नियमम् आस्थाय प्रकृत्या नियताः स्वया ॥२०॥

有些人，因其欲望受业力印迹的驱使，夺走他们的分辨力，他们就会为了满足其物质欲望而求助众天神并举行各种宗教仪式。（7.20）

崇拜神祇也是崇拜神

यो यो यां यां तनुं भक्तः श्रद्धयार्चितुम् इच्छति ।
तस्य तस्याचलां श्रद्धां ताम् एव विदधाम्य् अहम् ॥२१॥
स तया श्रद्धया युक्तस् तस्याराधनम् ईहते ।
लभते च ततः कामान् मयैव विहितान् हि तान् ॥२२॥

第七章 自我知识与觉悟

只要怀有信仰，无论任何人欲采用任何名字、形式和方法去崇拜任何神祇，我都会使他们坚定地信仰那位神祇。一旦拥有坚定的信仰，他们就会崇拜那位神祇，并由此获得他们所欲之物。事实上，他们的获得之物是我赐予的。（7.21-22）

正如风中的花香来自鲜花，诸神的力量来自至上之主。（BP 6.04.34）神是行动结果的赐予者。（BS 3.02.38）神会满足其崇拜者的所有愿望。（BP 4.13.34）不应轻视任何寻求神的方式，因为所有崇拜都是对同一位神的崇拜。只要崇拜者怀着信仰和爱去崇拜神，它就会满足虔信者所有真诚和善意的祈求。智者明白，所有神祇的名字和形式实际上都是他的（His）名字和形式；而无知者则为了个人私利以宗教的名义且以他人的生命为代价玩弄着圣战的游戏。所有神祇都是同一个神，是同一绝对者的不同显现。

有人说，所有降落下来的雨水最终都会流入海洋，同样，无论一个人崇拜哪位神祇，其所有的敬意和祈祷都会抵达至上存在那里。无论一个人崇拜的神祇的名字或形式为何，他所崇拜的都是同一位至上存在，并且他会因其信仰而从神祇崇拜中获得回报。主会通过他所喜爱的神祇间接地赐予他因崇拜而想要的结果。人类生活在二元对立的牢房的黑暗中。诸神就像各种象征物或某种媒介，它能够开启感知至上存在的窗口。然而，若无

对至上存在之属性的充分理解，诸神崇拜就被认为是无知的崇拜。

अन्तवत् तु फलं तेषां तद् भवत्य् अल्पमेधसाम् ।
देवान् देवयजो यान्ति मद्भक्ता यान्ति माम् अपि ॥२३॥

但是，这些智力较低的人们所获的物质利益是暂时的。天神崇拜者走向天神，但我的崇拜者确定会来到我这里。（7.23）

诸神或天神的崇拜者处在原质的善良或激情的形态下；那些为了求得子孙、获取名誉或为了摧毁对手而从事其他更低等级的崇拜——例如恶灵崇拜、魔鬼崇拜、黑巫术崇拜和坦特罗（Tantra）崇拜等——的人，则处在原质的愚昧的形态下。主克里希那不主张那些更低等级的崇拜，而推荐对无论以什么名字或形式出现的对那独一无二的至上之主的崇拜。克里希那的虔信者有时也会崇拜以其他形式出现的主克里希那。如在《摩诃婆罗多》中，在大战开始前夕，主克里希那本人就劝告阿周那去崇拜主的一个非常温柔的母亲形式，即所谓杜尔迦（Durga）。因为一个小孩通常会向其母亲而不是父亲要东西。实际上，主既是一切众生的母亲，也是他们的父亲。

主不向无知者显现自身

अव्यक्तं व्यक्तिम् आपन्नं मन्यन्ते माम् अबुद्धयः ।
परं भावम् अजानन्तो ममाव्ययम् अनुत्तमम् ॥२४॥
नाहं प्रकाशः सर्वस्य योगमायासमावृतः ।
मूढोऽयं नाभिजानाति लोको माम् अजम् अव्ययम् ॥२५॥

那些无知者无法理解我是亘古不变、不可比拟和不可思议的,无法理解我是超越的形式和存在,他们只相信,作为至上存在的我是无形式的,并会采取各种形式或化身。我并不会对无知者显现自身,因为无知者的自我知识被我的神力(摩耶)所遮蔽,他们不知道我是不生不变的,是超越的形式和人格(并认为我是无形式的)。(参见5.16)(7.24–25)

梵文"Avyakta"(formless/无形式)出现在诗节2.25, 2.28, 7.24, 8.18, 8.20, 8.21, 9.04, 12.01, 12.03, 12.05和13.05中。这个词根据不同的语境有着不同的含义,既有物质属性未显现的含义,也有灵的含义。而至上存在,即绝对意识,高于未显现的物质属性和灵这二者。所以,"Avyakta"的意思并不是无形式,而是未显现的形式或超越的形式,它是不为我们的肉眼所见,不为我们人类的心智所知,不能用我们的语言所描述的。万事万物都有某种形式。包括至上存在在内的宇宙万物,

无一是无形式的。但每一种形式都是至上之主的形式。所以，至上存在拥有一种超越的形式和至上的人格。他永恒不变，无始无终。这不可见的绝对者，是这可见世界的根基。

诗节7.24的含义似乎与诗节4.06–08以及9.11中提及的主的化身的普遍信念相矛盾。这里说，至上存在永远是未显现的，并且，就其本身而言，它绝不显现。但其真实的含义是，至上存在或绝对者本身不会肉身化（实体化）。实际上，它绝不会离开其至上居所！至上存在是凭借其智力，运用其无数的大能，来从事其创造、维系、化身和毁灭工作的。那些认真研习过《伊莎奥义书》的和平祈祷文的人，就可以理解这一诗节的深层含义。该祈祷文写道："那不可见的就是那位无限者，那可见的也是无限的。从那无限者之中，无限的世界得以显现。虽然无限的世界从它而出，但那无限者（绝对者）依然是无限者或未变者。"由于人们不知道至上存在那超越的和不变的本性，所以会错误地认为至上存在也会化身为一个普通人。至上存在从不化身，但它会通过其自身的神性潜能显现出来。它的出生、活动和形式是超越于或外在于这个世界的。

人类关于有形式和无形式的概念都不能用来把握那超越的存在。所以认为神是无形式的与认为神具有某种形式，都同样是错误的，而对此一切争论与我们的崇拜和灵性实践也没有任何关系。我们可以用任何适合我们的任何方式或形式去崇拜它。为了在普通虔信者的心中培养对神的爱，有些圣徒和圣人赋予那不可思议、遍及一切和不可言喻的主以一个名字、一种形式和一段描述。为了崇拜和培育虔信的目的，一个名字和一种形式是绝对必要的。如果一个人相信上主具有某种形式，那么上主就会以某种形式向虔信者显现以便坚定他/她的信仰。但它却不会向那些相信它只是某种无形式的梵的人显现。人们应该尊敬上主（或诸神）的所有形式，但在建立与主的关系和对主的崇拜方面，则只应采取一种形式。

वेदाहं समतीतानि वर्तमानानि चार्जुन।
भविष्याणि च भूतानि मां तु वेद न कश्चन ।।२६।।

阿周那啊，我知道过去、现在和未来的一切众生，但是没有一个人知道我。（7.26）

इच्छाद्वेषसमुत्थेन द्वन्द्वमोहेन भारत।
सर्वभूतानि संमोहं सर्गे यान्ति परंतप ।।२७।।
येषां त्व् अन्तगतं पापं जनानां पुण्यकर्मणाम्।
ते द्वन्द्वमोहनिर्मुक्ता भजन्ते मां दृढव्रताः ।।२८।।

阿周那啊，由于喜欢和厌恶造成的二元对立的迷惑，使这个世界上的所有众生都处于完全无知的状态中。但是，凭借无私行动而得到净化的人，他们的业已经结束，摆脱了二元对立的迷惑，并坚定地崇拜我。（7.27—28）

只有当一个人的业得以结束之时，他才能理解这门超然的科学并发展对主的爱和虔信。

जरामरणमोक्षाय माम् आश्रित्य यतन्ति ये ।
ते ब्रह्म तद् विदुः कृत्स्नम् अध्यात्मं कर्म चाखिलम् ॥२९॥

那些向我寻求庇护的人，会努力摆脱生、老、死的循环，他们完全领悟了梵（或灵、永恒存在、永恒的梵），以及梵的真正本性和创造力。（7.29）

साधिभूताधिदैवं मां साधियज्ञं च ये विदुः ।
प्रयाणकालेऽपि च मां ते विदुर् युक्तचेतसः ॥३०॥

这些坚定的人知道我是所有一切——凡人、神圣存在和至上存在——的基础。即便在临终之时，他们也可以达致我。（参见8.04）（7.30）

没有人能够知道上主或梵。但是，那些知道上主是所有创造的指导原则和所有一切的潜在根基的人，将得到祝福。创造物不在梵（或阿特曼）之中，或不是由梵创造的，但创造物就是梵本身。个体灵魂（Jiva）、宇宙（Jagat）和宇宙之主（Jagadish）或上主不是三个独立的实体，而是同一回事。换句话说，宇宙中除了阿特曼或上主之外，就没有其他任何事物。阿特曼不可见，创造物是可见的。人的肉眼不能看见阿特曼与创造物之间不可见的联系。但我们的心意使我们相信，创造者不

第七章 自我知识与觉悟

同于且独立于创造物。

因此，显现为独立于创造者的创造物只是虚幻，正如心意创造的梦一样。实际上，个体灵魂和宇宙并不存在，唯有梵存在。我们必须重建我们的认识：阿特曼与肉体或创造物是同一回事，它们不过是以各种不同形式存在的梵。创造物——包括我们的身体、心意和私我——只是至上意识的另一种形式，是上主的一个不可或缺的部分。一切不过是梵（诗节7.07和7.09）。人们应不断修习，直到牢固地认识到所有一切都是梵，并由此在一切中看见梵（诗节6.30）。这被称为对上主的恒常记念，比诵咒（japa）、冥想或其他灵性实践容易得多。任何灵性实践的目的都是为了达致心无二元对立这种状态。这种修习会引导人们从身体意识走向上主意识，并获得心意平静。诸如喜欢、厌恶、执着等所有人的弱点都会消失而使人达致涅槃。

创造物不在梵（阿特曼）之中，而梵却以创造物的形式存在着。创造物是梵的宇宙之身的可见部分。因为我们不能看见梵，所以心意使我们相信创造物是独立并区别于梵的。**因此，二元的表象（或世界）不过是心意或摩耶的创造物，就像梦境是心意的创造物一样。**由于我们认为我们自身不同于且独立于阿特曼和其他生灵，并在轮回再生的循环中流转，因此二元的表象造出了私我或无知。只有自我知识才能打破这一循环。下面将提出一种自我意识的简单方法：

　　一个人应持续沉思：我既不是这个身体，也不是心意或智力；但是我拥有我的身体、心意和智力。我是那遍及一切的梵，因为在宇宙中除了梵什么也没有。我，作为永恒的阿特曼，既不生，也不死，我是自由的。而肉体，作为阿特曼的居所，是有生有死的。这是吠檀多的教导的要旨，是自我觉悟的要旨。

第八章
永恒的存在

अर्जुन उवाच
किं तद् ब्रह्म किम् अध्यात्मं किं कर्म पुरुषोत्तम ।
अधिभूतं च किं प्रोक्तम् अधिदैवं किम् उच्यते ॥१॥
अधियज्ञः कथं कोऽत्र देहेऽस्मिन् मधुसूदन ।
प्रयाणकाले च कथं ज्ञेयोऽसि नियतात्मभिः ॥२॥

阿周那说：克里希那啊，谁是永恒的存在或灵？什么是永恒存在的本质？什么是业（行动）？谁是终有一死的存在？谁是神圣存在？谁是遍及一切的至上存在？它如何寓居在身体之中？克里希那啊，那些已经控制住心意的人，又如何在临死之时记住您这位至上存在？（8.01-02）

至上之灵、灵、个体灵魂和业

श्रीभगवानुवाच
अक्षरं ब्रह्म परमं स्वभावोऽध्यात्मम् उच्यते ।
भूतभावोद्भवकरो विसर्गः कर्मसंज्ञितः ॥३॥

主克里希那说：至上存在之永恒和不变的灵被称为永恒存在或灵。永恒存在的基本性质、力量和扩展被称为永恒存在的本性，导致生命体显现的永恒存在的创造性力量或动力被称为业（行动）。（8.03）

灵（Spirit）在英文中也可称为永恒之灵、灵性存在、永恒存在或神（God），在梵文中可称为梵天（Brahma）或永恒的梵天。灵是所有原因的原因。"神"一词一般也可用来表示灵与灵的基础即至上之灵（或至上存在）这两者。在这个译本中，我们将用"永恒存在"来表示灵；用"至上存在""绝对者"和"克里希那"来表示至上之灵。

精身由六种感觉功能、智力、私我和五种生命力（普拉那）构成。个体灵魂（吉瓦）被定义为由灵所维系的精身。个体灵魂藏在粗身（肉身）中。通过操纵知觉器官和行动器官，精身使得粗身存活并行动。

अधिभूतं क्षरो भावः पुरुषश्चाधिदैवतम् ।
अधियज्ञोऽहम् एवात्र देहे देहभृतां वर ॥४॥

阿周那啊，由五种元素构成的凡人是可变的或短暂的。至上存在的不同扩展被称为神圣存在。我，是至上存在，并作为神圣的控制者和至上的享受者（自在天）寓居在肉身中。（8.04）

再生和业的理论

अन्तकाले च माम् एव स्मरन् मुक्त्वा कलेवरम् ।
यः प्रयाति स मद्भावं याति नास्त्य् अत्र संशयः ॥५॥

谁在临死之时,甚至在离开身体之后,只要他唯一记住了我,他就会臻达至上居所。这是毫无疑问的。(8.05)

यं यं वापि स्मरन् भावं त्यजत्य् अन्ते कलेवरम् ।
तं तं एवैति कौन्तेय सदा तद्भावभावितः ॥६॥

一个人在临死之时记住什么,离开身体后他就获得什么。无论他终身想着的对象是什么,唯有他在临死之时记住的对象才能在死后获得。(8.06)

人的命运是由临死时占主导的思想决定的。即便一个人在其一生当中一直修习虔信和关于神的意识,但是在临终之时他可能有也可能没有关于神的思想。因此,应该一直保持关于神的意识直到死亡。(BS 1.1.12)圣人会在其连续的生命中持续地作出努力,然而在死亡的那一刻也有可能未记住神。如果一个人一直与坏人为伍,就不能指望他在临死之时还心怀善念。要与圆满的虔信者保持联系和交往,避免与追名逐利之徒为伍,才能在灵性生活中获得成功。一个人在生前培育的是何种

思想,在其临死之时出现的也就是那同一思想,而且那一思想将决定这个人未来的命运。因此,一个人在临死之时要能够记住神,生命就应该以这种方式来塑造。人们应该从孩提时代起就养成在饭前、睡前、开始工作或学习之前记念神的习惯,以便他们在日常生活中修习关于神的意识。

一种觉悟到神的简单方法

तस्मात् सर्वेषु कालेषु माम् अनुस्मर युध्य च ।
मय्य् अर्पितमनोबुद्धिर् माम् एवैष्यस्य् असंशयम् ॥७॥

因此,你要一直记住我,履行你的职责吧。你的心意和智力若始终专注我,你肯定可以臻达我。(8.07)

生命的最高目标是,永远记住你所信仰的一位人格神,如此,在临死之时你就能够记住神。对于大多数人来说,要记住那绝对的和非人格的神是不大可能的。但一个纯洁的虔信者能够体验到主在心灵深处的人格临在的狂喜,并通过永远记住他而臻达他的至上居所。所以,要生活在持续的灵性意识的状态中。

अभ्यासयोगयुक्तेन चेतसा नान्यगामिना ।
परमं पुरुषं दिव्यं याति पार्थानुचिन्तयन् ॥८॥

第八章 永恒的存在

阿周那啊，一个人经由瑜伽实践的修炼，用稳定的心意沉思我，就可以臻达我。（8.08）

通过持续地冥想神、默诵神的圣名以及沉思，一个人可获得灵性觉醒和神的异象。我们整个一生的努力，是为了塑造我们未来的命运。灵性实践意味着要使心意持续专注主的思想并固定在其莲花足下。罗摩克里希那曾说，当你欲求任何事物之时，你都要在一个偏僻之地满含真诚的泪水向神的母亲化身祈祷，你的愿望就可以实现。他还说，在三天内获得自我觉悟是有可能的。越是坚定地从事灵性修习，人就会越快获得圆满。信念和信仰的强烈程度，连同深度的向往、不安、强烈的渴望以及毅力，决定了灵性进步的速度。真正的哈达瑜伽修习，并不仅仅是现代瑜伽中心教授的瑜伽练习，而且还是一个人在寻求至上真理的进程中必需的坚定、坚守和坚持。

自我觉悟并不是一次简单的行动，而是灵性逐渐成长的一个过程，它开始于决心，逐渐地推进到立誓、神恩、信仰并最终达致觉悟真理。（YV 19.30）仅仅通过谈话、认识和学习是不能觉悟到至上存在的。只有当你以顽强的努力真诚地为之而奋斗时，你才能获得觉悟。真诚的努力将带来可以揭开至上存在之面纱的神恩。（MuU 3.02.03-04）神将帮助那些服务于他人的人。在诗节9.29中可以读到关于神恩的更多论述。以下两节将描述如何在临死之时冥想神。

कविं पुराणम् अनुशासितारम्
अणोर् अणीयांसम् अनुस्मरेद् यः ।
सर्वस्य धातारम् अचिन्त्यरूपम्
आदित्यवर्णं तमसः परस्तात् ॥९॥

प्रयाणकाले मनसाचलेन
भक्त्या युक्तो योगबलेन चैव ।
भ्रुवोर् मध्ये प्राणम् आवेश्य सम्यक्
स तं परं पुरुषम् उपैति दिव्यम् ॥१०॥

临死之时要用坚定的心意和虔诚冥想至上存在，他是全能者，最长者，统治者；他比最小还小，比最大还大；是一切的维系者，不可思议者，像太阳一样的自明者和超越者。要用瑜伽修习的力量将呼吸（生命力/普拉那）集中在双眉之间，这样的人将臻达我，即至上存在。（参见4.29, 5.27, 6.13）（8.09-10）

यद् अक्षरं वेदविदो वदन्ति
विशन्ति यद् यतयो वीतरागाः ।
यद् इच्छन्तो ब्रह्मचर्यं चरन्ति
तत् ते पदं संग्रहेण प्रवक्ष्ये ॥११॥

现在我要简要地向你解释臻达至上居所的过程。至上居所被通晓吠陀者称为不变者，摆脱了执着的苦行者可以进入它，过着独身禁欲生活的人则渴望得到它。（8.11）

第八章 永恒的存在

临死时冥想"唵"获得解脱

सर्वद्वाराणि संयम्य मनो ह्रदि निरुध्य च ।
मूर्ध्न्याधायात्मनः प्राणम् आस्थितो योगधारणाम् ॥१२॥
ओम् इत्य् एकाक्षरं ब्रह्म व्याहरन् माम् अनुस्मरन् ।
यः प्रयाति त्यजन् देहं स याति परमां गतिम् ॥१३॥

当一个人离开肉身时,要控制住所有感官,把心意集中于神,把呼吸(生命力)集中在头顶,运用瑜伽修炼,冥想我,发出神圣的单音"唵"(AUM)(它是灵的宇宙音能),他就会臻达至上居所。(8.12-13)

经典上的知识有其用处,但只有通过直接的觉悟才能抵达内心并抛掉外壳。冥想是内心觉悟之道,要到合格的导师那里去单独学习。觉悟到心意的本性才能导致冥想。

这里将描述一种简单的冥想技巧:

(1)把脸、眼、手、脚洗干净,用任何你感觉舒服的姿势,坐在一个整洁、安静和幽暗之处,头、脖子和脊柱笔挺垂直。建议在冥想中不放音乐也不焚香。冥想的时间和地点应该固定。思想、言语和行为遵循良善的生活原则。午夜、早晨和傍晚是最佳的冥想时间,每天冥想15-25分钟。

(2)记住你信仰的人格神的名字或形象,请求他/

她的祝福。

（3）闭上眼睛，头微微上抬，做5-10次非常缓慢的深呼吸。

（4）把你的凝视、心意以及感觉集中在胸内中心即心脏的位置，缓慢呼吸。吸气时内心唱诵"So"，呼气时唱诵"Hum"。想象就好像是呼吸本身发出的"So"和"Hum"的声音（我是那个灵）。内心观察呼吸从鼻孔的进进出出。在观察呼吸时，留心地感受身体因呼吸产生的感觉。不要试图去控制或引导呼吸，而只是观察你自然的呼吸。

（5）引导意志走向这样的想法：你自己正在融入你所呼吸的空气之无限空间中。如果你的心意未能跟随你的呼吸，就再从（4）开始。有规律且无耽搁地坚持练习。

"OM"（唵）或"AUM"的声音，是A、U、M这三个基本声音的综合，是人所能发出的所有声音的来源。因此，它是灵之最适当的声音符号。也正是这一原始的脉动，驱动了我们的五个神经中心，从而控制住身体的功能。尤迦南达把"AUM"称作是宇宙动力的振动之声。太初即有的神的词（OM/唵，Amen/阿门，Allah/安拉），这个词即是神。这个宇宙动力的振动声，可被瑜伽士听作不同频率的一个单音，或各种声音的混合。

主克里希那在这里提出的唵音冥想法，是一种非常

第八章 永恒的存在

有力而神圣的技巧,所有宗教的圣徒和圣人都经常使用这种冥想法。简单地说,唵音冥想法必须使心意被持续回荡的唵(AUM)音所渗透。当心意全神贯注于重复这一神圣的声音时,个体的意识就会融入宇宙意识之中。

对于不能使用这种冥想的常规之法的人,主克里希那在下面提供了一种更为简单的冥想之法。

अनन्यचेताः सततं यो मां स्मरति नित्यशः ।
तस्याहं सुलभः पार्थ नित्ययुक्तस्य योगिनः ॥१४॥
阿周那啊,时时刻刻记住我直到死亡,心意永不四处游荡,如此坚定的虔信者,就很容易臻达我。(8.14)

一直记住神直到死亡,这并不是一件轻而易举的事项。一个人要始终记住神,必须有一个基本条件。这个条件可以是对主的强烈的爱,也可以是通过服务于人类而侍奉主的热情。

माम् उपेत्य पुनर्जन्म दुःखालयम् अशाश्वतम् ।
नाप्नुवन्ति महात्मानः संसिद्धिं परमां गताः ॥१५॥
在达到我之后,那些伟大的灵魂不会再生于这个痛苦而短暂的世界,他们获得了最高圆满。(8.15)

人生充满痛苦。即便是圣徒、圣人和具有人形的神,也不能逃脱肉身和心意的痛苦。人必须学会忍耐,

学会为了解脱而行动。

आब्रह्मभुवनाल् लोकाः पुनरावर्तिनोऽर्जुन ।
माम् उपेत्य तु कौन्तेय पुनर्जन्म न विद्यते ॥१६॥

在梵界之下的所有世界，众生都遭受轮回的痛苦。但是，阿周那啊，达到我之后，人就不再出生。（参见 9.25）**(8.16)**

创造之循环

सहस्रयुगपर्यन्तम् अहर् यद् ब्रह्मणो विदुः ।
रात्रिं युगसहस्रान्तां तेऽहोरात्रविदो जनाः ॥१७॥

创造持续的时间为43.2亿年，毁灭持续的时间也是43.2亿年[①]，知道这一时间的人，便知晓创造和毁灭的周期。（参见 9.07）**(8.17)**

अव्यक्ताद् व्यक्तयः सर्वाः प्रभवन्त्य् अहरागमे ।
रात्र्यागमे प्रलीयन्ते तत्रैवाव्यक्तसंज्ञके ॥१८॥

在创造期间，万物从梵天之精身（或原质）中显现；在毁灭期间，它们又融入梵天之精身中。（参见 9.07, 15.18）**(8.18)**

---

① 有关创造周期时间的计算，参见8.18诗句下的注释。——汉译者注

第八章 永恒的存在

因此,梵天的一个完整创造周期持续86.4亿太阳年,它相当于创造者梵天的一个白天和一个夜晚。所有天上的星球、地球和低等星球寂灭和停留在梵天内部期间,被称为部分消解期间,其持续时间为43.2亿年,这也被称为梵天的黑夜或劫波(Kalpa)。根据吠陀占星术,完整的消解发生在梵天(或创造周期)的100个太阳年之整个生命期结束之时即43.2亿乘以360天/年,再乘以100年,稍多于311万亿太阳年,这被称为一个大劫波(Mahā Kalpa)。(BP 12.04.01-43)这时,完整的物质创造,包括原质三态,全都进入绝对者的四个主要的部分显现之一中(参见15.18)〔这被称为未显之梵(Avyakta Brahma)或原质(Adi Prakriti),是全部物质能量的源与汇〕,然后被毁灭。在大劫波结束之时的完全消解期间,所有一切都栖息在未显之阿卡夏-梵(Avyakta Akshar Brahma)的腹中(参见诗节15.16),直到下一个创造周期的开始。在创造循环的第一个阶段,主的能量将进入所有世界中以创造和维系多样性。在接下来的阶段,绝对者作为所有世界中遍及一切的超灵扩散开来,临在于可见和不可见的一切事物之原子和每个细胞中。

梵的宇宙心意之意志力量被称为创造者梵天。(YVa 11.2-3)整个创造正是由梵的这种意志力量造成的。因此,梵天的世界处于诗节8.16提及的梵的世界(梵界)之下。这个世界也被称为摩耶或宇宙心意的世界。

भूतग्रामः स एवायं भूत्वा भूत्वा प्रलीयते ।
रात्र्यागमेऽवशः पार्थ प्रभवत्य् अहरागमे ॥१९॥

在创造周期到来时，同样的物群反复开始存在；而在毁灭周期到来时它们又不可避免地归于寂灭。（8.19）

根据吠陀经典，创造是无始无终的，故没有所谓的第一次创造。

परस् तस्मात् तु भावोऽन्यो ऽव्यक्तोऽव्यक्तात् सनातनः ।
यः स सर्वेषु भूतेषु नश्यत्सु न विनश्यति ॥२०॥
अव्यक्तोऽक्षर इत्य् उक्तस् तम् आहुः परमां गतिम् ।
यं प्राप्य न निवर्तन्ते तद् धाम परमं मम ॥२१॥

还有一个永恒的超越存在（普鲁沙或灵），它高于可变的原质，即使所有被造之物都毁灭了，它也不会毁灭。它也被称为至上居所。那些抵达至上居所的人，将不会再生。（8.20–21）

पुरुषः स परः पार्थ भक्त्या लभ्यस् त्व् अनन्यया ।
यस्यान्तःस्थानि भूतानि येन सर्वम् इदं ततम् ॥२२॥

阿周那啊，这个至上居所，遍及整个宇宙，所有万物都存在于其中。忠实不二地虔信我，就可以获得它。（参见9.04和11.55）（8.22）

第八章 永恒的存在

离开世界的两条道路

यत्र काले त्व् अनावृत्तिम् आवृत्तिं चैव योगिनः ।
प्रयाता यान्ति तं कालं वक्ष्यामि भरतर्षभ ।।२३।।

अ周那啊，现在我要为你描述离开世界的两条不同道路。这两条道路，将决定瑜伽士在死后是否还返回这个凡人的世俗世界。（8.23）

诗节8.23-26被认为是《薄伽梵歌》中最神秘、最容易被误解的诗节。诗节8.24和8.25，似乎是指人在死亡期间生命体离开的吉祥时刻，但在实际上，它们指的是死后灵魂逐渐飞升通道上的各种星体的主导神祇。这一点，在8.26中表达得非常清楚。应该注意的是，人们的最终归宿和与此相应的道路是挣得的，其归宿和道路将决定其死亡的时间。是走哪条道路的资格决定了生命体离开的道路，而并非像通常所误解的那样，是死亡时间决定了离开的道路。

在诗节8.24-25中，主解释道，人们追求的生命目标有两个。有两条不同的道路将引导两种类型的人达到这两个目标。一条是不再返回的道路（8.24），另一条是返回的道路（8.25）。诗节8.26把这两条道路分别改称为光明之道和黑暗之道，解脱之道和轮回之道，灵性追求者之道和物质追求者之道，知识的光明之道和无知

的黑暗之道。

अग्निर् ज्योतिर् अहः शुक्लः षण्मासा उत्तरायणम् ।
तत्र प्रयाता गच्छन्ति ब्रह्म ब्रह्मविदो जनाः ॥२४॥

死后逐渐经过由各种天神主宰的火、光、白天、月明两周以及太阳北行到至点六个月的道路。知晓自我的瑜伽士，将抵达至上居所（且不再返回尘世）。（8.24）

上面描述的不再返回尘世的道路，也被称为诸神之道（Devayāna）、自我知识的光明之道、北方之道、太阳之道、缓慢渐进之道（Krama-mukti）、进化的上升之道。这条道路不会对缺乏诸如苦行、节欲、信仰和知识等必要品质的无知者和纵欲者开放，而拥有上述品质的人才会走上这条道路。还有一种说法如诗节8.25所述，在太阳南行到至点六个月期间，这条道路是关闭的。

人在尘世遵循灵性进步和知识的道路，个体灵魂就将在灵性世界进展至愈加高等的星体（8.24提到了五个星体），最后进展到与产生我们的梵融合为一。

火、光、白天、月明两周和太阳北行到至点六个月，表明了这些神祇由太阳统治。《奥义书》（ChU 4.15.05, BrU 6.2.15）中说，那些死后有资格走上北方之道的，将到达主宰火、光的天神那里，再从那里到达主

第八章 永恒的存在

宰白天和月明两周的天神,再到达主宰太阳北行六个月期间的天神,再从那里到达太阳,到达光。然后,从梵的心意中创造出来的超存在(Superbeing)将出现并引导他们进入梵的世界。他们逐渐圆满于每前进到的一个阶段,然后住在梵界,直到创造周期或大劫波的结束,那时他们将与梵天一道融入梵。

上面描述的北方之道只对知梵者开放,但对那些还没有完全觉悟自我的人却不开放,因为这类人还残留着一些蛰伏着的欲望印迹(Vāsanā)。当自我知识彻底根除由私我产生的一切欲望时,人们就立即会在死后的这个生命中融入梵。(Gita 5.26, 18.55, BrU 4.4.07, MuU 3.2.09, YVa 39.122)这被称为灵魂解脱或梵涅槃。对这类灵魂来说,死亡的时间无关紧要。

धूमो रात्रिस् तथा कृष्णः षण्मासा दक्षिणायनम् ।
तत्र चान्द्रमसं ज्योतिर् योगी प्राप्य निवर्तते ।।२५।।

死后逐渐经过由各种天神主宰的烟雾、黑夜、月暗两周以及太阳南行到至点六个月的道路,这些正直的人将进入天堂,然后重返尘世。(8.25)

这一诗节描述了那些为了享受劳动成果而行动的正直的人的目的地。这些人一生行善并从事祭祀和崇拜,是为了享受如此积累起来的功德,他们在离开这个世界后将行南方之道。这条道路也被称为无知的黑暗之道、

返回之道、无知之道、祖先之道、月亮之道、物质主义之道。这条道路由月神统治,代表物质和感官享受的世界。有资格走这条道路的,死后将到达主宰烟雾的天神那里,再从那里到达主宰黑夜和月暗两周的天神,再到达主宰太阳南行到至点六个月期间的天神,再从那里到达天堂。这样的人在享受一段时期的天堂欢乐并将他们的善业果实耗尽后,就会返回凡人的世界。

शुक्लकृष्णे गती ह्येते जगतः शाश्वते मते ।
एकया यात्य् अनावृत्तिम् अन्ययावर्तते पुनः ॥२६॥

灵性实践和自我知识的光明之道与物质主义和无知的黑暗之道,被认为是这个世界的两条永恒之道。前者通往解脱,后者导致轮回。(8.26)

轮回之道可以包含在再生之道中,它也可以被称为第三条道路。《奥义书》将此第三条道路描述为诸如动物和昆虫等低等生物的道路。不义之人,没有资格走上诗节8.24和8.25提及的那两条道路,他们将轮回于如动物、鸟和昆虫等低级生物中。(BrU 6.02.15–16)而不朽的灵魂将不断地穿越由840万种不同物种构成的轮回海洋。我们善良的主,出于其美好的意愿,即所谓的"恩典法则",赐给我们以人的身体这份珍贵的礼物,这个人体就像一个筏子,可以载着我们穿过轮回的海洋。(TR 7.43.02–04)可以说,我们的出生,是神赐给我们的礼物；我们将成为什么，则是我们献给神的礼物。也有人说，人的出生、对神的信仰以及获得真正的古鲁的帮助，都全凭他的恩典。我们的现世生命给我们提供了为下世生命作准备的机会。根据此世生命的行为，我们既可能得到提升或解脱，也可能招致降级或轮回，或者通过再生为人而获得解脱的另一次机会。

自我知识导向解脱

नैते सृती पार्थ जानन् योगी मुह्यति कश्चन ।
तस्मात् सर्वेषु कालेषु योगयुक्तो भवार्जुन ।।२७।।

阿周那啊，知晓这两条道路，瑜伽修习者就不会迷惑。因此，一个人无论什么时候都应该坚定地达致人生的目标——解脱。（8.27）

वेदेषु यज्ञेषु तपःसु चैव
दानेषु यत् पुण्यफलं प्रदिष्टम् ।
अत्येति तत् सर्वम् इदं विदित्वा
योगी परं स्थानम् उपैति चाद्यम् ।।२८।।

知晓（本章讨论的）所有知识的人，将超越研习吠陀、举行祭祀、苦行和布施所获得的利益，并将获得解脱。（8.28）

第九章
至上知识和大奥秘

श्रीभगवानुवाच इदं तु ते गुह्यतमं प्रवक्ष्याम्य् अनसूयवे ।
ज्ञानं विज्ञानसहितं यज् ज्ञात्वा मोक्ष्यसेऽशुभात् ॥१॥

主克里希那说：既然你相信我的话，我就要启示你最深奥、最秘密和最超越的知识及经验。知晓此之后，你就会摆脱世俗存在的苦难。（9.01）

关于至上者本性的知识是最大的奥秘

राजविद्या राजगुह्यं पवित्रम् इदम् उत्तमम् ।
प्रत्यक्षावगमं धर्म्यं सुसुखं कर्तुम् अव्ययम् ॥२॥

这一自我知识是所有知识之王，是最秘密且非常神圣的知识。它符合正法，凭直觉才能领悟，并且容易实践，永恒不变。（9.02）

第九章 至上知识和大奥秘

अश्रद्दधानाः पुरुषा धर्मस्यास्य परंतप ।
अप्राप्य मां निवर्तन्ते मृत्युसंसारवर्त्मनि ॥३॥

阿周那啊,那些不信仰这一知识的人,不能抵达我,而仍然处于生死轮回中。(9.03)

对于信仰神的人,一切皆有可能。对至上力量的信仰,是打开解脱之门的钥匙。

मया ततम् इदं सर्वं जगद् अव्यक्तमूर्तिना ।
मत्स्थानि सर्वभूतानि न चाहं तेष्व् अवस्थितः ॥४॥

我以未显之相扩展或遍及整个宇宙中。一切众生都依赖我(就像金项链依赖金子、奶制品依赖牛奶一样),但我不依赖它们(或不受它们的影响),因为我是一切的来源。(参见 7.12, 15.18)(9.04)

有两种看待永恒者的方式。从二元论的观点来看,波浪依赖大海,而大海不依赖波浪。但是,从一元论的角度来看,正如下述诗节9.05所陈述的那样,是波浪依赖大海还是大海依赖波浪,这样的问题根本就不会产生,因为既没有波浪也没有大海,唯有水存在。类似的,一切都只是灵的显现。(Gita 7.19)

न च मत्स्थानि भूतानि पश्य मे योगम् ऐश्वरम् ।
भूतभृन् न च भूतस्थो ममात्मा भूतभावनः ॥५॥

看看我神圣奥秘的力量。实际上，我是一切众生的创造者和维系者，我不依赖他们，他们也不依赖我。（9.05）

（事实上，金项链并不依赖金子，金项链不是别的正是金子本身。同样，物质和能量不同，但也并非不同）。

波浪是水，但水不是波浪。水有蒸气、云、雨、冰的形态，也有泡沫、湖泊、河流、波浪和大海的形态。这些都只是水的不同形态（变形）的名称而已。从一元论的观点看，既没有海洋，也没有波浪或湖泊，唯有水而已。一元论的视界并没有消除二元性的知觉性，只是消除了二元性的实在性。然而，只要还没有意识到波浪的真实本性，即它不是波浪而是水，波浪就是波浪。但一旦明确地意识到它不是波浪而是水，那么波浪就不再是波浪而立即变成水。（参见诗节18.55）类似的，当一个人意识到他/她不是这个肉身，而是以灵的形式寓居在肉身内的永恒存在，他/她就会超越肉身，并立刻与这个灵合为一体而不承受任何肉身的变化。作为一个肉身，人必有一死，并被某种形式所限制，有肤色、有性别、有性格。但是，作为灵的一个部分，人是自由的，不朽的，无限的。这就被称为涅槃或解脱。

यथाकाशस्थितो नित्यं वायुः सर्वत्रगो महान् ।
तथा सर्वाणि भूतानि मत्स्थानीत्युपधारय ॥६॥

要知道，一切众生都在我之中，没有任何可见的接触，也不产生任何影响，就好像强劲的风(或星体)遍行一切地方，却永远停留在空中。（9.06）

粗糙的对象，如星球，存在于精妙的空间中，其间全无可见的连接。类似的，包括空间本身在内的整个宇宙，寓居在被称为纯意识的统一场中。时间没有进入空间。类似的，纯意识是永恒的，不可分割的，也不受发生在其统一场中的一切事物的影响，正如云不会打湿天空。

进化和退化的理论

सर्वभूतानि कौन्तेय प्रकृतिं यान्ति मामिकाम् ।
कल्पक्षये पुनस् तानि कल्पादौ विसृजाम्य् अहम् ॥७॥

阿周那啊，在创造周期结束时，一切众生都融入我的原质中。在下一次创造周期开始时，我会再一次创造出它们。（参见8.17）**（9.07）**

蜘蛛从自身之内吐丝结网，在网上玩耍，再把网吸入自身之内；类似的，永恒存在（或灵）从其自身之中创造出物质世界，作为生命体在世上玩耍，然后又在完全消解期间把世界吸入自身之中。（BP 11.09.21,

12.04.01–43）所有显现之物都是由灵而生，由灵维系，并最终会融入灵中，就像水的泡沫是由水而生，由水维系，并最终会融入水中一样。灵用其自身的内在力量而无须任何外在帮助就可以把自身显现在宇宙中。对这唯一的灵而言，它完全有可能凭借其拥有的不同力量而无须任何外来的帮助就把自己转化成多样性存在。灵（或永恒存在）既是创造的动力因，也是创造的质料因。

प्रकृतिं स्वाम् अवष्टभ्य विसृजामि पुनः पुनः।
भूतग्रामम् इमं कृत्स्नम् अवशं प्रकृतेर् वशात् ॥८॥

在我的原质的帮助下，我一次又一次地创造出这整个的多样性存在。这些存在要受到原质的形态之制约。（9.08）

न च मां तानि कर्माणि निबध्नन्ति धनंजय।
उदासीनवद् आसीनम् असक्तं तेषु कर्मसु ॥९॥

阿周那啊，由于我一直中立于且不执着于这些创造行动，所以这些行动不会束缚我。（9.09）

मयाध्यक्षेण प्रकृतिः सूयते सचराचरम्।
हेतुनानेन कौन्तेय जगद् विपरिवर्तते ॥१०॥

阿周那啊，在我的监督下，神圣的动能（摩耶）——在原质的帮助下——创造出一切有生命和无生命的对象。因此，创造物持续出现。（参见14.03）（9.10）

第九章 至上知识和大奥秘

智者之道与无知者之道的差别

अवजानन्ति मां मूढा मानुषीं तनुम् आश्रितम् ।
परं भावम् अजानन्तो मम भूतमहेश्वरम् ॥११॥
मोघाशा मोघकर्माणो मोघज्ञाना विचेतसः ।
राक्षसीम् आसुरीं चैव प्रकृतिं मोहिनीं श्रिताः ॥१२॥

当我采用人体化身时,无知者轻视我,因为他们不知道我的超越本质,即我是一切存在的伟大之主(并把我当作普通人),还因为他们有错误的希望、错误的行动、错误的知识,以及虚妄的魔鬼品质(他们不能认出我)。(9.11–12)

当主克里希那出现在这个地球上的时候,尽管他完成了很多超越非凡的业绩,也只有少数人能够认出他是至上存在的一个化身。甚至一个高度进化的灵魂,比如坚战国王,当他从圣人拿拉达那里得知他的堂兄克里希那就是人形的至上存在时,也感到非常惊讶。(BP 7.15.79)这里的寓意是,一个人若无善业和至上之主的恩典,是不能认出至上之主的。

महात्मानस् तु मां पार्थ दैवीं प्रकृतिम् आश्रिताः ।
भजन्त्य् अनन्यमनसो ज्ञात्वा भूतादिम् अव्ययम् ॥१३॥

但是，阿周那啊，那些拥有神圣品质的伟大灵魂（参见16.01–03），却知道我是永恒不灭的万物之源，并一心一意崇拜我。（9.13）

सततं कीर्तयन्तो मां यतन्तश्च दृढव्रताः ।
नमस्यन्तश्च मां भक्त्या नित्ययुक्ता उपासते ॥१४॥

始终唱诵我的荣耀，一生努力以臻达我，虔诚地拜倒在我的脚下，这些决心坚定的人会以始终不变的虔信崇拜我。（9.14）

ज्ञानयज्ञेन चाप्य् अन्ये यजन्तो माम् उपासते ।
एकत्वेन पृथक्त्वेन बहुधा विश्वतोमुखम् ॥१५॥

有些人通过获得和传播自我知识来崇拜我，有些人把我视为一切中的一（或用非二元的方式）来崇拜我，有些人把我视为一切的主人（或用二元的方式）来崇拜我，还有人用其他不同方式来崇拜我。（9.15）

一切事物都是绝对者的显现

अहं क्रतुर् अहं यज्ञः स्वधाहम् अहम् औषधम् ।
मन्त्रोऽहम् अहम् एवाज्यम् अहम् अग्निर् अहं हुतम् ॥१६॥
पिताहम् अस्य जगतो माता धाता पितामहः ।
वेद्यं पवित्रम् ओंकार ऋक् साम यजुर् एव च ॥१७॥

गतिर् भर्ता प्रभुः साक्षी निवासः शरणं सुहृत् ।
प्रभवः प्रलयः स्थानं निधानं बीजम् अव्ययम् ॥१८॥

我是祭礼，我是祭祀，我是（给祖先的）祭品，我是药草，我是曼陀罗，我是酥油，我是祭火，我是祭供。（参见 4.24）我是宇宙的维系者，是父亲、母亲和祖先。我是知识的对象，是神圣音节"唵"和吠陀经典。我是目标、维系者和主，是见证、居所、庇护和朋友，是起源、消解、基础和根基，是永恒不灭的种子。（参见 7.10和10.39）**（9.16–18）**

तपाम्य् अहम् अहं वर्ष निगृह्णाम्य् उत्सृजामि च ।
अमृतं चैव मृत्युश्च सद् असच् चाहम् अर्जुन ॥१९॥

我发出并摄回光热，我提供雨水。我不朽，也死亡。阿周那啊，我既是永恒的绝对者，也是暂存的事物。（至上存在演变为万事万物。参见13.12）**（9.19）**

通过虔信之爱获得解脱

त्रैविद्या मां सोमपाः पूतपापा
यज्ञैर् इष्ट्वा स्वर्गतिं प्रार्थयन्ते ।
ते पुण्यम् आसाद्य सुरेन्द्रलोकम्
अश्नन्ति दिव्यान् दिवि देवभोगान् ॥२०॥

那些从事吠陀规定的祭祀的行动者,那些饮下虔信甘露的虔信者,其罪恶得以洗净,他们通过施行善业来崇拜我,以祈求进入天堂。作为其善业的果报,他们得以进入天堂,享受天堂的感官快乐。(9.20)

ते तं भुक्त्वा स्वर्गलोकं विशालं
क्षीणे पुण्ये मर्त्यलोकं विशन्ति ।
एवं त्रयीधर्ममनुप्रपन्ना
गतागतं कामकामा लभन्ते ॥२१॥

在他们享受广袤的天堂快乐,耗尽了善业的果报后,会再次返回凡人的世界。因此,遵循吠陀的禁制,努力行动以求果报的人,他们反复不断地生生死死。(参见8.25)(9.21)

अनन्याश्चिन्तयन्तो मां ये जनाः पर्युपासते ।
तेषां नित्याभियुक्तानां योगक्षेमं वहाम्यहम् ॥२२॥

有些坚定不移的虔信者始终专一地冥想记念我和崇拜我,我会亲自关照他们的灵性福祉和物质福祉。(9.22)

无须请求,财富和幸福会自动地来到义人身边(TR 1.293.02),正如河流自动地流入大海。物质财富会自然地来到善人身边,正如河水自然地流向下游。(VP 1.11.24)主罗摩说,如同母亲照顾小孩一样,我总是照顾那些怀着坚定的虔信之心崇拜我的人。(TR 3.42.03) 根据商羯罗的教导,这一诗节的意思是,一个人要去获得他尚未拥有之物(瑜伽),并保持他已经拥有之物(克色玛,Kṣema)。瑜伽和克色玛也可以解释为超然的知识(Jñāna)和自我觉悟(Vijñāna)的终极状态,以及道路和目标。

主鼓励人们为了追求健康、财富和知识去崇拜克里希那的母亲形象。始终想着神的人,被认为具有神的意识、克里希那意识或自我意识。主会亲自照顾那些专心记念他的人。他的本性就是通过满足他们的愿望来报答他的纯正虔信者的爱。

万物之源知晓并会给予你所需要的一切。当我高兴时,就没有任何东西是难以获得的,但是,**一个其心意完全专注于我的纯正虔信者,却不会向我要求任何东西,包括解脱,但除了在来世生命中服务于我的机会。**(BP 6.09.48) 如果通过顺从于主的意志而让主成为你的向导,主会为你选择更多更好的事物。

येऽप्य् अन्यदेवता भक्ता यजन्ते श्रद्धयान्विताः ।
तेऽपि माम् एव कौन्तेय यजन्त्य् अविधिपूर्वकम् ॥२३॥

阿周那啊,甚至那些怀着信仰崇拜诸神的虔信者,也崇拜我,但是他们的崇拜方式是错误的。(参见 13.25) **(9.23)**

古老的吠陀经典认可对神的神祇崇拜形式，因为它可以净化崇拜者的心灵、心意以及精微和粗糙的感官，增加和维护对神的信仰。如果怀着坚定的信仰去崇拜通过诸神显现出来的唯一者，神祇崇拜是富有成效的。缺乏这种理解的崇拜，就是本节所谓的错误崇拜方式。

只有唯一的绝对者，智者可以用不同的名字来称呼和崇拜他。（RV 1.164.46）在吠陀中也有对母亲神的崇拜，圣人渴望成为母亲神的孩子。（RV 7.81.04）绝对者也可以显现为维系创造物的诸天神；绝对者是唯一，但具有众多的名字和形式。（RV 3.55.01）至上存在可以是一个妇女，一个男子，一个男孩，一个女孩，或一个老人。它存在于所有形式中。（AV 10.08.27）一切众神，无论男神或女神，都是唯一神的表现。他是多中之一，他是一中之多。一个人不应该崇拜创造物中的物质对象，例如家庭、朋友和财产，但他能够崇拜寓于物质对象中的创造者，因为神甚至可以在所有的石头中。吠陀关于诸神的原理并没有使同一者（绝对者）多样化，而是使多样性同一化。诸神，只是唯一神之原质能量的不同名字和形态或符号表征。

神祇只是一条管道，在（由崇拜和祈祷表达的）信念的力量的作用下，神恩之水可以通过这条管道从无限意识之源泉中不断地流出。然而，只有当信仰的幼苗从自我知识的根基中生长而出，并在逻辑的霜冻中存活下来，它才能长成确信的果树。我们怀着信仰沉思诸神，由此唤醒宇宙力量的潜能。信仰真的有作用。依靠对医学的信仰力量，安慰剂会发生作用，而对仪式或灵性科学的信仰力量，也会以同样的方式发生作用。然而，对知识分子而言，要形成对仪式力量的深度信仰很不容易。约瑟夫·坎贝尔（Joseph Campbell）说："神话中的各种神的形象是我们每个人灵性潜能的投射，诸神激发了神圣的爱。"

如同所有不同河流的水都会抵达同一大海一样，所有不同类型的崇拜都会达致那唯一的主。外在崇拜会借助于神的一个形象或一个符号表征，这种崇拜对于初学者而言是很有必要的。它有助于人们与其所选择的一位神祇建立一种私人关系，并在生活危机的时刻可以向它寻求咨询和帮助。那些反对诸神崇拜的人不理解那遍及一切的神也能够存在于在每一位神祇中。这样的人限制了唯一神的至上性。

下一步是诵唱颂诗和念诵神名，再下一步是冥想。而灵意识的显现，或见到显现在每个人之中的灵，则是最高的灵性发展。

अहं हि सर्वयज्ञानां भोक्ता च प्रभुर् एव च ।
न तु माम् अभिजानन्ति तत्त्वेनातश् च्यवन्ति ते ॥२४॥

只有我，即至上存在，是所有祭祀的享受者，是宇宙之主。但是，人们却不知晓我真实的超越本性，因此，他们不断地陷入生死轮回中。（9.24）

यान्ति देवव्रता देवान् पितॄन् यान्ति पितृव्रताः ।
भूतानि यान्ति भूतेज्या यान्ति मद्याजिनोऽपि माम् ॥२५॥

天神的崇拜者走向天神，祖先的崇拜者走向祖先，精灵的崇拜者走向精灵，而我的虔信者则走向我。（参见8.16）**（9.25）**

有人说，一个人崇拜什么他就获得什么，或者说，一个人经常记念什么他就成为什么。

上主接受并享用爱和虔信之供品

पत्रं पुष्पं फलं तोयं यो मे भक्त्या प्रयच्छति ।
तद् अहं भक्त्युपहृतम् अश्नामि प्रयतात्मनः ॥२६॥

无论是谁，只要他虔诚地供奉我一片树叶、一朵鲜花、一个果子或一碗清水，我都会接受并享用这些心地纯洁的人奉献的供品。（9.26）

主渴望爱和虔信。要取悦神并获得神恩，需要的是一颗专注的心，而不是复杂的仪式。人们应首先供奉神，然后才享用食物。为了让其虔信者高兴，神会享用食物供品。当人们首先把食物供奉给主，然后再吃下那些食物时，心意就得到净化。

第九章　至上知识和大奥秘

यत् करोषि यद् अश्नासि यज् जुहोषि ददासि यत् ।
यत् तपस्यसि कौन्तेय तत् कुरुष्व मदर्पणम् ॥२७॥

阿周那啊，无论你做什么，吃什么，向圣火供奉什么，布施什么，修什么苦行，你都应该把这一切当作祭品奉献给我。（参见 12.10, 18.46）（9.27）

为了取悦神，每天都举行某一例行的献祭崇拜仪式，既不必要，也不充分。无论人们按照各自的本性通过身体、心意、感官、思想、智力、行动和语言做什么，都应该带着所有这一切都只是为了神的念头来做。（BP 11.02.36）只要践行一种虔信服务，如唱诵、聆听、记念、服务、冥想、弃绝和顺从等，就可获得解脱。对名望的热爱是可以摧毁所有瑜伽和苦行的烈火。摩耶的虚幻力量非常可怕。除非人们任何事都是为神而做，否则，摩耶之力将出卖包括瑜伽士在内的每个人。

शुभाशुभफलैर् एवं मोक्ष्यसे कर्मबन्धनैः ।
संन्यासयोगयुक्तात्मा विमुक्तो माम् उपैष्यसि ॥२८॥

通过弃绝之瑜伽，你就可以从善业和恶业的束缚中解脱出来，并走向我。（9.28）

समोऽहं सर्वभूतेषु न मे द्वेष्योऽस्ति न प्रियः ।
ये भजन्ति तु मां भक्त्या मयि ते तेषु चाप्य् अहम् ॥२९॥

我平等对待一切众生。我既不憎恨也不宠爱任何

人。**但那些怀着爱和虔信崇拜我的人特别靠近我，我也特别靠近他们。**（参见 7.18）**（9.29）**

在这里，主克里希那说，人不应该偏爱任何人，但应该更好地对待忠诚者或者乐于助人的人。对任何人，主既不无情也不偏爱。主既不宠爱也不憎恨任何人，但他对他的虔信者会给予特别的关照。他说：我的虔信者除了我不知道其他任何事，并且，我除了他们也不知道其他任何人（BP 9.4.68）。保护他的虔信者是他的本性。主会设法帮助其真诚的虔信者去实现他们的愿望。对于始终想着他的虔信者，他也会始终记念他们，使他们远离灾难和不幸。所以，对于真诚的虔信者而言，这是一条适合个人本性的最佳圆满之道。

上主的恩典只要请求便会得到。虔信之门向所有人开放，但那些在内心的庙堂点燃虔信之高香的信徒和虔信者，将与主合一。父亲平等地爱着其所有的孩子，但与虔信他的孩子更加亲近，尽管他/她可能不太富裕、不太聪明或不太强壮。同样，主与虔信者非常亲近。主不会赐予每个人诸如物质财富和灵性财富等一切事物。但因着主的恩典，人们可以通过灵性修炼获得圆满。自我努力和神恩都必不可少。根据吠陀经典，诸神只帮助那些自助者。（RV 4.33.11）尤迦南达说，主选择那些选择了主的人。

神恩就像阳光一样平等地照耀每个人。但是，由于人有自由意志，为了让阳光照射进来，人们必须敞开心扉。有人说，神性与生俱来，然而，为了移走我们过去的业产生的障碍，因而在正确的方向上自我努力也是必需的。神恩会通过我们自身的努力而迅速到来。据信，自我努力、命运和神恩是同一的。我们所有人都可以平等地获得神恩，但是，每个人必须通过自己的努力去获取它。运作神的事务的同一业报律，也控制着神恩的分配。再没有公正分配神恩的其他方式。就像肥料会助长植物一样，自我努力会促进觉悟到神的进程。

没有不可宽恕的罪人

अपि चेत् सुदुराचारो भजते माम् अनन्यभाक् ।
साधुर् एव स मन्तव्यः सम्यग् व्यवसितो हि सः ॥३०॥

即便是罪大恶极的人，如果他决定一心一意忠实虔诚地崇拜我，因为其决定正确，这样的人也可以看成是圣人。（9.30）

没有任何不可宽恕的罪或罪人。诚实悔改的火会烧尽所有的罪。尤迦南达常说，圣人是永不放弃的罪人。每个圣人都有他的过去，每个罪人也都有他的未来。太阳升起黑暗就消失，没有任何动机的苦行、服务和布施的行动能够抵偿罪恶行为。（MB 3.207.57）如果虔信

者把心意持续专注在主的身上，那么罪恶的欲望就没有任何成长的空间；如果罪人决定绝不再犯下面提及的罪，那么他很快就会成为正义的人。

क्षिप्रं भवति धर्मात्मा शश्वच्छान्तिं निगच्छति ।
कौन्तेय प्रतिजानीहि न मे भक्तः प्रणश्यति ॥३१॥

这样的人很快会成为正义的人，并获得永久的平静。阿周那啊，你要知道，我的虔信者绝不会达不到目标。（参见6.40–43）（9.31）

虔信之道较易践行

मां हि पार्थ व्यपाश्रित्य येऽपि स्युः पापयोनयः ।
स्त्रियो वैश्यास् तथा शूद्रास् तेऽपि यान्ति परां गतिम् ॥३२॥

阿周那啊，包括女人、商人、劳工和恶人在内的任何人，只要向我寻求庇护，都可以达致至上居所。（参见18.66）（9.32）

灵性修炼应该与个人的信仰、兴趣和能力相匹配。有些人可能没有资格或者还没有准备好接受关于至上者的知识，但是虔信之道对所有人开放。没有人会因为种姓、信条、性别或心智能力而没有资格接受虔信。大多数圣徒和圣人都认为虔信之道是最容易践行的最佳瑜伽之道。

第九章 至上知识和大奥秘

किं पुनर् ब्राह्मणाः पुण्या भक्ता राजर्षयस् तथा ।
अनित्यम् असुखं लोकम् इमं प्राप्य भजस्व माम् ॥३३॥

这样,智者和虔信的圣人应该非常容易臻达至上存在。因此,既然已经得到这个毫无欢乐和短暂无常的人生,你就应该始终忠实虔信地崇拜我。(9.33)

一切生命体,在摩耶虚幻之力的符咒下,反复经受生死轮回。而善良的主,出于仁慈,赐予某种生命体以很难获得的人身。按照上主形象创造出来的人身,是创造物中的宝石,他拥有把灵魂从轮回之网过渡到生存的高级层面的能力。除了人,地球上所有其他生命形式,都没有高级智力和推理能力。

正如老虎会忽然出现并从羊群中叼走羔羊一样,死亡也会毫无预兆地夺走人的生命。因此,不要等待某个合适的时间到来才进行灵性修炼和正义行动。(MB 12.175.13)人出生的目标和任务就是追寻主,不能等待。人应该在履行生命其他职责的同时持续地追寻主,否则,就可能为时已晚。主克里希那在下一诗节中提供了参与虔信服务的切实可行的方式,并以此结束了本章。

मन्मना भव मद्भक्तो मद्याजी मां नमस्कुरु ।
माम् एवैष्यसि युक्त्वैवम् आत्मानं मत्परायणः ॥३४॥

始终记念我,虔信我,崇拜我,顺从我,把我作为至上目标而使你本人与我合一,你就肯定会走向我。(9.34)

第十章
绝对者的显现

श्रीभगवानुवाच
भूय एव महाबाहो शृणु मे परमं वचः ।
यत् तेऽहं प्रीयमाणाय वक्ष्यामि हितकाम्यया ॥१॥

主克里希那说：阿周那啊，你是我的挚爱，为了你的福祉，请再次聆听我要向你讲述的至上之言。（10.01）

上主是万物之源

न मे विदुः सुरगणाः प्रभवं न महर्षयः ।
अहम् आदिर् हि देवानां महर्षीणां च सर्वशः ॥२॥

无论是众天神抑或是大圣人，都不知道我的来源，因为我是他们的来源。（10.02）

第十章 绝对者的显现

यो माम् अजम् अनादिं च वेत्ति लोकमहेश्वरम् ।
असंमूढः स मर्त्येषु सर्वपापैः प्रमुच्यते ॥३॥

谁知道我是宇宙之不生、无始和至上之主，谁就被认为是凡人中的智者，并从业的束缚中解脱出来。（10.03）

बुद्धिर् ज्ञानम् असंमोहः क्षमा सत्यं दमः शमः ।
सुखं दुःखं भवोऽभावो भयं चाभयम् एव च ॥४॥
अहिंसा समता तुष्टिस् तपो दानं यशोऽयशः ।
भवन्ति भावा भूतानां मत्त एव पृथग्विधाः ॥५॥

智力、知识、不惑、宽恕、真实、控制心意和感官、宁静、欢乐、痛苦、出生、死亡、恐惧、无惧、不杀生、镇定、满足、苦行、布施、声誉、恶名——人类中所有这些不同的品质全都来源于我。（10.04-05）

如果你宽恕他人，神也会宽恕你。绝不要以恶制恶。爱你的敌人，为那些虐待你的人祈祷。对于作恶者，要控制自己的愤怒。作恶者若不请求宽恕，控制住愤怒本身就是惩罚作恶者。（MB 5.36.05）作恶者若不请求宽恕，作恶者会被同一恶行所毁灭。（MS 2.163）无条件地宽恕他人的人是快乐的，因为宽恕者的愤怒得以根除。如果一个人的人际关系充满伤害和负面情绪，其灵性修炼的进步就会受到阻碍。因此，人们必须学会宽恕和请求宽恕。

甚至美德也有其自身的缺点。宽恕常常被解释为软弱的标志。因此,仁慈是强者的力量,弱者的美德。如果一个人真诚地请求宽恕,如果是第一次冒犯,如果冒犯不是蓄意的,如果冒犯者曾经帮助过他人,那么他/她就应该得到宽恕。惩罚的手段可以用来矫正和教训蓄意和反复犯事者,但此举不应带有任何复仇的情感。

具有神性品质的圣人和具有魔鬼品质的罪人,其行为类似于檀香树和斧子的行为。斧子砍倒檀香树,但檀香却传到斧子上。圣人宽恕罪人,是认为行恶是罪人的本性使然,否则他或她就不可能行恶。(TR 7.36.04)

महर्षयः सप्त पूर्वे चत्वारो मनवस् तथा।
मद्भावा मानसा जाता येषां लोक इमाः प्रजाः ॥६॥

古代有七大圣人,还有四位摩奴,都是由我的心智力量产生,而世界的一切生灵,则由他们产生。(10.06)

एतां विभूतिं योगं च मम यो वेत्ति तत्त्वतः।
सोऽविकम्पेन योगेन युज्यते नात्र संशयः ॥७॥

真正理解我的显现和瑜伽力量的人,他们凭借坚定的虔信与我合一,这是毫无疑问的。(10.07)

अहं सर्वस्य प्रभवो मत्तः सर्वं प्रवर्तते।
इति मत्वा भजन्ते मां बुधा भावसमन्विताः ॥८॥

我是一切的来源。一切都由我演化而来。理解这个道理的智者,以爱和虔信之心崇拜我。(10.08)

那个唯一者变成了这一切。（RV 8.58.02）

मच्चित्ता मद्गतप्राणा बोधयन्तः परस्परम् ।
कथयन्तश्च मां नित्यं तुष्यन्ति च रमन्ति च ॥९॥

我的虔信者永远满足和快乐。他们的心意专注我，他们的生命顺从我的意志。他们通过谈论我而彼此获得启迪。（10.09）

虔信者是众人的良好祝福者，并帮助他人在灵性的道路上成长。

主把自我知识赐予其虔信者

तेषां सततयुक्तानां भजतां प्रीतिपूर्वकम् ।
ददामि बुद्धियोगं तं येन माम् उपयान्ति ते ॥१०॥

我把理解形而上的知识的分析和推理能力，赐予那些始终与我联结并亲切地沉思我的人，由此他们抵达我。（10.10）

我们被赐予了分析和推理（分辨）的能力，它可以用来理解形而上的知识或自我知识。

तेषाम् एवानुकम्पार्थम् अहम् अज्ञानजं तमः ।
नाशयाम्य् आत्मभावस्थो ज्ञानदीपेन भास्वता ॥११॥

我作为意识寓居在他们的内心深处。出于对他们的仁慈，我点亮了超然知识之灯，以驱散他们因无知而生的黑暗。（10.11）

克里希那的所有其他形式，都可以通过不同的崇拜方式获得，但克里希那本人，只有通过虔信和专一的爱才能抵达。强烈的虔信火花，而绝不仅仅是智力和逻辑，才很容易点燃灵性知识和觉悟上主的灯。

अर्जुन उवाच
परं ब्रह्म परं धाम पवित्रं परमं भवान् ।
पुरुषं शाश्वतं दिव्यम् आदिदेवम् अजं विभुम् ॥१२॥
आहुस् त्वाम् ऋषयः सर्वे देवर्षिर् नारदस् तथा ।
असितो देवलो व्यासः स्वयं चैव ब्रवीषि मे ॥१३॥

阿周那说：您是至上存在、至上居所、至上净化者、永恒存在、原初的神、不生者和无所不在者。所有的圣徒和圣人都这样称赞您，您自己也这样告诉我。（10.12–13）

无人知晓实在的真实本性

सर्वम् एतद् ऋतं मन्ये यन् मां वदसि केशव ।
न हि ते भगवन् व्यक्तिं विदुर् देवा न दानवाः ॥१४॥

克里希那啊,您告诉我的所有一切,我相信都是真实的。主啊,无论天神还是恶魔,他们都完全不懂您的显现。(参见4.06)(**10.14**)

स्वयम् एवात्मनात्मानं वेत्थ त्वं पुरुषोत्तम ।
भूतभावन भूतेश देवदेव जगत्पते ॥१५॥

一切众生的创造者和主啊,诸神之神,至上原人,宇宙之主,只有您能通过自己认识自己。(**10.15**)

吠陀经留下了一个悬而未决的终极问题:即终极实在的起源问题。吠陀经说,无人知晓一切创造发生于其中的终极来源是什么。圣人们则进一步说,甚或主也不知道这个来源是什么(RV 10.129.06-07);说自己是知神者的人也不知道;通晓真理者也说自己不知道。具有真知者对神一无所知,只有无知者才宣称知道神。(KeU 2.01-03)宇宙能量的终极来源始终是并且仍将是一个大奥秘。对神的任何具体描述,包括对天堂地狱的描述,都不过是一种心理推测。

वक्तुम् अर्हस्य् अशेषेण दिव्या ह्य् आत्मविभूतयः ।
याभिर् विभूतिभिर् लोकान् इमांस् त्वं व्याप्य तिष्ठसि ॥१६॥

因此，只有您才能全面描述您自己的神圣荣耀或显现。正是通过这些显现，您遍及一切世界。（10.16）

कथं विद्याम् अहं योगिंस् त्वां सदा परिचिन्तयन् ।
केषु केषु च भावेषु चिन्त्योऽसि भगवन् मया ॥१७॥

主啊，我经常沉思您，我如何可能知晓您？您显现为何种形象，我应该如何思考您？（10.17）

विस्तरेणात्मनो योगं विभूतिं च जनार्दन ।
भूयः कथय तृप्तिर् हि शृण्वतो नास्ति मेऽमृतम् ॥१८॥

主啊，请您再次向我详细解释您的瑜伽之力和荣耀吧，您的甘露之言，我百听不厌，永不满足。（10.18）

一切都是绝对者的显现

श्रीभगवानुवाच
हन्त ते कथयिष्यामि दिव्या ह्य् आत्मविभूतयः ।
प्राधान्यतः कुरुश्रेष्ठ नास्त्य् अन्तो विस्तरस्य मे ॥१९॥

主克里希那说：阿周那啊，现在我向你解释我的那些卓越神圣的显现，因为我的显现无穷无尽。（10.19）

अहम् आत्मा गुडाकेश सर्वभूताशयस्थितः ।
अहम् आदिश्च मध्यं च भूतानाम् अन्त एव च ॥२०॥

阿周那啊，我是至上之灵（或超灵），作为灵魂（阿特曼）寓居在一切众生心灵深处。我也是一切众生的创造者、维系者和毁灭者（或开始、中间和结束）。（10.20）

灵没有起源，它是至上存在的属性，正如阳光是太阳的属性。（BS 2.03.17）至上存在与灵就像太阳与阳光，既不同，又无不同。（BS 3.02.28）在众生中，灵是控制者，它不同于身体，正如火不同于木头。

感官、心意和智力不可能知道灵或宇宙意识，因为感官、心意和智力只从灵那里获得它们发挥作用的力量。（KeU 1.06）灵提供力量并支持感官，正如空气使火燃烧并助燃一样。（MB 12.203.03）这个宇宙中所有形式的力量、运动、智力和生命，其背后的基础和支持都是灵。正是凭借它的力量，人们才能看、听、嗅、思、爱、恨以及渴望各种对象。

आदित्यानाम् अहं विष्णुर् ज्योतिषां रविर् अंशुमान् ।
मरीचिर् मरुताम् अस्मि नक्षत्राणाम् अहं शशी ॥२१॥

我是毗湿奴，我是发光体中光芒四射的太阳，我是风神，我是群星中的月亮。（10.21）

वेदानां सामवेदोऽस्मि देवानाम् अस्मि वासवः ।
इन्द्रियाणां मनश्चास्मि भूतानाम् अस्मि चेतना ।।२२।।

我是吠陀经，我是天神，我是感官中的心意，我是众生中的意识。（10.22）

रुद्राणां शंकरश् चास्मि वित्तेशो यक्षरक्षसाम् ।
वसूनां पावकश् चास्मि मेरुः शिखरिणाम् अहम् ।।२३।।

我是主湿婆，我是财神，我是火神，我是弥卢山。（10.23）

पुरोधसां च मुख्यं मां विद्धि पार्थ बृहस्पतिम् ।
सेनानीनाम् अहं स्कन्दः सरसाम् अस्मि सागरः ।।२४।।

阿周那啊，我是天神的大祭司和大将军，我是所有水域中的海洋。（10.24）

महर्षीणां भृगुर् अहं गिराम् अस्म्य् एकम् अक्षरम् ।
यज्ञानां जपयज्ञोऽस्मि स्थावराणां हिमालयः ।।२५।।

我是圣人中的布瑞古，我是语言中的宇宙单音"唵"，我是灵性修炼中曼陀罗的默诵，我是群山中的喜马拉雅山。（10.25）

所有宗教的圣徒和圣人都认为，不断念诵曼陀罗或神的任何一个圣名，是现时代达致自我觉悟之最容易和最有效的方式。怀着信仰从事这一灵性修炼，会驱使声音振动进入心意的更深层面，在那里，它就会像一个减震器那样起作用：防止消极的思想和观念的波动，并适时地为内在的觉醒开辟道路。冥想是这一发展过程的高级阶段。在进入超然的冥想之前，人们首先要念诵曼陀罗。斯瓦米·哈瑞哈（Swami Harihar）曾说，获得任何世俗对象的愿望都不足以与念诵圣名作交换。甚至为了摧毁罪恶，也不应该使用圣名之灵性力量，而只有为了神圣的觉悟，才应该诉诸这种力量。

没有名字，人心就无法认识和理解主的形象。如果唱诵或冥想圣名却看不见主的形象，那么作为爱的对象的主的形象就会闪现在心意的屏幕上。圣人图拉斯达萨说，如果你要照亮你的内外，就要把上主圣名这盏灯放在靠近你舌头之门的地方。神的名比神的人格形象和非人格形象更加伟大，因为前者的力量能控制后者。所以有人说，所有灵性努力之最佳者，就是始终记念并反复念诵神的圣名。

简要描述神的显现

अश्वत्थः सर्ववृक्षाणां देवर्षीणां च नारदः ।
गन्धर्वाणां चित्ररथः सिद्धानां कपिलो मुनिः ॥२६॥

我是群树中的神圣的无花果树，圣人中的拿拉达，我是所有其他的天神。（10.26）

उच्चैःश्रवसम् अश्वानां विद्धि माम् अमृतोद्भवम् ।
ऐरावतं गजेन्द्राणां नराणां च नराधिपम् ।।२७।।

要知道，我是动物中的神兽，人中的国王。
（10.27）

आयुधानाम् अहं वज्रं धेनूनाम् अस्मि कामधुक् ।
प्रजनश् चास्मि कन्दर्पः सर्पाणाम् अस्मि वासुकिः ।।२८।।

我是武器中的金刚杵，我是生殖中的爱神。
（10.28）

अनन्तश् चास्मि नागानां वरुणो यादसाम् अहम् ।
पितॄणाम् अर्यमा चास्मि यमः संयमताम् अहम् ।।२९।।

我是水神和阴间，我是死亡控制者。（10.29）

प्रह्लादश् चास्मि दैत्यानां कालः कलयताम् अहम् ।
मृगाणां च मृगेन्द्रोऽहं वैनतेयश्च पक्षिणाम् ।।३०।।

我是司命中的时间或死亡，我是走兽中的狮王，飞鸟中的鸟王。（10.30）

पवनः पवताम् अस्मि रामः शस्त्रभृताम् अहम् ।
झषाणां मकरश् चास्मि स्रोतसाम् अस्मि जाह्नवी ।।३१।।

我是净化者中的风，武士中的主罗摩。我是海洋生物中的鳄鱼，我是河流中的神圣恒河。（10.31）

सर्गाणाम् आदिर् अन्तश्च मध्यं चैवाहम् अर्जुन ।
अध्यात्मविद्या विद्यानां वादः प्रवदताम् अहम् ॥३२॥

阿周那啊，我是一切创造的开始、中间和结束，我是知识中关于至上自我的知识，我是逻辑学家的逻辑。（10.32）

अक्षराणाम् अकारोऽस्मि द्वन्द्वः सामासिकस्य च ।
अहम् एवाक्षयः कालो धाताहं विश्वतोमुखः ॥३३॥

我是字母表中的首字母"A"，我是复合词中的并列复合词，我是永恒不灭的时间，我是宇宙的维系者和全知者。（10.33）

मृत्युः सर्वहरश्चाहम् उद्भवश्च भविष्यताम् ।
कीर्तिः श्रीर् वाक् च नारीणां स्मृतिर् मेधा धृतिः क्षमा ॥३४॥

我是吞噬一切的死亡，也是未来一切的起源。我是七位女神或守护天使，掌管着名誉、财富、语言、记忆、智力、坚定和宽恕这七种品质。（10.34）

बृहत्साम तथा साम्नां गायत्री छन्दसाम् अहम् ।
मासानां मार्गशीर्षोऽहम् ऋतूनां कुसुमाकरः ॥३५॥

我是吠陀和其他圣诗，我是曼陀罗，我是月份中的十一至十二月，我是四季中的春季。（10.35）

द्यूतं छलयताम् अस्मि तेजस् तेजस्विनाम् अहम् ।
जयोऽस्मि व्यवसायोऽस्मि सत्त्वं सत्त्ववताम् अहम् ॥३६॥

我是欺诈者的赌博，是发光体的光，是胜利者的胜利，是决断者的决断，我是善人的美德。（10.36）

善恶都是神圣力量（摩耶）的产物。摩耶创造了大量并非真实存在的优点和缺点。智者不会过分重视它们。人们应该发展好的品质，消除坏的品质。正如太阳升起黑暗便会消失，人觉悟之后，好坏善恶也都会被超越。美德与恶习并非两件事，而是同一件事，只是在显现的程度上有所差别。确实，神也居住在罪大恶极的人当中，但憎恨他们或结交他们都是不合适的。甘地曾说：我憎恨罪恶，而不是罪人。

人们应该怀着欢乐之心来观看这出充满了众多生活矛盾的非同一般的宇宙大戏，如果其中没有善恶，就只有宇宙角色的不同面具了。众经典谴责通过如赌博、行贿受贿等非法手段获得财富的行为，而推荐既有利于社会也有利于个人的诚实劳动和辛勤付出（如耕田种地）。（RV 10.34.13）

वृष्णीनां वासुदेवोऽस्मि पाण्डवानां धनंजयः ।
मुनीनाम् अप्य् अहं व्यासः कवीनाम् उशना कविः ॥३७॥
दण्डो दमयताम् अस्मि नीतिर् अस्मि जिगीषताम् ।
मौनं चैवास्मि गुह्यानां ज्ञानं ज्ञानवताम् अहम् ॥३८॥

我是克里希那，是毗耶娑，是阿周那。我是统治者的权势，是求胜者的谋略，是秘密中的缄默，是智者中的自我知识。（10.37–38）

यच् चापि सर्वभूतानां बीजं तद् अहम् अर्जुन ।
न तद् अस्ति विना यत् स्यान् मया भूतं चराचरम् ॥३९॥

阿周那啊，我是一切众生的起源。如果没有我，一切有生命或无生命之物，都不可能存在。（参见7.10和9.18）（**10.39**）

一棵大树，拥有众多枝、叶、花、果和种子，它以未显的形式保留在小小的种子里，然后一次又一次地显现为一棵树。这棵树再次成为未显的种子。同样，所有的显现之物都以未显的形式保留在绝对者之中，它们反复地在创造中显现，在消解中未显。果实一直隐藏在种子中，种子一直隐藏在果实中；同样，至上者寓居在人中，人存在于至上者中。

显现的创造物是绝对者的极小部分

नान्तोऽस्ति मम दिव्यानां विभूतीनां परंतप ।
एष तूद्देशतः प्रोक्तो विभूतेर् विस्तरो मया ॥४०॥

阿周那啊，我的神圣显现无穷无尽。上面我只是向你简略地描述了我神圣显现的范围。（10.40）

宇宙中各种存在物，从最高的天神到最小的昆虫，甚至到惰性灰尘，都不过是那唯一的绝对者的显现。

यद् यद् विभूतिमत् सत्त्वं श्रीमद् ऊर्जितम् एव वा ।
तत् तद् एवावगच्छ त्वं मम तेजोंऽशसंभवम् ॥४१॥
你要知道，无论具有何种荣耀、何种光辉和何种力量，全都是我的极小部分光辉的显现。（10.41）

通过其宇宙声音的振动，至上者创造了万物；没有它的宇宙能量，就没有一件事物可以创造出来。这一宇宙显现与绝对者不可分离，正如阳光与太阳不可分离。（BP 4.31.16）整个创造物都是无限者的部分显现和组成部分。神圣者通过创造显现他的荣耀。可见的宇宙之美丽和光辉，只是神圣者荣耀的极小部分。

अथवा बहुनैतेन किं ज्ञातेन तवार्जुन ।
विष्टभ्याहम् इदं कृत्स्नम् एकांशेन स्थितो जगत् ॥४२॥
阿周那啊，你又何必要详细知晓这一切呢？仅靠我神圣力量的极小部分，就足以维系整个宇宙。（10.42）

从量上说，显现的创造物是绝对者的极小部分。这个宇宙把神的光辉反射给人类，让我们看见了不可见的主。人们不仅应该学会把至上者认知为一个人或一个形象，还应该学会通过其光辉以及通过其统治和控制自然和生命的法则，把他认知为在宇宙中的显现。他就是存在、善良和美丽。

第十一章
宇宙形象的显现

अर्जुन उवाच
मदनुग्रहाय परमं गुह्यम् अध्यात्मसंज्ञितम् ।
यत् त्वयोक्तं वचस् तेन मोहोऽयं विगतो मम ॥१॥

阿周那说：你出于仁慈，告诉了我有关自我的至上奥秘，您深刻的智慧之言，消除了我的迷惑。（11.01）

भवाप्ययौ हि भूतानां श्रुतौ विस्तरशो मया ।
त्वत्तः कमलपत्राक्ष माहात्म्यम् अपि चाव्ययम् ॥२॥

克里希那啊，我已经从您那里详尽地听说了众生的起源和灭亡，以及您那永恒不变的荣耀。（11.02）

第十一章 宇宙形象的显现

看见神是求道者的终极目的

एवम् एतद् यथात्थ त्वम् आत्मानं परमेश्वर ।
द्रष्टुम् इच्छामि ते रूपम् ऐश्वरं पुरुषोत्तम ॥३॥

主啊,尽管您已经如实地描述了您自己,但是,至上存在啊,我还是想看见您神圣的宇宙形象。(11.03)

मन्यसे यदि तच् छक्यं मया द्रष्टुम् इति प्रभो ।
योगेश्वर ततो मे त्वं दर्शयात्मानम् अव्ययम् ॥४॥

主啊,如果您认为我看见您的宇宙形象是可能的,那么,瑜伽之主啊,就请您向我显现您超然的形象吧。(11.04)

在经验到神之前,我们无法知道神。不从心灵上看见虔信的对象,信仰神的基础就是不可靠的。我们所有灵性修炼的目的就在此一见。如此的一见,对于克服求道者心中最后一点不纯以及任何挥之不去的疑惑,是必不可少的,因为对于人的心意而言,百闻不如一见或眼见为实。所以,像其他任何虔信者一样,阿周那也渴望看见主的超然形象。

श्रीभगवानुवाच
पश्य मे पार्थ रूपाणि शतशोऽथ सहस्रशः ।
नानाविधानि दिव्यानि नानावर्णाकृतीनि च ॥५॥
पश्यादित्यान् वसून् रुद्रान् अश्विनौ मरुतस् तथा ।
बहून्य् अदृष्टपूर्वाणि पश्याश्चर्याणि भारत ॥६॥
इहैकस्थं जगत् कृत्स्नं पश्याद्य सचराचरम् ।
मम देहे गुडाकेश यच् चान्यद् द्रष्टुम् इच्छसि ॥७॥

主克里希那说：阿周那啊，请看我的神圣形象千变万化，千姿百态，色彩斑斓，形态各异。请看所有的天人和前所未见的奇迹。还请看整个创造物——有生命的和无生命的以及无论你想看的什么事物，一切都在我的身体中。（11.05–07）

न तु मां शक्ष्यसे द्रष्टुम् अनेनैव स्वचक्षुषा ।
दिव्यं ददामि ते चक्षुः पश्य मे योगम् ऐश्वरम् ॥८॥

但是，你的肉眼不能看见我。因此，我要给你一双神眼，你就能看见我庄严的力量和荣耀。（11.08）

没有人能用肉眼看见主，他的超然形象超越了我们的视域。通过寓于内心深处那控制心意的直觉力，他就会显现。那些知晓他的人就会获得不朽。（KaU 6.09）我们就像色盲者，用肉眼不能看见宇宙的所有色彩和光线。要看见至上人格神的美和荣耀，必须要有神的赐物及神眼。

第十一章 宇宙形象的显现

主克里希那向阿周那显现其宇宙形象

संजय उवाच
एवम् उक्त्वा ततो राजन् महायोगेश्वरो हरिः ।
दर्शयामास पार्थाय परमं रूपम् ऐश्वरम् ॥९॥

全胜说：国王啊，说完上面的话之后，主克里希那，这位伟大的瑜伽神秘力量之主，就向阿周那显现了他那至上的庄严形象。（11.09）

अनेकवक्त्रनयनम् अनेकाद्भुतदर्शनम् ।
अनेकदिव्याभरणं दिव्यानेकोद्यतायुधम् ॥१०॥
दिव्यमाल्याम्बरधरं दिव्यगन्धानुलेपनम् ।
सर्वाश्चर्यमयं देवम् अनन्तं विश्वतोमुखम् ॥११॥

阿周那看见了主的宇宙形象，它有无数的嘴巴和眼睛，无数奇异的相貌，佩有无数神圣的饰物，持有无数神圣的武器，穿着神圣的衣服，戴着神圣的花环，抹有天上香料和油膏，充满了一切奇观——无限的神面向各方。（11.10-11）

दिवि सूर्यसहस्रस्य भवेद् युगपद् उत्थिता ।
यदि भाः सदृशी सा स्याद् भासस् तस्य महात्मनः ॥१२॥

如果有数以千计的太阳同时在天空中照耀，其光辉也比不上那个尊贵存在的光辉。（11.12）

主啊，甚至一百万个太阳也无法与您相比。（RV 8.70.05）罗伯特·奥本海默（Robert Oppenheimer）在目击第一颗原子弹爆炸时念出了这一诗节。

तत्रैकस्थं जगत् कृत्स्नं प्रविभक्तम् अनेकधा ।
अपश्यद् देवदेवस्य शरीरे पाण्डवस् तदा ॥१३॥
在天神之主克里希那的超然身体中，阿周那看见了整个宇宙，它划分为千态万象，又共处为一。（参见13.16和18.20）**（11.13）**

有人可能没有作好看见上主的准备

ततः स विस्मयाविष्टो ह्रष्टरोमा धनंजयः ।
प्रणम्य शिरसा देवं कृताञ्जलिर् अभाषत ॥१४॥
在看见主的宇宙形象时，阿周那惊愕不已，毛发直立。他双手合十，向主俯首顶礼并祈祷。（11.14）

अर्जुन उवाच
पश्यामि देवांस् तव देव देहे
सर्वांस् तथा भूतविशेषसंघान् ।
ब्रह्माणम् ईशं कमलासनस्थम्
ऋषींश्च सर्वान् उरगांश्च दिव्यान् ॥१५॥

第十一章 宇宙形象的显现

阿周那说：主啊！在您的身体中我看见所有的天神，看见梵天端坐在莲花上，看见众多的生物、圣人和天人。（11.15）

अनेकबाहूदरवक्त्रनेत्रं
पश्यामि त्वां सर्वतोऽनन्तरूपम् ।
नान्तं न मध्यं न पुनस् तवादिं
पश्यामि विश्वेश्वर विश्वरूप ॥१६॥

宇宙之主啊！我无处不见您的无数形象，您有众多手臂、众多肚腹、众多嘴巴、众多眼睛。宇宙形象啊，但我看不到您的开始、中间和结束。（11.16）

自我无所不在，遍及一切，且没有开始，也没有结束。

किरीटिनं गदिनं चक्रिणं च
तेजोराशिं सर्वतो दीप्तिमन्तम् ।
पश्यामि त्वां दुर्निरीक्ष्यं समन्ताद्
दीप्तानलार्कद्युतिम् अप्रमेयम् ॥१७॥

我看见您头戴王冠，手执宝杵，掌托神碟，光芒万丈，难以注视，就像太阳不可测度的光和燃烧的火，您光照天下。（11.17）

त्वम् अक्षरं परमं वेदितव्यं
त्वम् अस्य विश्वस्य परं निधानम् ।
त्वम् अव्ययः शाश्वतधर्मगोप्ता
सनातनस् त्वं पुरुषो मतो मे ॥१८॥

我相信,您就是我要认识的至上存在,您是宇宙的终极之所,您是灵,您是永恒秩序(法)的保护者。(11.18)

अनादिमध्यान्तम् अनन्तवीर्यम्
अनन्तबाहुं शशिसूर्यनेत्रम् ।
पश्यामि त्वां दीप्तहुताशवक्त्रं
स्वतेजसा विश्वम् इदं तपन्तम् ॥१९॥

我看见您没有开始,没有中间,也没有结束。你力量无穷,有众多手臂,以日月为双眼,用嘴巴吐火焰,用您自己的光辉照耀整个宇宙。(11.19)

द्यावापृथिव्योर् इदम् अन्तरं हि
व्याप्तं त्वयैकेन दिशश्च सर्वाः ।
दृष्ट्वाद्भुतं रूपम् उग्रं तवेदं
लोकत्रयं प्रव्यथितं महात्मन् ॥२०॥

主啊,您遍及天地之间四面八方整个空间。看见您神奇恐怖的形象,三界众生胆战心惊。(11.20)

第十一章 宇宙形象的显现

अमी हि त्वां सुरसंघा विशन्ति
केचिद् भीताः प्राञ्जलयो गृणन्ति ।
स्वस्तीत्य् उक्त्वा महर्षिसिद्धसंघाः
स्तुवन्ति त्वां स्तुतिभिः पुष्कलाभिः ॥२१॥

成群结队的天神进入您。有些神祇惊恐地双手合十唱赞您的圣名和荣耀。为数众多的圣人用大量赞美诗祝福和崇拜您。（11.21）

रुद्रादित्या वसवो ये च साध्या
विश्वेऽश्विनौ मरुतश् चोष्मपाश्च ।
गन्धर्वयक्षासुरसिद्धसंघा
वीक्षन्ते त्वां विस्मिताश् चैव सर्वे ॥२२॥
रूपं महत् ते बहुवक्त्रनेत्रं
महाबाहो बहुबाहूरुपादम् ।
बहूदरं बहुदंष्ट्राकरालं
दृष्ट्वा लोकाः प्रव्यथितास् तथाऽहम् ॥२३॥

所有天神都惊讶诧异地凝视您。看见您有无限多样的形式，您有众多的嘴巴、眼睛、手臂、腿脚、肚腹和可怕的獠牙，一切世界惊恐万状，我也同样如此，强大有力的主啊。（11.22–23）

阿周那害怕看见宇宙形象

नभःस्पृशं दीप्तम् अनेकवर्णं
व्यात्ताननं दीप्तविशालनेत्रम् ।
दृष्ट्वा हि त्वां प्रव्यथितान्तरात्मा
धृतिं न विन्दामि शमं च विष्णो ॥२४॥

克里希那啊!我看见您头顶天空光辉灿烂、色彩华美的形象,看见您嘴巴大开、巨眼闪烁的形象,我极为恐惧,失去了平静,也全无勇气。(11.24)

दंष्ट्राकरालानि च ते मुखानि
दृष्ट्वैव कालानलसन्निभानि ।
दिशो न जाने न लभे च शर्म
प्रसीद देवेश जगन्निवास ॥२५॥

我看见您长满恐怖獠牙的嘴巴发着光,就像宇宙消解时的火,我立即迷失了方向,再无快乐。众神之主,宇宙的庇护所啊!请您怜悯我。(11.25)

अमी च त्वां धृतराष्ट्रस्य पुत्राः
सर्वे सहैवावनिपालसंघैः ।
भीष्मो द्रोणः सूतपुत्रस् तथासौ
सहास्मदीयैर् अपि योधमुख्यैः ॥२६॥
वक्त्राणि ते त्वरमाणा विशन्ति

दंष्ट्राकरालानि भयानकानि ।
केचिद् विलग्ना दशनान्तरेषु
संदृश्यन्ते चूर्णितैर् उत्तमाङ्गैः ॥२७॥

我的所有堂兄弟，以及对方众多其他国王和战士，连同我方的主要战士，全都快速地进入您满是恐怖獠牙的可怕的嘴里。我看见有些人夹在您的獠牙间，脑袋被压得粉碎。（11.26–27）

यथा नदीनां बहवोऽम्बुवेगाः
समुद्रम् एवाभिमुखा द्रवन्ति ।
तथा तवामी नरलोकवीरा
विशन्ति वक्त्राण्य् अभिविज्वलन्ति ॥२८॥

这些凡界的战士全都进入您燃烧的嘴里，就像许多江河激流流进大海。（11.28）

यथा प्रदीप्तं ज्वलनं पतङ्गा
विशन्ति नाशाय समृद्धवेगाः ।
तथैव नाशाय विशन्ति लोकास्
तवापि वक्त्राणि समृद्धवेगाः ॥२९॥

所有这些人都快速地拥进您的嘴里而走向灭亡，就像飞蛾迅速扑向熊熊火焰而走向毁灭。（11.29）

लेलिह्यसे ग्रसमानः समन्ताल्
लोकान् समग्रान् वदनैर् ज्वलद्भिः ।

तेजोभिर् आपूर्य जगत् समग्रं
भासस् तवोग्राः प्रतपन्ति विष्णो ॥३०॥

您用您燃烧的嘴巴舔遍所有世界，从所有方向吞噬了它们。克里希那啊，您以您强烈的光辉照亮整个宇宙，烧灼整个世界。（11.30）

आख्याहि मे को भवान् उग्ररूपो
नमोऽस्तु ते देववर प्रसीद ।
विज्ञातुम् इच्छामि भवन्तम् आद्यं
न हि प्रजानामि तव प्रवृत्तिम् ॥३१॥

请告诉我，形象如此凶残的您，到底是谁？一切天神之最尊神啊，我礼拜您。请您怜悯我。原始之神啊，我想理解您，因为我不知晓您的使命。（11.31）

श्रीभगवानुवाच
कालोऽस्मि लोकक्षयकृत् प्रवृद्धो
लोकान् समाहर्तुम् इह प्रवृत्तः ।
ऋतेऽपि त्वां न भविष्यन्ति सर्वे
येऽवस्थिताः प्रत्यनीकेषु योधाः ॥३२॥

主克里希那说：我是死亡，我是世界的强大毁灭者。我在这里是要毁灭所有这些人。即便你不参与这场战争，两军排列站立的所有战士，也都将不复存在。（11.32）

第十一章　宇宙形象的显现

我们都是他的工具

तस्मात् त्वम् उत्तिष्ठ यशो लभस्व
जित्वा शत्रून् भुङ्क्ष्व राज्यं समृद्धम् ।
मयैवैते निहताः पूर्वम् एव
निमित्तमात्रं भव सव्यसाचिन् ॥३३॥

因此，你要站立起来，获得荣耀。你要战胜敌人，享受富饶的王国。我已经毁灭所有这些战士。阿周那啊，你只是一件工具。（11.33）

履行你的职责而不要执着于结果，把你自己仅仅看作神的一件工具，而不是行动者本身。这是我的战斗，而不是你的战斗。阿周那啊，我只是用你作为一件工具。我要通过你的身体做一切事。人们必须始终记住，一切战斗都是他的战斗而非我们的战斗。我们只是神的工具而非行动者，是他掌管着万物。神的意志和力量做着一切事。若无他的意志和力量，无人能做任何事。只有神，才使我们永不满足地追求物质生活和灵性生活。那些没有获得自我觉悟的人错误地把自己的意志当作神的意志，并做出错误之事。

द्रोणं च भीष्मं च जयद्रथं च
कर्णं तथान्यान् अपि योधवीरान् ।

मया हतांस् त्वं जहि मा व्यथिष्ठ
युध्यस्व जेतासि रणे सपत्नान् ॥३४॥

去杀死所有这些伟大的战士，他们已经全被我杀死。不要怕！你肯定会在战斗中战胜敌人，战斗吧！
（11.34）

阿周那向宇宙形象祈祷

संजय उवाच
एतच् छ्रुत्वा वचनं केशवस्य
कृताञ्जलिर् वेपमानः किरीटी ।
नमस्कृत्वा भूय एवाह कृष्णं
सगद्गदं भीतभीतः प्रणम्य ॥३५॥

全胜说：听了克里希那这番话，阿周那双手合十，浑身战抖，俯首敬拜，声音哽咽地对克里希那说。
（11.35）

अर्जुन उवाच
स्थाने हृषीकेश तव प्रकीर्त्या
जगत् प्रहृष्यत्य् अनुरज्यते च ।
रक्षांसि भीतानि दिशो द्रवन्ति
सर्वे नमस्यन्ति च सिद्धसंघाः ॥३६॥

阿周那说：确实，克里希那啊，世界乐意并高兴赞

第十一章 宇宙形象的显现

美您。恐惧的魔鬼逃向四面八方。成群的圣人都俯首敬拜您。（11.36）

कस्माच् च ते न नमेरन् महात्मन्
गरीयसे ब्रह्मणोऽप्य् आदिकर्त्रे ।
अनन्त देवेश जगन्निवास
त्वम् अक्षरं सद् असत् तत्परं यत् ॥३७॥

伟大的灵魂啊，您是最初的创造者，甚至比梵天更伟大，他们怎么会不敬拜您？无限的主啊，一切天神之神啊，世界的居所啊，您既是永恒的，又是暂时的，您是超越永恒和暂时之至上存在。（参见9.19和13.12注释）（11.37）

त्वम् आदिदेवः पुरुषः पुराणस्
त्वम् अस्य विश्वस्य परं निधानम् ।
वेत्तासि वेद्यं च परं च धाम
त्वया ततं विश्वम् अनन्तरूप ॥३८॥

您是原初的神，最古老的原人。您是整个宇宙的终极归宿。您是知者，知的对象，以及至上居所。形象无限的主啊，您遍及整个宇宙。（11.38）

वायुर् यमोऽग्निर् वरुणः शशाङ्कः
प्रजापतिस् त्वं प्रपितामहश्च ।

नमो नमस्तेऽस्तु सहस्रकृत्वः
पुनश्च भूयोऽपि नमो नमस्ते ॥३९॥

您是火神，风神，水神，月神，创造者（梵天），生主，以及死神。向您顶礼一千次，向您顶礼一次再一次。（11.39）

नमः पुरस्ताद् अथ पृष्ठतस् ते
नमोऽस्तु ते सर्वत एव सर्व ।
अनन्तवीर्यामितविक्रमस् त्वं
सर्वं समाप्नोषि ततोऽसि सर्वः ॥४०॥

我要从前面向您顶礼，从后面向您顶礼。主啊，我要从四面八方向您顶礼。您勇气无限，力量无限。您遍及一切，因此，您无处不在，无所不在。（11.40）

सखेति मत्वा प्रसभं यद् उक्तं
हे कृष्ण हे यादव हे सखेति ।
अजानता महिमानं तवेदं
मया प्रमादात् प्रणयेन वापि ॥४१॥

只是因为钟爱或疏忽，我不知道您的伟大，而只是把您看作一个朋友，并且一直不经意地把您称为克里希那啊、雅度子啊、朋友啊。（11.41）

यच् चावहासार्थम् असत्कृतोऽसि
विहारशय्यासनभोजनेषु ।

第十一章 宇宙形象的显现

एकोऽथवाप्य् अच्युत तत्समक्षं
तत् क्षामये त्वाम् अहम् अप्रमेयम् ॥४२॥

游戏，睡眠，坐着，吃饭，或独处，或者在众人面前，因为开玩笑可能对您有所不敬，克里希那啊，我恳请您这位不可度量者的宽恕。（11.42）

पितासि लोकस्य चराचरस्य
त्वम् अस्य पूज्यश्च गुरुर् गरीयान् ।
न त्वत्समोऽस्त्य् अभ्यधिकः कुतोऽन्यो
लोकत्रयेऽप्य् अप्रतिमप्रभाव ॥४३॥

您是这个有生命和无生命的世界的父亲，您是值得崇拜的至尊古鲁。三界中根本无人可以与您相比，更无人能够比您更伟大，无与伦比的荣耀者啊。（11.43）

तस्मात् प्रणम्य प्रणिधाय कायं
प्रसादये त्वाम् अहम् ईशम् ईड्यम् ।
पितेव पुत्रस्य सखेव सख्युः
प्रियः प्रियायार्हसि देव सोढुम् ॥४४॥

因此，受人尊敬的主啊，我要俯首跪拜在您的面前，祈求您的恩赐。主啊，请您宽恕我，就像父亲对孩子，朋友对朋友，丈夫对妻子。（11.44）

अदृष्टपूर्वं हृषितोऽस्मि दृष्ट्वा
भयेन च प्रव्यथितं मनो मे ।

तद् एव मे दर्शय देव रूपं
प्रसीद देवेश जगन्निवास ॥४५॥

见到这些我前所未见的宇宙形象，我非常高兴，但我的心也痛苦恐惧。因此，众天神之主，宇宙的庇护所啊，请您怜悯我，向我显现您的四臂形象吧。（11.45）

主的四臂形象不易见到

किरीटिनं गदिनं चक्रहस्तम्
इच्छामि त्वां द्रष्टुम् अहं तथैव ।
तेनैव रूपेण चतुर्भुजेन
सहस्रबाहो भव विश्वमूर्ते ॥४६॥

我想要看见您头戴王冠、手持铁杵和转轮的形象。拥有千臂和宇宙形象的主啊，请您显现您的四臂形象吧。（11.46）

श्रीभगवानुवाच
मया प्रसन्नेन तवार्जुनेदं
रूपं परं दर्शितम् आत्मयोगात् ।
तेजोमयं विश्वम् अनन्तम् आद्यं
यन् मे त्वदन्येन न दृष्टपूर्वम् ॥४७॥

主克里希那说：阿周那啊，我喜欢你，通过我自

第十一章 宇宙形象的显现

己的瑜伽力量，我已经向你显现了我至高无上、光辉灿烂、无边无际的原始宇宙形象。除了你，谁也没见过我的这一形象。（11.47）

拉达克里希南（S. Radhakrishnan）曾说："见此宇宙形象，并不是求道者的最终目标；否则，《薄伽梵歌》就会就此结束。有人认为，甚至三摩地也既不是灵性生活的结束，也不是灵性生活的本质要素。"然而，冥想和念诵的实践对于求道者的灵修是有益的。三摩地不是觉悟的最终状态。自我觉悟的状态远远超越三摩地。

न वेदयज्ञाध्ययनैर् न दानैर्
न च क्रियाभिर् न तपोभिर् उग्रैः ।
एवंरूपः शक्य अहं नृलोके
द्रष्टुं त्वदन्येन कुरुप्रवीर ॥४८॥

阿周那啊，在这个人世间，除了你，没有人见过这一宇宙形象。通过研习吠陀、祭祀、布施、仪式或严酷苦行，也都不能看见。（11.48）

主向阿周那显现其四臂的人的形象

मा ते व्यथा मा च विमूढभावो
दृष्ट्वा रूपं घोरम् ईदृङ्ममेदम् ।

व्यपेतभीः प्रीतमनाः पुनस् त्वं
तद् एव मे रूपम् इदं प्रपश्य ॥४९॥

看见我的如此恐怖的形象,你不用惊慌和困惑。现在,你要怀着无惧和欢快的心情,来注视我的四臂形象。(11.49)

संजय उवाच
इत्य् अर्जुनं वासुदेवस् तथोक्त्वा
स्वकं रूपं दर्शयामास भूयः ।
आश्वासयामास च भीतम् एनं
भूत्वा पुनः सौम्यवपुर् महात्मा ॥५०॥

全胜说:在对阿周那说完这些话之后,克里希那显现了他的四臂形象。之后,又显现了其和蔼可亲的人的形象,主克里希那,这位至尊者,以此抚慰惊恐的阿周那。(11.50)

अर्जुन उवाच
दृष्ट्वेदं मानुषं रूपं तव सौम्यं जनार्दन ।
इदानीम् अस्मि संवृत्तः सचेताः प्रकृतिं गतः ॥५१॥

阿周那说:克里希那啊,看见您这优美可爱的人的形象,现在我已恢复平静和正常。(11.51)

第十一章 宇宙形象的显现

通过虔信之爱能够看见上主

श्रीभगवानुवाच
सुदुर्दर्शम् इदं रूपं दृष्टवानसि यन् मम ।
देवा अप्य् अस्य रूपस्य नित्यं दर्शनकाङ्क्षिणः ॥५२॥

主克里希那说：你所看见的我的这一四臂形象确实很难见到，甚至众天神也一直渴望看见这个形象。（11.52）

नाहं वेदैर् न तपसा न दानेन न चेज्यया ।
शक्य एवंविधो द्रष्टुं दृष्टवानसि मां यथा ॥५३॥

甚至通过研习吠陀、苦行、布施或祭祀，也无法看见你刚才看见的我的这一四臂形象。（11.53）

无人能够仅仅依靠善行而达致全能的主。（RV 8.70.03, AV 20.92.18）主无处不在的形象不能通过感官而觉知，但可以通过直觉和信仰之眼而目睹。这一目睹和瑜伽的力量是主的特别礼物和恩典，当主发现有适合的人将用这种礼物和恩典来服务于他时，甚至不用请求他就会赐予。根据圣人拉姆达斯（Ramdas）的说法，必须超越你所见到的所有的光和形象，才能觉悟终极真理。在灵性之旅的道路上，瑜伽的力量也可能会成为障碍物。

भक्त्या त्व् अनन्यया शक्य अहम् एवंविधोऽर्जुन ।
ज्ञातुं द्रष्टुं च तत्त्वेन प्रवेष्टुं च परंतप ॥५४॥

阿周那啊，只有通过始终不渝的虔信，才能看见我的这一形象，才能认识我的本质，也才能抵达我。（11.54）

मत्कर्मकृन् मत्परमो मद्भक्तः सङ्गवर्जितः ।
निर्वैरः सर्वभूतेषु यः स माम् एति पाण्डव ॥५५॥

阿周那啊，把一切行动都奉献给我，把我当作至上目标，成为我的虔信者，摒弃一切执着，对一切众生无怨无恨，这样的人就会抵达我。（参见 8.22）（11.55）

第十二章
虔信之道

应该崇拜人格神还是非人格神？

अर्जुन उवाच
एवं सततयुक्ता ये भक्तास् त्वां पर्युपासते ।
ये चाप्य् अक्षरम् अव्यक्तं तेषां के योगवित्तमाः ॥१॥

阿周那问：那些始终坚定的虔信者，有些崇拜您的人格面，有些崇拜您的非人格面即无形的绝对者，那么他们中谁有最佳的瑜伽知识？（12.01）

主克里希那在诗节4：33-34中曾解释过灵性知识之道的优越性。在诗节5.24-25、6.24-28和8.11-13中曾解释过崇拜无形的至上者（或自我）的重要性。在诗节7.16-18、9.34和11.54-55中曾强调过对有形的神或克里希那的崇拜。因此，阿周那询问其中哪条道路对大多数普通大众更好，是很自然的事。

श्रीभगवानुवाच
मय्य् आवेश्य मनो ये मां नित्ययुक्ता उपासते ।
श्रद्धया परयोपेतास् ते मे युक्ततमा मताः ॥१२॥

主克里希那说:

将其心意专注于作为其人格神的我,怀着至上信仰崇拜我,我认为,这类始终坚定的虔信者是最佳的瑜伽士。(参见6.47)(**12.02**)

虔信被定义为对上主的最高的爱。(SBS 02)真实的虔信是为达致上主而对他无动机的强烈的爱。(NBS 02)真正的虔信是寻求上主的恩典,并用爱来服务和取悦于他。因此,虔信就是履行个人的职责,即用你对上主的爱心来侍奉上主。也有人说,虔信是上主赐予的恩典。与上主建立的爱的关系,很容易通过人格的上主得到发展。虔信之道的忠实践行者,虔信如罗摩、克里希那、摩西、佛陀以及基督这类以人的形象出现的人格神,他们被认为是最佳的瑜伽士。有些圣人认为,虔信优于自我知识。(SBS 05)

缺乏虔信,即缺乏对上主深深的爱,所有的灵修都枉然。自我知识的珍珠,只能生长在信仰和虔信的核上。圣人罗摩奴阇(Ramanuja)曾说,那些崇拜显现者的人会很快且不太困难地达到他们的目标。爱神并且爱它的所有创造物,是一切宗教的本质。

ये त्व् अक्षरम् अनिर्देश्यम् अव्यक्तं पर्युपासते ।
सर्वत्रगम् अचिन्त्यं च कूटस्थम् अचलं ध्रुवम् ॥३॥
संनियम्येन्द्रियग्रामं सर्वत्र समबुद्धयः ।
ते प्राप्नुवन्ति माम् एव सर्वभूतहिते रताः ॥४॥

那些崇拜不变不灭者、不可解释者、不可目睹者、无处不在者、不可思议者、不动者和永恒者的人，他们控制了所有感官，在任何环境下都心意稳定，并为一切众生谋福利，因此也能抵达我。（12.03–04）

如果一个人能够崇拜无形的上主，他必定完全掌控了感官，在任何情况下心意平静，并为一切众生谋福利。崇拜人格神的道路可以让人们去喜爱主刚好显现于世的名字、形象以及消遣方式。而崇拜非人格神的道路则是枯燥无味和充满困难的，并且正如下一诗节讨论的，走这条道路进展会非常缓慢。

崇拜人格神的原因

क्लेशोऽधिकतरस् तेषाम् अव्यक्तासक्तचेतसाम् ।
अव्यक्ता हि गतिर् दुःखं देहवद्भिर् अवाप्यते ॥५॥

将心意专注于非人格、未显现和无形象的绝对者，这样的人更难达致自我觉悟，因为普通人要崇拜未显现的神非常困难。（12.05）

如果一个人想要成功地崇拜无形象的绝对者,他就必须摆脱身体感觉,并立足于感觉自我的存在。当一个人充分净化并只为至上之主行动时,他就不会从身体上来理解生命。只有高级灵魂才有可能达到这种状态,而普通人则是难以企及的。所以,普通求道者的自然进程当是崇拜有形象的神。因此,崇拜的方式取决于个体。一个人应该为自己找到最适合自己的崇拜方式。要求一个孩子去崇拜一个无形象的神,显然是徒劳无益的。而圣人可以看见以任何形象出现的神,其崇拜无须一尊神的雕像甚或一幅神的画像。

热爱冥想和崇拜一个人格神,是觉悟非人格之绝对者的必要的第一步。也有人说,虔信于上主的人格面也可以把人引向其超越面。上主不仅是一个宇宙之外的全能存在,而且就是一切存在物中的自我。以一个人自己喜欢的神祇的形象,把上主当作一个人来崇拜,会促进圣爱的发展,并在适当的时候唤醒自我意识以及与神同一的体验。在对作为内在者的神进行爱的冥想之后,作为超越者的神就会显现在一个人纯粹的内心深处。

虔信一个人格神的道路与关于一个非人格神的自我知识的道路,在更高的阶段并没有真实的差别。在觉悟的最高阶段,它们融合为一。其他圣人们也认为,对于大多数人特别是初学者来说,虔信之道更易践行。根据圣图拉斯达萨的说法,自我知识之道难以理解,难以解释,也难以追随。人们也很容易在知识之道上跌倒,并

第十二章　虔信之道

退回到意识的低级感官层面。（TR 7.118.00）在下面两个诗节里，主说，虔信之道不仅更加容易，而且比知识之道更加快捷。

人格形象与非人格形象，物质形象与超越形象，是终极实在之硬币的两面。罗摩克里希那曾说："在开始，形象崇拜是必要的，但其后就不必了，正如在建房期间脚手架是必需的一样。"心意的潜意识状态或冥想状态只懂得图像语言或形象化语言，心意的意识状态则懂得推理。因此，一个人必须首先学会把思想和心意固定在有形象的人格神上，然后再继续推进，把它们固定在神的超越形象上。只有把神觉知为一切存在中的自我，才有可能获得最高的解脱（BS 4.3.15, ShU 3.07），并且，只有经由从虔信一个人格神发展到虔信非人格的绝对者之完备的虔信，才能达到这一点。这一觉悟可以说是人的第二次（或灵性）诞生，这要凭借自我觉悟的大师的恩典才会发生。神祇崇拜和关于绝对者的知识的结合，可能会更加有效。

根据一些古代经典，一旦将一个人格神的知识、信仰和冥想结合起来，任何灵性修炼都会变得强大。（ChU 1.01.10）禁欲、祈祷、布施、苦行、祭祀、誓言以及其他宗教仪式，都不能像纯粹的虔信那样唤起主同等程度的怜悯。虔信的磁石很容易吸引上主。（TR 6.117.00）

ये तु सर्वाणि कर्माणि मयि संन्यस्य मत्पराः ।
अनन्येनैव योगेन मां ध्यायन्त उपासते ॥६॥
तेषाम् अहं समुद्धर्ता मृत्युसंसारसागरात् ।
भवामि नचिरात् पार्थ मय्य् आवेशितचेतसाम् ॥७॥

但是，阿周那啊，怀着坚定的虔信崇拜我，冥想我的人格形象，把我设为至上目标，把一切行动都献给我，我会很快把这些人从生死轮回的海洋中拯救出来。（12.06–07）

对一个人格神坚定不移的爱和虔信，就像一只小船，在它的帮助下，一个人能够轻易地渡过轮回之海。（TR 7.122.00）下面的诗节解释了四种崇拜神的方式，有的需要一个神的形象或神祇的帮助，有的则不需要。

通向神的四条道路

人的出身有所不同。如果有人说，对所有人来说，只有一种方式可以达到神，那一定是骗人的，因为根本就没有什么万能的灵丹妙药。单一的方式或体系不可能满足所有人的灵性需求。印度教及其众多分支和亚分支，为处于任何灵性发展阶段的人们进行适当的灵修提供了非常广泛的选择。由于所有道路最终都以虔信——即强烈地爱神——达到顶点，所以它们都会导致解脱。

第十二章 虔信之道

मय्येव मन आधत्स्व मयि बुद्धिं निवेशय ।
निवसिष्यसि मय्येव अत ऊर्ध्वं न संशयः ॥८॥

因此，只有通过冥想和专注，把心意集中在我的人格形象上，让智力进入我，其后，你肯定会抵达我。（12.08）

这条冥想和专注绝对者的道路（参见第六章，内容更详细）适合于善于冥想的人。始终记念神，不同于只是崇拜一个有形象的神，但是，这两种修习具有同样的质量和效果。换言之，专注也是一种崇拜形式。

अथ चित्तं समाधातुं न शक्नोषि मयि स्थिरम् ।
अभ्यासयोगेन ततो मां इच्छाप्तुं धनंजय ॥९॥

如果你不能使心意稳定地专注于我，为了达到我，你就要践行适合于你的如祭祀一类的其他灵修或神祇崇拜。（12.09）

对于那些具有更多信仰而较少推理能力和智力的情感型人群，将推荐这条祭祀、祈祷和虔信崇拜的道路。（参见9.32）运用一个人格神的象征或记忆图像为辅助，持续地沉思和专注神，可以发展出虔信。

अभ्यासेऽप्य् असमर्थोऽसि मत्कर्मपरमो भव ।
मदर्थम् अपि कर्माणि कुर्वन् सिद्धिम् अवाप्स्यसि ॥१०॥

如果你甚至不能从事任何灵性修炼,那就把你的全部行动奉献给我。为了我而履行你应尽的职责(即不带有任何个人动机,只是作为一件工具而服务和取悦于我),如此你也将获得圆满。(12.10)

对于那些已经觉悟到我们只是神的工具这一真理的人,通过沉思和研习经典,可以走上这一超知识之道或弃绝之道。(参见 9.27, 18.46)主本人将指导每一个致力于为人类利益而工作的人,并且,一生致力于服务上主的人将获得成功。

अथैतद् अप्य् अशक्तोऽसि कर्तुं मद्योगम् आश्रितः ।
सर्वकर्मफलत्यागं ततः कुरु यतात्मवान् ॥११॥

如果你不能把你的行动奉献给我,那就征服你的心意而顺从于我的意志,(通过学会宁静地接受作为神恩的一切结果)而弃绝所有行动的结果(即弃绝对所有行动结果的执着和渴望)。(12.11)

这是第3章讨论的业瑜伽即无私服务于人类之道。正如诗节12.10所讨论的那样,业瑜伽适合于无法放弃世俗活动而专职服务上主的一家之主。诗节12.8–11的主旨在于,一个人必须与上主建立某种关系,例如祖先、父母、爱人、孩子、救主、导师、主人、帮手、客人、朋友甚至敌人等关系。

第十二章 虔信之道

正如本诗节所表明的，业瑜伽或弃绝对行动结果的执着并不是最后的手段。下面的诗节将对此作出解释。

业瑜伽是最易践行之道

श्रेयो हि ज्ञानम् अभ्यासाज् ज्ञानाद् ध्यानं विशिष्यते ।
ध्यानात् कर्मफलत्यागस् त्यागाच् छान्तिर् अनन्तरम् ॥१२॥

经典知识胜于单纯的祭祀实践，冥想胜于明晰的经典知识，弃绝（对）行动结果（的执着）胜于冥想，因为一旦弃绝一切动机，就立即获得平静。（有关弃绝的更多论述，参见18.02, 18.09）（12.12）

随着有关自我的真知识的增多，所有的业就会逐渐消除，因为获得自我知识的人会认为他/她不是行动者，而是一件用于取悦创造主的工具。怀着神的意识的这样一种行动将变成虔信，即摆脱业的束缚。因此，无私服务之道、灵性知识之道和虔信之道之间并没有明显的界限。弃绝执着和欲望是任何灵修的支柱和终极目标。弃绝也相对容易践行，并且是《薄伽梵歌》教导的本质。

虔信者的品质

अद्वेष्टा सर्वभूतानां मैत्रः करुण एव च ।
निर्ममो निरहंकारः समदुःखसुखः क्षमी ॥१३॥
संतुष्टः सततं योगी यतात्मा दृढनिश्चयः ।
मय्य् अर्पितमनोबुद्धिर् यो मद्भक्तः स मे प्रियः ॥१४॥

不憎恨众生，充满友善和同情，没有"我"和"我的"观念，平等看待苦乐，宽容，始终满足，控制心意，决心坚定，心意和智力专注我，虔信我，这样的人我喜欢。（12.13–14）

为了达致与上主合一，人们必须通过培养美德而变得如他一样圆满。圣图拉斯达萨曾说，主啊，获得您倾泻的无限爱心的人，将成为一个圆满的海洋。只要主不安住在你内心深处，淫欲、愤怒、贪婪、愚痴、傲慢等众多恶习就会缠绕你的心意。美德和戒律是虔信的两个可靠手段。在诗节12.13–19中，通过描述一个理想的虔信者或自我觉悟者的品质，列出了40种美德和价值观。所有这些高贵的品质都会显现在一个虔信者身上。

यस्मान् नोद्विजते लोको लोकान् नोद्विजते च यः ।
हर्षामर्षभयोद्वेगैर् मुक्तो यः स च मे प्रियः ॥१५॥

不困扰他人，也不被他人所困扰，摆脱喜悦、愤

怒、恐惧和忧虑，这样的人我也喜欢。（12.15）

只要虔信和/或智慧不寓居我们心中，淫欲、愤怒、贪婪、傲慢、执着和嫉妒六个敌人就居于我们心中。

अनपेक्षः शुचिर् दक्ष उदासीनो गतव्यथः ।
सर्वारम्भपरित्यागी यो मद्भक्तः स मे प्रियः ॥१६॥

无欲，纯粹，智慧，不偏不倚，摆脱焦虑，在一切事业中弃绝行动者身份，这样的虔信者我喜欢。（12.16）

यो न हृष्यति न द्वेष्टि न शोचति न काङ्क्षति ।
शुभाशुभपरित्यागी भक्तिमान् यः स मे प्रियः ॥१७॥

不高兴，不悲伤，不喜欢，不憎恨；弃绝善恶，充满虔信，这样的人我也喜欢。（12.17）

समः शत्रौ च मित्रे च तथा मानापमानयोः ।
शीतोष्णसुखदुःखेषु समः सङ्गविवर्जितः ॥१८॥
तुल्यनिन्दास्तुतिर् मौनी संतुष्टो येन केनचित् ।
अनिकेतः स्थिरमतिर् भक्तिमान् मे प्रियो नरः ॥१९॥

平等对待敌人或朋友、荣誉或耻辱、炙热或寒冷、欢乐或痛苦、赞扬或责难，不执着，安静，凡事知足，不执着一地、一国或一屋，心意平静，充满虔信，这样的人我喜欢。（12.18-19）

有人说，具有诸如关于神的知识、智慧、弃绝、不执着、宁静等崇高品质的神圣控制者，总是寓居在纯粹虔信者的内心深处。因此，弃绝对这个世界及其对象的依恋并热爱上主的圆满虔信者，上主会把这里以及《薄伽梵歌》其他地方讨论的神圣品质作为回报赐给这些人，上主喜欢这些人。但是，那些并不圆满却真诚地寻求圆满的人又该怎么做呢？答案见下节。

人应该真诚地努力发展神性品质

ये तु धर्म्यामृतम् इदं यथोक्तं पर्युपासते ।
श्रद्दधाना मत्परमा भक्तास् तेऽतीव मे प्रियाः ॥२०॥

但是，把我设定为其生命的至上目标，怀着信仰真诚地努力发展上述美德甘露，这样的虔信者我极其喜欢。（12.20）

一个人可能不会具有所有这些美德，但主极其赞赏为发展这些美德作出真诚努力的人。因此，主极其喜欢这样的奋斗者。除了生生世世都虔信一个人格神的莲花足这一恩典，高阶的虔信者不会渴望任何东西，包括解脱。（TR 2.204.00）而低阶的虔信者则把神当作仆人用以实现他们的物质需求和欲望。发展出对主的莲花足坚定的爱和虔信，是所有灵修和善行的终极目标，也是人生的终极目标。一个真正的虔信者会把自己当作仆人，把主当作主人，而把整个创造物当作主的身体。

主罗摩说：没有虔信，所有的美德和祝福就像没有盐的调味品一样无味。我喜欢一切，因为一切都由我创造，但我最喜欢人类。在人类当中，我喜欢遵循吠陀规范的人，以及态度公平冷静的人；然而我更喜欢拥有自我知识的人，以及自我觉悟的人。但是，我最喜欢的人是我的虔信者-仆人，他们完全依赖于我。（TR 7.83.03, 7.85.02-05）

对于大多数人而言，虔信之道是一条较佳之道。但是，若不结合个人的努力、信仰和神恩，虔信就得不到发展。根据《图拉斯罗摩衍那》，有九种培养虔信（即对一个人格神的强烈的爱）的方式（TR 3.34.04-3.35.03）：第一，结交圣人和智者；第二，聆听和阅读众经典讲述的有关主的化身及其创造、维系和消解活动的荣耀和故事；第三，通过服务穷人、圣人和社会来服务上主；第四，集体唱颂上主的荣耀；第五，怀着坚定的信仰反复念诵主的名字和曼陀罗；第六，控制六个感官，不执着；第七，在一切地方和一切事物中看见你的人格神；第八，满足，不贪，包容他人的过错；第九，为人单纯，不愤怒，不嫉妒，不憎恨。人最应做的是发展对上主的爱。主罗摩说，一个人必须怀着信仰遵循上述九种方式之任何一种，发展出对上主的爱，并成为虔信者。

有人说,友谊、讨论、交易和婚姻应该发生在与自己平等的人或比自己更好的人之间,而不应发生在自己与智力上低于自己的人之间。(MB 5.13.117)常言道,男人在爱情和战争中应当旗鼓相当。狮子猎杀青蛙,值得赞美吗?根据一个人所结交的人,就可以认识这个人。按照大多数圣人的看法,虔信之道是一条非常简单且容易践行之道。人们可以首先简单地唱诵个人的曼陀罗或上主的圣名。唱诵上主的圣名也没有任何对时间和地点的严格限制。虔信服务的过程由下列一种或几种练习构成:聆听主的话语,唱诵主的圣名,记念和专注上主,崇拜上主并向他祈祷。

有五种方法可以获得神性:第一,服务人类;第二,研习经典;第三,合适的灵修;第四,结交圣人;第五,顺从上主的意志。若无在一个很长时间内与圣人定期交往的经历,一个人的分析和推理能力就难以得到发展。若不结交圣人,一个人就听不到有关主的故事,虚妄就难以消除。而若不消除虚妄,一个人就不可能坚定地虔信于主罗摩的莲花足。(TR 7.61.00)结交坏人会毁掉一个人的智慧,而结交圣人则会增加他的智慧。有人说,一切类型的欢乐都敌不过结交圣人的欢乐。

《薄伽梵歌》前12章讨论了具有内在联系的四条瑜伽之道,它们可以概括如下:业瑜伽引导净化心意,消除其上自私的污点,从而为开启关于上主的知识铺平了道路;智慧瑜伽将发展成对上主的虔信之爱;由于虔信，我们当不断地记念上主，即我们虔信之爱的对象，这就是所谓的冥想和专注，它们最终导致觉悟和解脱。

只有一条通向神的正道吗？

在前一章，主克里希那已经谈论过神的显现面和未显现面。阿周那的问题在这一章已得到非常详尽的回答。但是，人们仍在争论，某种崇拜方式或某些宗教实践是否比其他方式或其他宗教更好。这些人对真理只是一知半解。我们的看法是，崇拜的方式显而易见依赖于每个人的本性。（BP 11.20.6-8）个人或其古鲁（导师）应该根据个人的性情，找到最适合此人的道路。将古鲁个人的灵修强加给弟子是古鲁带给弟子的最大伤害。内向的人可以去崇拜一个人格神，而外向的人则可以去沉思非人格的神。重要的是，人们要发展其对上主的信仰和爱。不管选择什么崇拜形式，上主都有以任何形象显现在虔信者面前的能力。

对一个人有效的方法，不可能对所有的人都有效，所以，你怎么会认为你的方法是普遍有效的？如果只有一条适合所有人的道路，那么主就不必在这里讨论不同的瑜伽之道了。如果选择的灵修道路不能给人带来平静或觉悟，那么，这就只能理解为，要么是他没有正确地修习，要么是这条道路对他不合适。

第十三章
创造物和创造主

创造的理论

श्रीभगवानुवाच
इदं शरीरं कौन्तेय क्षेत्रम् इत्य् अभिधीयते ।
एतद् यो वेत्ति तं प्राहुः क्षेत्रज्ञ इति तद्विदः ॥१॥

主克里希那说：阿周那啊，这个身体，即小宇宙，可以称为领域或创造物。知晓这个创造物的人，知真者称他为创造者（或灵、阿特曼、神、自在天）。（13.01）

无论什么在这个身体里，它也在宇宙中；反之亦然。（KaU 4.10）人的身体这个小宇宙，是宏观大宇宙的复制品。身体被称为灵魂活动的"领域"（field），人们在这里收获他播种的善业或恶业。身体或创造物不同于灵魂或创造主。这一差别可以通过形而上的知识来体验。

第十三章　创造物和创造主

我们的身心复合体的领域有两个组成部分：正义的领域和非正义的领域。我们被赋予人体，是为了让我们认识我们的真实本性或法（达磨），即认识我们是谁，所以人体也可以被称为正法领域。这一正法领域已经被心意或摩耶变成了俱卢之野，即冲突的领域。《摩诃婆罗多》持续的战争（或冲突），也发生在人心中的善恶倾向之间。如主克里希那在第16章中详尽讨论的，俱卢族和般度族分别代表了人类魔性和神性倾向。

《薄伽梵歌》的目的，就在于通过认识所有众生的真正本性即阿特曼来解决这一冲突。

क्षेत्रज्ञं चापि मां विद्धि सर्वक्षेत्रेषु भारत ।
क्षेत्रक्षेत्रज्ञयोर् ज्ञानं यत् तत् ज्ञानं मतं मम ॥२॥

阿周那啊，要知道，我是一切创造物的创造主。我认为，关于创造主和创造物二者的真知识才是超然的知识。（13.02）

身体（或创造物）与灵（或创造主）彼此不同。然而，无知者却不能区分它们。人们能够借以明确区分身体与灵的知识，才是真知识。身体被称为灵活动的领域（或媒介）。人体是个体灵魂借以享受物质世界、纠缠于其中并最终获得解脱的媒介。身体内的灵魂知道它自己的身体的所有活动，所以，它被称为知晓活动领域者。超灵知道所有的身体，而个体灵魂只知道它自己的

身体。当一个人清楚地理解身体、身体内的个体灵魂和超灵之间的区别，就可以说他有了真知识。

तत् क्षेत्रं यच् च यादृक् च यद्विकारि यतश्च यत् ।
स च यो यत्प्रभावश्च तत् समासेन मे शृणु ।।३।।

什么是创造物？它像什么？它如何变化？又从何而来？那创造主是谁？它的能力如何？所有这一切，请听我简要地说来。（13.03）

ऋषिभिर् बहुधा गीतं छन्दोभिर् विविधैः पृथक् ।
ब्रह्मसूत्रपदैश्चैव हेतुमद्भिर् विनिश्चितैः ।।४।।

先贤们在吠陀颂诗中，也在其他经典的一些令人信服的关键词句中，用不同的方式分别描述过创造物和创造者。（13.04）

《薄伽梵歌》也将阐明其他经典的真理。所有的经典，以及所有宗教的圣徒和圣人，都从同一的灵之海洋汲取真理之水。但其强调的重点，会因当时的个人和社会的需求不同而有所不同。

महाभूतान्य् अहंकारो बुद्धिर् अव्यक्तम् एव च ।
इन्द्रियाणि दशैकं च पञ्च चेन्द्रियगोचराः ।।५।।
इच्छा द्वेषः सुखं दुःखं संघातश्चेतना धृतिः ।
एतत् क्षेत्रं समासेन सविकारम् उदाहृतम् ।।६।।

第十三章 创造物和创造主

五大基本元素、我的意识或私我、智力、未显的原质、十个感官、心意、五种感官对象,以及欲望、憎恨、欢乐、痛苦、身体、意识和意志力,这些是对整个领域(身体)及其变化的简要描述。(参见7.04)**(13.05-06)**

根据数论派哲学(BP 3.26.10-18, 11.22.10-16),灵将以如下方式经历24种基本变化:

灵性存在(普鲁沙、彻特纳、自在天)和整体能量(原质)的二十三种变化:心意、智力、个体意识(私我),精细和粗糙形式的五大基本元素或原始成分(土、水、火、风、空),五种感官对象(香、味、色、触、声)及其相应的五种感觉器官(鼻、舌、眼、皮、耳),五种行动器官(嘴、手、足、肛门和生殖器)。

至上智力,根据其在身体内履行的不同功能,以各种不同的名称而为人所知。当其感受和思考时,它叫心意;推理时,它叫智力;采取记忆和从一种想法转到另一种想法的行动时,它叫思想波动(Chitta Vritta);感受到行动者身份和个体性时,它叫私我。心意、智力、思想波动和私我,即是四个精妙的感官。业的印迹,实际上正是在心意和智力的帮助下才作出最后决断的。当宇宙力量发挥身体功能时,它就被称为宇宙的生命冲动(生命力、普拉那)。正如影子来源于身体,主

要的普拉那（或能量）和物质这两者都来源于阿特曼或普鲁沙。普拉那通过心意的活动进入身体，并作为五种主要的辅助性普拉那（命根气、下行气、遍行气、上行气、平行气）分别参与身体的各种活动。（PrU 3.03–04）如此，整个创造物，包括空、风、火、水、土、身体、感官、心意、智力、食物和世界等，便从普拉那中产生了。（PrU 6.04）至上之灵或至上意识，将自身显现为能量（普拉那）和物质这两者。物质和能量只不过是至上意识的压缩形式。根据爱因斯坦的说法，心意和物质都是能量（普拉那）。拉玛那·马哈希（Ramana Maharshi）则说，心意是能量的一种形式，它把自身显现为这个世界。

作为涅槃手段的四圣谛

अमानित्वम् अदम्भित्वम् अहिंसा क्षान्तिर् आर्जवम् ।
आचार्योपासनं शौचं स्थैर्यम् आत्मविनिग्रहः ॥७॥
इन्द्रियार्थेषु वैराग्यम् अनहंकार एव च ।
जन्ममृत्युजराव्याधि–दुःखदोषानुदर्शनम् ॥८॥

谦卑，质朴，非暴力，宽恕，诚实，服务古鲁，思想、语言和行为纯洁，坚定，自律，摒弃感官对象，无我，不断地反思内在于生老病死中的痛苦与苦难。（13.07–08）

第十三章 创造物和创造主

《薄伽梵歌》诗节13.8构成了佛教的基础。在佛教中，对内在于生老病死中的苦难的沉思，就是佛教所谓的四圣谛。对生老病死的恐惧是由于身体的意识或私我。当一个人通过自我知识（即认识到我不是这个身体而是阿特曼）获得至上意识时，则恐惧就得以消除。对这个无意义和虚幻的世界及其对象的厌恶和不满，就成为灵性之旅所必需的序曲。一个自我觉悟（或具有至上意识）的人，不会被任何不幸所困扰。正如小鸟倦了会寻求树的庇护一样，人在发现物质生存的艰难和痛苦之后就会寻求神的庇护。

असक्तिर् अनभिष्वङ्गः पुत्रदारगृहादिषु ।
नित्यं च समचित्तत्वम् इष्टानिष्टोपपत्तिषु ॥९॥
मयि चानन्ययोगेन भक्तिर् अव्यभिचारिणी ।
विविक्तदेशसेवित्वम् अरतिर् जनसंसदि ॥१०॥
अध्यात्मज्ञाननित्यत्वं तत्त्वज्ञानार्थदर्शनम् ।
एतज् ज्ञानम् इति प्रोक्तम् अज्ञानं यद् अतोऽन्यथा ॥११॥

不执着于家庭成员和家庭等，始终平静地看待满意和不满意的结果，通过专注的沉思虔信我，乐于独处，远离社交聚会和流言蜚语，坚定地追求关于自我的知识，看见无所不在的至上存在无处不在，这些被称为自我知识（的手段）。与此相反者，就是无知。（13.09–11）

诗节13.7–11描述了培养美德能够使一个人觉知身体不同于自我,因而使他获得自我知识。所以,这些美德可称为知识。不拥有这些美德的人则不能获得关于自我的真知识,并将处于身体意识或无知的黑暗中。

当一个人坚信,唯有至上者是一切(父母、兄弟、朋友、敌人、维系者、毁灭者和庇护所等),而达致至上者是唯一至高无上的事业,并且他再也不会想到其他任何对象之时,这才可以说,这个人通过专注的沉思形成了对主坚定的虔信。在这一心意状态下,求道者与所求的对象在品质上同一。

至上者能够通过比喻而非其他任何方式来描述

ज्ञेयं यत् तत् प्रवक्ष्यामि यज् ज्ञात्वाऽमृतम् अश्नुते।
अनादिमत् परं ब्रह्म न सत् तन् नासद् उच्यते ॥१२॥

我要全面描述知识的对象,即至上存在,知晓了它就会达致不朽。无始的至上存在,可以说是既非永恒,也非短暂。(参见9.19,11.37以及15.18)(**13.12**)

最初,既没有永恒存在(存在,梵大),也没有短暂存在(非存在、神性存在、天神)——没有天空,没有空气,没有白天和黑夜。除了绝对的至上存在,什么也没有。(RV 10.129.01, AiU 1.01)这个绝对者超越

第十三章 创造物和创造主

神性存在（天神）和永恒存在（灵）这两者。（《薄伽梵歌》15.18）因此，它既非短暂也非永恒。这个至上存在或绝对者，又既是短暂又是永恒（《薄伽梵歌》9.19），并且超越于这两者（《薄伽梵歌》11.37以及15.18），因为它无处不在，无所不在，并且也超越一切。所以，绝对者同时是所有这三者：既非短暂也非永恒，既是短暂又是永恒，以及超越短暂和永恒。

सर्वतःपाणिपादं तत् सर्वतोऽक्षिशिरोमुखम् ।
सर्वतःश्रुतिमल् लोके सर्वम् आवृत्य तिष्ठति ॥१३॥

到处都有至上存在的手，脚，眼，头，嘴，耳，它遍及一切，无处不在。（13.13）

सर्वेन्द्रियगुणाभासं सर्वेन्द्रियविवर्जितम् ।
असक्तं सर्वभृच् चैव निर्गुणं गुणभोक्तृ च ॥१४॥

他没有肉体感官，却觉知一切感觉对象；不执着，又维系一切；没有原质三德，又通过成为生命体而享受原质三德。（13.14）

至上存在无腿却能走，无耳却能听，无手却能采取行动，无鼻却能嗅，无眼却能看，无嘴却能说，无舌却能尝。他的所有行动都是如此的不同凡响，以至于人们发现他的伟大根本不能描述（TR 1.117.03-04），只能通过比喻和悖论而非其他任何方式来加以描述。（参见

ShU 3.19）至上存在也可以把自己展示为生命体，以享受原质三德。

神并不像普通人一样拥有一个身体，其所有感官都是超越并外在于这个世界的。他的能力多种多样。他的任何一个感官都能履行其他任何感官的活动。他的所有行动都会像自然结果一样自动地执行。

बहिर् अन्तश्च भूतानाम् अचरं चरम् एव च ।
सूक्ष्मत्वात् तद् अविज्ञेयं दूरस्थं चान्तिके च तत् ॥१५॥

他在一切众生之内，又在一切众生之外；他有生命，也无生命；他因其精妙而不可思议；因其无所不在，而远处至上居所，近居我们内心深处。（13.15）

अविभक्तं च भूतेषु विभक्तम् इव च स्थितम् ।
भूतभर्तृ च तज् ज्ञेयं ग्रसिष्णु प्रभविष्णु च ॥१६॥

他不可分割，又好像分离地存在于众生之中。他是知识的对象，又显现为众生的创造者（梵天）、维系者（毗湿奴）和毁灭者（湿婆）。（参见11.13、18.20）（13.16）

一个地球似乎可划分为众多国家，一个国家可划分为众多州省，一个州省可划分为众多县市，如此等等；同样，一个实在也可以显现为众多。上述这些都属于明显的划分，因为它们都具有实在的相同序列。"上主"

或"神"一词也可以用来指称自我的创造者、维系者和毁灭者诸方面。

ज्योतिषाम् अपि तज् ज्योतिस् तमसः परम् उच्यते ।
ज्ञानं ज्ञेयं ज्ञानगम्यं हृदि सर्वस्य विष्ठितम् ॥१७॥

至上存在是所有光的来源。据说他超越无知的黑暗。他是自我知识,又是自我知识的对象,并作为一切众生的意识(或自在天,参见18.61),寓居在人的内心深处。通过自我知识才会觉悟到他。(13.17)

知晓这个全能者比太阳更加光耀并超越物质实在的黑暗,这样的人将超越死亡。没有其他方式可以超越死亡。(YV 31.18, SV 3.08)至上者超越感官和心意的能力范围,无法用语言来描述和定义他。

इति क्षेत्रं तथा ज्ञानं ज्ञेयं चोक्तं समासतः ।
मद्भक्त एतद् विज्ञाय मद्भावायोपपद्यते ॥१८॥

这样,我已经简要地描述了创造物、自我知识以及自我知识的对象。我的虔信者理解了此,就可以抵达我的至上居所。(13.18)

至上之灵、灵、原质和个体灵魂

प्रकृतिं पुरुषं चैव विद्ध्य् अनादी उभाव् अपि ।
विकारांश्च गुणांश्चैव विद्धि प्रकृतिसंभवान् ॥१९॥
कार्यकरणकर्तृत्वे हेतुः प्रकृतिर् उच्यते ।
पुरुषः सुखदुःखानां भोक्तृत्वे हेतुर् उच्यते ॥२०॥

要知道，原质和灵性存在（原人）这两者都没有开始。心意和物质的所有显现和三种倾向（三德）都产生于原质。原质据说是进行感知和行动的身体和器官的原因。个体灵魂中的灵（或意识）据说是经验欢乐和痛苦的原因。（13.19–20）

पुरुषः प्रकृतिस्थो हि भुङ्क्ते प्रकृतिजान् गुणान् ।
कारणं गुणसङ्गोऽस्य सदसद्योनिजन्मसु ॥२१॥

通过与原质的连接，灵性存在（通过成为个体灵魂）享受原质三德。（因为无知）执着于原质三德是生命体善生和恶生的原因。（13.21）

灵不受原质的影响，就如阳光投射在水面上但不受水的性能的影响一样。灵因其本性而与原质的六种感觉官能以及私我相连接，从而变得执着，遗忘了他的真实本性，从事各种善恶行为，失去了独立，并转变成一个生命体（个体灵魂）。（BP 3.27.01–03）这个生命体不知道神圣的虚幻能量，不知道至上的控制者及其自身的真实本性。个体灵魂是灵之阳光在人体的水壶中的投射。

उपद्रष्टानुमन्ता च भर्ता भोक्ता महेश्वरः ।
परमात्मेति चाप्य् उक्तो देहेऽस्मिन् पुरुषः परः ॥२२॥
居于身体中的同一个灵，是见证者、指导者、支持者、享受者，他是伟大的主，也是至上自我。（13.22）

作为宇宙大戏的一个部分，实在的两个主要方面，即神性火花（主、自在天）和生命体（个体灵魂），在身体这同一棵树上筑巢并寓居。美德和恶行是这棵树上的花朵；感官享受的痛苦和快乐是它或酸或甜的果实。由于无知，生命体被树上的果实所诱惑，并执着于原质；他们吃这些果实，受制于束缚和解脱。而主却坐在树上，观察和指导生命体。主不执着于原质，仅仅作为宇宙大戏的见证者保持着自由。（BP 11.11.06, 参见 RV 1.164.20, AV 9.09.20, MuU 3.01.01, ShU 4.06）正如莲叶不受水的影响，主也既不受原质三德的影响，也不执着于原质三德。

灵有知觉，原质无知觉。在灵的帮助下，原质产生五种生命冲动（生命力、普拉那）和三德。作为伟大的主，灵寓居在身体里，这个身体是一栋有九扇门、二十四个原质要素的房子,灵还通过与原质三德相结合而享受感官对象。在神圣的虚幻能量(摩耶)的影响下,灵忘记了它的真实本性,感受痛苦与欢乐,行善和作恶,且由于无知而在自由意志的作用下遭受业的束缚,并且他寻求解脱。当生命体弃绝感官对象并超越原质三德时,它将获得自由。

拥有无限创造力的心意,创造了身体,以便寓居在其中并实现它的潜在欲望。生命体欣然卷入其中而不能自拔,就像蚕子卷入它自己所织的茧中一样。生命体被它自己的业所束缚并转世轮回。如果带着私我从事行动,则其所有行动(无论善恶),都会产生束缚。善业是金镣铐,恶业是铁镣铐,它们都是枷锁。金镣铐不是金手镯。

生命体就像一个农夫。农夫拥有一块田地,他也有一个身体。农夫要从田地里除去欲望、愤怒和贪婪等杂草,以对神强烈的爱的欲望为犁去耕耘田地,再以对神的力量及其无处不在的坚定信仰为肥料施予它。根据愿望的强度和信仰的程度,虔信的幼苗适时长出。这棵幼苗还必须持续不断地得到对个人选择的人格神的冥想之水的浇灌。随着自我知识和不执着的鲜花盛开,被遗忘的生命体的真实本性才会逐渐恢复。鲜花会结出自我觉悟和看见神的果实,并在至上之主即自在天的恩典下使个体灵魂从轮回中解脱出来。

य एवं वेत्ति पुरुषं प्रकृतिं च गुणैः सह ।
सर्वथा वर्तमानोऽपि न स भूयोऽभिजायते ॥२३॥

知晓灵（原人）、原质及其三德的人，不管他怎样生活，都不会再生。（13.23）

ध्यानेनात्मनि पश्यन्ति केचिद् आत्मानमात्मना ।
अन्ये सांख्येन योगेन कर्मयोगेन चापरे ॥२४॥

有些人是在智力的帮助下通过冥想在其内心深处觉知到超灵（阿特曼）的，有些人是通过形而上的知识，有些人是通过无私服务而觉知到超灵的。（13.24）

信仰和虔信也能通向涅槃

अन्ये त्व् एवम् अजानन्तः श्रुत्वान्येभ्य उपासते ।
तेऽपि चातितरन्त्य् एव मृत्युं श्रुतिपरायणाः ॥२५॥

还有一些人不能遵循上述任何一条道路，但如果他们确信（由真正的导师或众经典所规定的）其他任何灵修道路并践行之，他们也能超越死亡。（13.25）

不能理解神，却对他怀有信仰，这样的人非常幸运。如果你信仰，你就会从神那里得到你想要的任何东西。人们要获得神恩、爱神或达致神，并不必完全理解神。但若无信仰，任何灵修都徒劳无益。我们的智力会

成为障碍挡住我们走向信仰的路。

यावत् संजायते किंचित् सत्त्वं स्थावरजङ्गमम् ।
क्षेत्रक्षेत्रज्ञसंयोगात् तद् विद्धि भरतर्षभ ॥२६॥

阿周那啊，无论是有生命之物还是无生命之物，你要知道，它们都产生于灵与原质的结合。（参见7.06）（13.26）

समं सर्वेषु भूतेषु तिष्ठन्तं परमेश्वरम् ।
विनश्यत्स्व् अविनश्यन्तं यः पश्यति स पश्यति ॥२७॥

谁能看见同一不灭的至上之主平等地居于所有易灭的存在物中，谁就是真知者。（13.27）

समं पश्यन् हि सर्वत्र समवस्थितम् ईश्वरम् ।
न हिनस्त्य् आत्मनात्मानं ततो याति परां गतिम् ॥२८॥

谁能看见同一个主平等地存在于每一个存在物中，谁就会认为一切事物都是他自己，因而就不会伤害任何人，并由此抵达至上居所。（13.28）

प्रकृत्यैव च कर्माणि क्रियमाणानि सर्वशः ।
यः पश्यति तथात्मानम् अकर्तारं स पश्यति ॥२९॥

谁能觉知一切行动都是原质力量的行动，谁就获得了真知，他就不会认为自己是行动者。（参见3.27, 5.09和14.19）（13.29）

यदा भूतपृथग्भावम् एकस्थम् अनुपश्यति ।
तत एव च विस्तारं ब्रह्म संपद्यते तदा ।।३०।।

谁能看见各种不同的存在物都根植于一，并由此扩展开来，谁就达致至上存在。（13.30）

灵（梵天）的属性

अनादित्वान् निर्गुणत्वात् परमात्मायम् अव्ययः ।
शरीरस्थोऽपि कौन्तेय न करोति न लिप्यते ।।३१।।

阿周那啊，永恒的超灵没有起始，也不受原质三德的影响，因而即使作为生命体寓居在身体中，他也并不行动，且不受业的污染。（13.31）

永恒的超灵被认为是无属性（无德）的，因为他没有原质的三德。但"无属性"（无德）一词通常被误解为"无形式"。但"无属性"只是指没有能为人的心意所认识的物质形式和属性。主具有无与伦比的人格和超然的品质。

यथा सर्वगतं सौक्ष्म्याद् आकाशं नोपलिप्यते ।
सर्वत्रावस्थितो देहे तथात्मा नोपलिप्यते ।।३२।।

正如遍及一切的空因其精妙而不被污染，寓居在所有身体中的灵也不被污染。（13.32）

灵无处不在。它既在身体内，又在身体外，还遍布全身。事实上，灵在万物中，也在万物外，万物则存在于创造中。

यथा प्रकाशयत्य् एकः कृत्स्नं लोकम् इमं रविः ।
क्षेत्रं क्षेत्री तथा कृत्स्नं प्रकाशयति भारत ॥३३॥

阿周那啊，正如一个太阳照亮整个世界，灵也把生命给予整个创造物。（13.33）

根据商羯罗的说法，无知的人们只能看见创造物而不能看见创造物背后的创造主，正如处于夜晚黑暗中的人会看见蛇，而看不见维系着关于蛇的错误观念的那根绳子。除了灵，任何对象展现为存在，都是不真实的存在，就像幻影、梦或本为绳子的蛇的存在。绝对一元论否定一切显现都是梦境，但这也只是局部真理。根据吠陀经，神既是超越的又是内在的。把世界解释为一个梦，只是为了阐明某些要点所用的一个隐喻，不应从字面上作过度的引申或理解。吠檀多哲学并不反对二元性知觉，其反对的只是二元性实在。如果世界是一个梦，那它一定是一个非常美妙的梦，而那位宇宙做梦者，也必定是无与伦比美妙的。

क्षेत्रक्षेत्रज्ञयोर् एवम् अन्तरं ज्ञानचक्षुषा ।
भूतप्रकृतिमोक्षं च ये विदुर् यान्ति ते परम् ॥३४॥

第十三章 创造物和创造主

凭借自我知识之眼知晓创造物（或身体）和创造主（或灵）之间的区别，知晓把生命体从神圣虚幻能量（即摩耶）的陷阱中摆脱出来之技巧，这样的人就会达致至上存在。（参见13.24–13.25）**（13.34）**

正如太阳放射出光芒，火苗放射出热量，月亮放射出冷光，灵也会放射出它的力量（摩耶）。（DB 7.32.05）摩耶是难以解释的灵的神圣力量，它不能离开其拥有者即灵而存在。摩耶拥有创造的力量。它欺骗生命体把自己认同为身体，享受原质三德，并忘记其真实本性是作为整个可见和不可见的宇宙之基础的灵。我们必须永远记住，我们不是这个身体或笼子，而是笼中之鸟或灵魂。创造物（身体）只是灵的力量的部分显现，它被称为像梦境一样的不真实，因为它必然会变化和毁灭。泥土是真实的，但用泥土制作的土罐是非真实的，因为在土罐制作出来以前，泥土就已经存在，而且在土罐毁灭之后，泥土依然存在。创造物（或土罐）或许可以适当地认为是一种依赖性的实在，而不仅仅是一种幻觉或幻象。

创造物是灵的力量自然且毫不费力的投射，因此全无目的性。（MuU 1.01.07）主的创造活动只是其神圣力量（摩耶）所做的一个游戏，全无目的或动机。（BS 2.01.33）它不过是将其无限的能量（energy/E）明显而自然转变成物质（matter/m），而且作为一个单

纯的游戏,也可以反过来做(爱因斯坦的$E=mc^2$)。创造物(结果)与创造主(原因)有关,正如布匹与棉花有关。然而,就布匹而言,织布工并不会坐在布匹的每一根线里,但是,在创造物中,动力因和质料因是同一的。这确实是一个神圣的奥秘!宇宙中的一切事物彼此相连。创造不是一种机械的或工程的建构,而是展现神圣光辉的至上灵性现象。创造物,是由主创造的,是从主之中创造的,是为了主而创造的。

梵是创造物,并且创造物是梵。创造物与创造主既同一又不同。(YVa 11.04)正如身体的各个部分与身体既不同又无不同,创造物与梵也既不同又无不同。梵采取不同的形象,并被冠以不同的名字,如梵天、毗湿奴、湿婆、吉瓦、宇宙、身体、心意等等。梵的各种力量创造和控制整个创造物。

附注:《薄伽梵歌》使用了不同的术语来称呼创造物和创造主:如领域和知领域者,物质(或心意,原质,世界,摩耶)和灵(或原人,普鲁沙,能量),身体和阿特曼,可变的(或非存在)和不变的(或存在),摩耶和摩耶之主,母亲和父亲等。

第十四章
原质三德

श्रीभगवानुवाच
परं भूयः प्रवक्ष्यामि ज्ञानानां ज्ञानम् उत्तमम् ।
यज् ज्ञात्वा मुनयः सर्वे परां सिद्धिम् इतो गताः ॥१॥

主克里希那说：我要进一步向你解释至上的知识，一切知识中最好的知识；知晓这一知识的一切圣人，都已获得解脱。（14.01）

इदं ज्ञानम् उपाश्रित्य मम साधर्म्यम् आगताः ।
सर्गेऽपि नोपजायन्ते प्रलये न व्यथन्ति च ॥२॥

依靠这种超然知识的人，将与我合一。他们既不在创造时出生，也不在消解时痛苦。（14.02）

众生源于灵和原质的合一

मम योनिर् महद् ब्रह्म तस्मिन् गर्भं दधाम्य् अहम् ।
संभवः सर्वभूतानां ततो भवति भारत ॥३॥

阿周那啊，我的原质是创造的子宫，我在其中放置了意识的种子，一切众生由此而得以出生。（参见9.10）（**14.03**）

原质，是神的动能（摩耶）的产物，是整个宇宙的来源。一旦灵的种子被播下，原质就创造出众生。

सर्वयोनिषु कौन्तेय मूर्तयः संभवन्ति याः।
तासां ब्रह्म महद् योनिर् अहं बीजप्रदः पिता ॥४॥

阿周那啊，在所有不同的子宫中，无论孕育出什么样的形体，原质都是给予他们身体的宇宙之母，而灵或意识则是给予他们生命的宇宙之父。（**14.04**）

原质三德把灵魂束缚在身体上

सत्त्वं रजस् तम इति गुणाः प्रकृतिसंभवाः।
निबध्नन्ति महाबाहो देहे देहिनम् अव्ययम् ॥५॥

阿周那啊，善良、激情（或活动）和愚昧（或惰性），这原质的三德（或绳索）将永恒的灵魂束缚在身体上。（**14.05**）

तत्र सत्त्वं निर्मलत्वात् प्रकाशकम् अनामयम्।
सुखसङ्गेन बध्नाति ज्ञानसङ्गेन चानघ ॥६॥

在三德中，善良之德是纯粹的，因此明亮而有益。善良之德由于执着于快乐和知识而束缚住生命体，无罪的阿周那啊。（14.06）

रजो रागात्मकं विद्धि तृष्णासङ्गसमुद्भवम् ।
तन् निबध्नाति कौन्तेय कर्मसङ्गेन देहिनम् ॥७॥

阿周那啊，要知道，激情之德强烈渴望感官享受，它是物质欲望和执着的来源。激情之德由于执着于行动结果而束缚住生命体。（14.07）

तमस् त्व् अज्ञानजं विद्धि मोहनं सर्वदेहिनाम् ।
प्रमादालस्यनिद्राभिस् तन् निबध्नाति भारत ॥८॥

阿周那啊，要知道，愚昧之德蒙骗生命体，它产生于惰性。愚昧之德以其粗心、懒惰和过度睡眠而束缚住生命体。（14.08）

सत्त्वं सुखे सञ्जयति रजः कर्मणि भारत ।
ज्ञानम् आवृत्य तु तमः प्रमादे सञ्जयत्य् उत ॥९॥

阿周那啊，善良之德使人执着于学习和认识灵的快乐；激情之德使人执着于行动；愚昧之德因其蒙蔽自我知识而使人终日放纵渎职。（14.09）

善良之德使人远离有罪的行动，并引导人走向自我知识和快乐，但不是走向解脱。激情之德创造强大的业

的镣铐，使个人进一步远离解脱。这类人知晓基于宗教原则的是非对错，但由于强烈的贪欲冲动而不能遵守这些原则。激情之德阻碍真正的自我知识，使人经验此世生活的痛苦和欢乐。这样的人特别执着于财富、权力、声望以及感官快乐，并且非常自私和贪婪。在愚昧之德中，人不能认识真正的生活目标，不能区分是非对错，因而仍然执着于一些有罪的和被禁止的行为。这样的人懒惰、暴力、缺乏理解力，对灵性知识毫无兴趣。

原质三德的特征

रजस् तमश् चाभिभूय सत्त्वं भवति भारत ।
रजः सत्त्वं तमश्चैव तमः सत्त्वं रजस् तथा ॥१०॥

阿周那啊，抑制激情和愚昧，善良占主导；抑制善良和愚昧，激情占主导；抑制善良和激情，愚昧占主导。（14.10）

सर्वद्वारेषु देहेऽस्मिन् प्रकाश उपजायते ।
ज्ञानं यदा तदा विद्याद् विवृद्धं सत्त्वम् इत्य् उत ॥११॥

当自我知识的光照亮身体的所有感官时，应该知道是善良占主导。（14.11）

各个感觉器官（鼻子、舌头、皮肤、耳朵、心意和智力）被称为身体中的自我知识之门。当感官通过无私服务、训练和灵修得到净化时，心意和智力就会进入善良之德，并容易接受自我知识。诗节14.17还说，当人的心意坚固地稳定在善良之德时，就会产生自我知识。在灯光下，人们可以非常清晰地看见对象；同样，在自我知识的光中，人可以正确的感知和思考，并且感官会避开一切不适的东西。自我知识之曙光照亮诸感官时，人的心意就不会再被感官快乐所吸引。

लोभः प्रवृत्तिर् आरम्भः कर्मणाम् अशमः स्पृहा ।
रजस्य् एतानि जायन्ते विवृद्धे भरतर्षभ ॥१२॥

阿周那啊，当激情占主导时，就会产生贪婪、活动、自私行动、不安和渴求。（14.12）

अप्रकाशोऽप्रवृत्तिश्च प्रमादो मोह एव च ।
तमस्य् एतानि जायन्ते विवृद्धे कुरुनन्दन ॥१३॥

阿周那啊！当惰性占主导时，就会产生愚昧、呆滞、粗心和虚妄。（14.13）

由于一个人过去的业，原质三德之一会在现世生命中占主导地位。正如下面诗节讨论的，三德将为载着个人业果的轮回之船加注燃料。

三德也是个体灵魂轮回之船

यदा सत्त्वे प्रवृद्धे तु प्रलयं याति देहभृत् ।
तदोत्तमविदां लोकान् अमलान् प्रतिपद्यते ॥१४॥

善良占主导的人死后进入天堂,那是知晓至上者的纯粹世界。(14.14)

रजसि प्रलयं गत्वा कर्मसङ्गिषु जायते ।
तथा प्रलीनस् तमसि मूढयोनिषु जायते ॥१५॥

激情占主导的人死后,再生为执着尘世行动的人。愚昧占主导的人死后,再生为更低级的生物。(14.15)

कर्मणः सुकृतस्याहुः सात्त्विकं निर्मलं फलम् ।
रजसस् तु फलं दुःखम् अज्ञानं तमसः फलम् ॥१६॥

有人说,善良的行动果实十分有益且纯粹;激情的行动果实是痛苦;愚昧的行动果实是怠惰。(14.16)

सत्त्वात् सञ्जायते ज्ञानं रजसो लोभ एव च ।
प्रमादमोहौ तमसो भवतोऽज्ञानम् एव च ॥१७॥

自我知识从善良之德中产生,贪婪从激情之德中产生,疏忽、虚妄和迟钝从愚昧之德中产生。(14.17)

ऊर्ध्वं गच्छन्ति सत्त्वस्था मध्ये तिष्ठन्ति राजसाः ।
जघन्यगुणवृत्तिस्था अधो गच्छन्ति तामसाः ॥१८॥

立足善良的人前往更高级的世界或天堂；立足激情的人在这个尘世再生；立足愚昧的怠惰之人则去往更低级的星球或地狱。（14.18）

上面描述了离开这个世界之后的三条道路。下面的诗节描述了不再返回的第四条道路。

नान्यं गुणेभ्यः कर्तारं यदा द्रष्टानुपश्यति ।
गुणेभ्यश्च परं वेत्ति मद्भावं सोऽधिगच्छति ॥१९॥

当远见者觉知到除了原质三德之外没有任何其他行动者，并知晓超越三德的至上者时，他们就达致涅槃或获得解脱。（参见3.27, 5.09和13.29）**（14.19）**

那些不相信主将控制一切并认为自己就是行动者、享受者和所有者的人，受业报律的束缚。（BP 6.12.12）一切行为，不管好坏，其动力都源自于神，但由于我们也有理性的力量，因而我们最终要为我们的行为负责。神赐予我们行动的力量，然而，我们却可以用或对或错的方式自由运用我们的力量，并因此得以解脱或受到束缚。

这位善良的主只赐予人以行动的能力，但他不对人的行为负责。而决定自己应如何行动，这完全是个人的

事。但个人的决定会受到原质三德的控制，还会受到此人过去的业的支配。准确理解这一点的人，就知道他应如何去行动，并且不会将其不幸归咎于神。

由于虚幻能量（摩耶）创造的无知，人们会认为自己是行动者，从而受到业的束缚，并遭受生死轮回。（BP 11.11.10）每当人们断言甚至想到自己在行动，他就设定了一个行动者的角色，并要对行动（业）负责，从而被困在错综复杂的业的轮回之网中。

गुणान् एतान् अतीत्य त्रीन् देही देहसमुद्भवान् ।
जन्ममृत्युजरादुःखैर् विमुक्तोऽमृतम् अश्नुते ॥२०॥

当一个人超越源自于身体的原质三德时，他就达致不朽或获得解脱，并摆脱生老病死之苦。（14.20）

超越三德的过程

अर्जुन उवाच
कैर् लिङ्गैस् त्रीन् गुणान् एतान् अतीतो भवति प्रभो ।
किमाचारः कथं चैतांस् त्रीन् गुणान् अतिवर्तते ॥२१॥

阿周那说：主克里希那啊，那些超越原质三德的人有什么标志？他们如何行动？又如何超越原质三德？（14.21）

第十四章 原质三德

श्रीभगवानुवाच
प्रकाशं च प्रवृत्तिं च मोहम् एव च पाण्डव ।
न द्वेष्टि संप्रवृत्तानि न निवृत्तानि काङ्क्षति ॥२२॥
उदासीनवद् आसीनो गुणैर् यो न विचाल्यते ।
गुणा वर्तन्त इत्य् एव योऽवतिष्ठति नेङ्गते ॥२३॥

主克里希那说：超越原质三德的人，既不憎恨光明、行动和迷惑的出现，也不渴望它们消失；他一直像一位见证人不受原质三德的影响；他始终坚定地执着于主而毫不动摇——并认为只有原质三德在活动。（14.22–23）

समदुःखसुखः स्वस्थः समलोष्टाश्मकाञ्चनः ।
तुल्यप्रियाप्रियो धीरस् तुल्यनिन्दात्मसंस्तुतिः ॥२४॥
मानापमानयोस् तुल्यस् तुल्यो मित्रारिपक्षयोः ।
सर्वारम्भपरित्यागी गुणातीतः स उच्यते ॥२५॥

依赖主，平等看待苦与乐，平等看待土块、石头和金子，同等看待友善和不友善；心意稳定，冷静看待责难与赞扬，平等看待荣誉与耻辱，中立看待朋友和敌人；完全放弃（为了私利的）行动——有人说，这样的人就超越了原质三德。（14.24–25）

古鲁那纳克说：心怀喜悦地服从上主意志的人是自由而智慧的。对这样的人来说，金子与石头、痛苦与欢乐毫无二致。

虔信之爱能割断三德的束缚

मां च योऽव्यभिचारेण भक्तियोगेन सेवते ।
स गुणान् समतीत्यैतान् ब्रह्मभूयाय कल्पते ॥२६॥
谁以爱和坚定的虔信服务我，谁就会超越原质三德，并适于进入涅槃。（参见7.14和15.19）（**14.26**）

坚定的虔信被定义为爱的虔信，这样的虔信者不会依赖任何其他人，而只依赖于为了一切的上主。

善良之德是通向真理之梯的最高一阶，但它不是真理本身。原质三德必须一步一步地予以超越。首先，必须通过形成某些价值观念和遵循某些道德规范，克服愚昧和激情之德并立足于善良之德。然后，再准备克服善恶、苦乐的二元性，并通过超越最高的善良之德，上升到高级的超越层次。

灵修和素食可以把心意从愚昧和激情之德中提升至二元对立行将消失的超然喜悦之层面。善良之德，是由牢固的形而上的理论所引发的深入思考的自然结果。通过坚定的信仰、虔信和对上主专一的爱这条船，任何人都可以轻易地跨越由原质三德构成的虚幻（摩耶）之海。再没有其他任何方法可以超越原质三德并获得解脱。也有人说，处于原质三德之任何一德中的任何人，凭借获得授权的真正的古鲁之恩典，也可以达到超然的层面。

第十四章 原质三德

ब्रह्मणो हि प्रतिष्ठाहम् अमृतस्याव्ययस्य च ।
शाश्वतस्य च धर्मस्य सुखस्यैकान्तिकस्य च ॥२७॥

因为我是不朽之灵（梵天）的来源，我是永恒的宇宙秩序（法）的来源，我是绝对极乐的来源。（14.27）

至上存在是灵的来源或基础。灵是至上存在的扩展之一。上演整个宇宙大戏并维系一切的，正是（至上存在之）灵。所以，灵也被称为至上存在或主。

至关重要的是，主克里希那所用的这类话语："崇拜至上存在"，"崇拜我，即绝对者或阿特曼"，以及"绝对者是一切事物的基础"。在《薄伽梵歌》这一诗节以及其他地方，主克里希那宣称他是至上存在。只有自我觉悟的大师才能说：我是一切事物的基础。在这一语境下，"我"这个词，并不是指一个人的身体，而是指阿特曼。克里希那对于不同的人有不同的含义。有些注释者认为克里希那不同于神，有些人称他为"印度教的神"，还有一些人认为克里希那是政治家、导师、圣爱者和外交家，虔信者则把克里希那当作绝对者的化身以及爱和崇拜的对象。读者应该在自己的日常生活中很好地理解和运用克里希那的教导，而不要在谁是克里希那的问题上感到困惑。

第十五章
至上存在

创造物就像摩耶之力创造的一棵树

श्रीभगवानुवाच
ऊर्ध्वमूलम् अधःशाखम् अश्वत्थं प्राहुर् अव्ययम् ।
छन्दांसि यस्य पर्णानि यस् तं वेद स वेदवित् ॥१॥

主克里希那说:圣人们谈到一棵不灭却千变万化的树(或创造物),它的树根在上(而植于至上存在中),无数的宇宙作为树枝在下,吠陀颂诗是其树叶。真正理解这棵树的人,就是通晓吠陀者。(参见KaU 2.3.01)**(15.01)**

创造物就像一棵无限、永恒却千变万化的树。这棵树起源或根植于至上存在中,永恒存在是其主干,吠陀知识之树叶则供养这棵树。真正知晓这棵非凡之树及其根源、性质与活动的人,是真正意义上的智者。

अधश्चोर्ध्वं प्रसृतास् तस्य शाखा
गुणप्रवृद्धा विषयप्रवालाः।
अधश्च मूलान्य् अनुसंततानि
कर्मानुबन्धीनि मनुष्यलोके ॥२॥

"人的生命之树"受到原质能量的滋养，其树枝上下伸展（或遍及全宇宙），感官对象是其树芽。它的树根（私我和执着）向下延伸深入到尘世，并招致业的束缚。（15.02）

人的身体是一个小宇宙，在《薄伽梵歌》诗节15.2–3和诸多奥义书中，它也被比作尘世间人的生命和死亡（轮回）之树。业是其种子，五个基本元素是其主干，十个感知和行动器官是其丫枝，善行和恶行是其花朵，痛苦和快乐是其果实。感官趋向感官对象将产生世俗欲望。欲望得到满足带来感官快乐并造成执着。产生于私我的无知、世俗欲望和执着则是引起生死轮回之业的束缚的根源。

如何托庇于神而砍断生命之树并获得解脱？

न रूपम् अस्येह तथोपलभ्यते
नान्तो न चादिर् न च संप्रतिष्ठा।
अश्वत्थम् एनं सुविरूढमूलम्

असङ्गशस्त्रेण दृढेन छित्त्वा ॥३॥
ततः पदं तत् परिमार्गितव्यं
यस्मिन् गता न निवर्तन्ति भूयः ।
तम् एव चाद्यं पुरुषं प्रपद्ये
यतः प्रवृत्तिः प्रसृता पुराणी ॥४॥

尘世间无人知道这棵人的生命之树的开始、结束、基础或真实形象，运用（自我知识和）坚定的不执这把利斧，砍断维系此树的深根，就能找到至上目标，并抵达那个不再返回尘世的地方。人们应该总是想：我要托庇于那个最初的原人，这最初的显现源自于他。（15.03-04）

人的生命也是没有开始没有结束的。它没有任何永恒的存在或真实的形式。人必须在灵修之石上磨快形而上的知识和不执之利斧，砍断生命体与主之间的分离感，愉快地参与到由喜悦和悲伤的影子构成的生命剧中去，并在此世中摆脱私我和世俗欲望。一旦执着被切断，神圣的不动心就会出现，而此不动心，是达到至上目标的前提。

निर्मानमोहा जितसङ्गदोषा
अध्यात्मनित्या विनिवृत्तकामाः ।
द्वन्द्वैर् विमुक्ताः सुखदुःखसंज्ञैर्
गच्छन्त्य् अमूढाः पदम् अव्ययं तत् ॥५॥

第十五章 至上存在

摆脱骄傲和虚妄，征服邪恶的执着，始终意识到自我，完全抑制住贪欲，摆脱苦乐二元性，这样的智者抵达至上目标。（**15.05**）

न तद् भासयते सूर्यो न शशाङ्को न पावकः ।
यद् गत्वा न निवर्तन्ते तद् धाम परमं मम ॥६॥

那是我的至上居所，日、月、火都光照不到。一旦抵达那里，人们就获得永久解脱，不再返回这个世俗世界。（参见13.17和15.12，以及KaU 5.15, ShU 6.14, MuU 2.02.10））（**15.06**）

至上存在自我发光，不需任何其他光源照亮。就如一盏明灯照亮其他物体，至上存在照亮太阳和月亮。（DB 7.32.14）梵的超然之光（神光，梵光）是所有光能的源头，在诗节13.17中被称为是所有光之来源。在创造期间日、月、火产生以前，至上存在就已经存在。甚至在完全消解期间万事万物消解成未显的原质之后，它也仍然存在。

"Parama Dhāma"一词或它的梵文等价词在《薄伽梵歌》好几个地方都使用过。这个词意指意识的至高状态或解脱，即摆脱生死轮回。人若达致心意的这种超然状态，他就不会返回到低级的世俗意识层面。它也可以很好地用来指宇宙中的超然空间。在本书中我们有时又把这个词翻译成至上居所、至上目标和永恒居所。这个词也可以指至上梵（Para Brahma），即绝对者。

个体灵魂是享受者

ममैवांशो जीवलोके जीवभूतः सनातनः ।
मनःषष्ठानीन्द्रियाणि प्रकृतिस्थानि कर्षति ॥७॥

众生身体中永恒的个体灵魂（吉瓦），的确是我的组成部分，它居于原质或身体中，激活六个感官，包括第六感官即心意。（15.07）

灵在梵文中称为永恒存在或"梵天"。灵是至上存在（至上梵）的真实本性，因此也被称为至上存在的组成部分。这同一个灵在众生的身体中就叫个体灵魂、生命体、吉瓦、灵魂等。至上之灵（至上梵）、灵（梵天）、自我（阿特曼）与个体灵魂之间的差别只是程度上的差别，而并不是真实的差别，就像房间中的空间是无限空间的一个部分一样。个体灵魂以及整个创造物都是真实的，但却是绝对者的有限显现。下面将描述一个人的精身和因果身是如何离开一个粗身并获得另一个粗身的。

शरीरं यद् अवाप्नोति यच् चाप्य् उत्क्रामतीश्वरः ।
गृहीत्वैतानि संयाति वायुर् गन्धान् इवाशयात् ॥८॥

当主（或个体灵魂）离开一个粗身并获得一个新的粗身时，也带走了那个粗身的精身和因果身，就像风吹走了花朵的花香一样。（参见2.13）（15.08）

第十五章 至上存在

一个人死后,个体灵魂将带着它的精身(subtle body)——六个知觉感官、智力、私我和五气——从一个粗身(physical body)进入另一个粗身,就像风将尘土从一地带到另一地。风既不受尘土的影响,也不是不受其影响;同样,个体灵魂既不受身体的影响,也不是不受其影响。(MB 12.211.13-14)粗身被限制在时间和空间中,但不可见的精身却不受限制,遍及一切。因果身(causal body)则储藏个人的善业和恶业。当所有的业和欲望痕迹因自我知识的降临而从因果身中消除之后,粗身似乎就不再存在,而精身的观念则被确立在心意中。精身是粗身的一个精密副本。精身世界的人在艺术、技术和文化方面会更有发展。他们采取粗身是为了促进和推动粗身(物质)世界。哈瑞哈罗南达·吉里(Hariharananda Giri)曾说,如果一个人感受不到不可见的精身,他就不可能觉知、设想和认识上主。

在清醒状态下,粗身、心意、智力和私我都十分活跃。在睡梦状态中,个体灵魂暂时创造了一个梦的世界,并带着一个并未离开粗身的梦的身体在梦的世界中漫游。在深度睡眠状态中,个体灵魂则完全安息在永恒存在(灵)中而不受心意和智力的打扰。至上存在,即普遍意识,在清醒、睡梦和深度睡眠所有这三种状态中,都像一个见证人观看着我们。人死后生命体离开一个粗身而采取另一个粗身。生命体被束缚住或迷失,然后,它再通过努力发现其真实本性而获得解脱。在走向

至上存在漫长而艰难的精神之旅中,再生允许生命体改变其工具,即粗身。个体灵魂可以获得不同的粗身,直到所有的业被耗尽,以至此后抵达至上存在这一目标。

有人说,灵性存在戴着虚幻的面纱而成为个体灵魂,只是为了去参加一出宇宙剧的表演,它采取了人的形象和其他形象。在这出宇宙剧中,作家、制片人、导演、所有演员和观众都是相同的。是主在执导、表演和享受他自己的创造物。如果我们始终记住,我们只是扮演了一个角色,而绝不太把自己当回事,那么我们的难题就会消失。为了观看宇宙表演者,我们必须不执着于这出剧。科学将处理宇宙剧的知识,灵性会处理关于宇宙表演者的知识,其中只有一部分能为个体表演者所理解。

श्रोत्रं चक्षुः स्पर्शनं च रसनं घ्राणम् एव च ।
अधिष्ठाय मनश्चायं विषयान् उपसेवते ॥९॥
उत्क्रामन्तं स्थितं वापि भुञ्जानं वा गुणान्वितम् ।
विमूढा नानुपश्यन्ति पश्यन्ति ज्ञानचक्षुषः ॥१०॥

生命体用眼、耳、鼻、舌、身和意这六种感官去享受各种感官对象。无知者不能觉知生命体离开身体或居于身体里,不能觉知生命体通过与粗身的联结而享受感官快乐。但拥有自我知识之眼的人能看见。(15.09–10)

第十五章 至上存在

当感官发展出一种对灵性喜悦之甘露的高级趣味时，就会失去对物质享受的爱好。灵性喜悦的获得，才真正实现了一个人对感官享受的渴望。一个净化的灵魂会约束自己，不行恶事。行恶常常起因于习性——一种残留在心意中的对感官享乐的精微欲望。这一习性是由过去的行为和欲望遗留在潜意识心意中的精微印迹，并具有重新点燃欲望的力量。

यतन्तो योगिनश्चैनं पश्यन्त्य् आत्मन्य् अवस्थितम् ।
यतन्तोऽप्य् अकृतात्मानो नैनं पश्यन्त्य् अचेतसः ॥११॥
追求圆满的瑜伽士能看见生命体作为意识居于他们内心深处，但无知者心地不纯，即便他们努力，也不能觉知它。（15.11）

灵是万物之本质

यद् आदित्यगतं तेजो जगद् भासयतेऽखिलम् ।
यच् चन्द्रमसि यच् चाग्नौ तत् तेजो विद्धि मामकम् ॥१२॥
照亮整个世界的阳光，还有月光和火光，要知道，它们都是我的光。（参见13.17和15.06）（15.12）

阳光是他的光辉的反射。（RV 10.07.03）至上存在的知晓者，在任何地方——在自己身上、所有人那里

以及整个宇宙——都能见到那至上的光源。它是可见世界的来源，就像遍及一切的阳光一样普照世界（ChU 3.17.07）。世界及其对象只是由光和影构成的图像，并被投射在宇宙的银幕上（尤迦南达语）。神是天地之光。

神圣永恒之光以其明亮的光能形成了一个巨大闪亮的光群。至上存在的光，存在于永恒的光以及如太阳、月亮和星星等一切发光的星体中，存在于木头、灯具和蜡烛里，也是一切众生的能量。至上存在的光，是一切光之背后的光，是宇宙间一切能量的源泉。没有至上存在的光，甚至火也不能烧毁一片叶草。除非一个人的心意完全平静和固化，智力得到净化，意志力和想象力得到发展，否则就不可能认识和看见至上存在的光。人还必须足够强大，以便他们在出神状态中体验到万光之光时能够承受由此产生的精神震荡。

若无三棱镜，人的肉眼无法看见太阳光的完整频谱；同样，若无神的恩典和经典研习，我们就无法看见至上存在的光。那些已经根据至上意识来调整他们自己的意识的瑜伽士，能够在出神状态中看见永恒的光。整个宇宙全凭至上存在维系，也反射出它的荣耀。

गाम् आविश्य च भूतानि धारयाम्य् अहम् ओजसा ।
पुष्णामि चौषधीः सर्वाः सोमो भूत्वा रसात्मकः ॥१३॥

我进入大地，用我的能量维系众生。我成为给予汁液的月亮，滋养一切植物。（15.13）

第十五章 至上存在

अहं वैश्वानरो भूत्वा प्राणिनां देहम् आश्रितः ।
प्राणापानसमायुक्तः पचाम्य् अन्नं चतुर्विधम् ॥१४॥

我成为消化的胃火,留在一切众生的身体中。我与生命气相结合,消化四种食物①。(15.14)

सर्वस्य चाहं हृदि संनिविष्टो
मत्तः स्मृतिर् ज्ञानम् अपोहनं च ।
वेदैश्च सर्वैर् अहम् एव वेद्यो
वेदान्तकृद् वेदविद् एव चाहम् ॥१५॥

我安坐在一切众生的内心深处。记忆,自我知识,以及消除对于上主的怀疑和错误观念,都来源于我。事实上,通过研习所有吠陀就可以知晓我。我确实是吠陀的作者,也是吠陀的学生。(参见6.39)(15.15)

至上存在是所有经典的来源。(BS 1.01.03)作为众生的意识,主居住在众生的内心深处(或因果心中)——而不是通常误解的身体的心脏中。

什么是至上之灵、灵和个体灵魂

द्वाव् इमौ पुरुषौ लोके क्षरश्चाक्षर एव च ।
क्षरः सर्वाणि भूतानि कूटस्थोऽक्षर उच्यते ॥१६॥

---

① 指喝饮的、咀嚼的、舔的和吸吮的食物。——汉译者注

宇宙间有两种实体：一是可变的或短暂的神圣存在物，一是不变的永恒存在（灵）。一切创造物都会变化，但灵不会变化。（15.16）

这里描述了神圣显现的两个方面：神圣存在物和永恒存在（灵）。整个创造物，包括梵天（创造力），所有天神，十四个星体领域，一直到一片草叶，都是神圣存在物的扩展。灵是纯意识，是万因之因。而神圣存在物、原质和无数的宇宙都产生于灵，依靠灵来维持，并反复地消解于灵之中。神圣存在物和灵在诗节7.4–5中被称为物质和灵魂，在诗节13.1–2中被称为创造物和创造主，在诗节14.3–4中被称为子宫和提供种子的父亲。但至上存在超越神圣存在物和灵，在众经典以及下面的诗节里被称为绝对实在。

उत्तमः पुरुषस् त्व् अन्यः परमात्मेत्य् उदाहृतः ।
यो लोकत्रयम् आविश्य बिभर्त्य् अव्यय ईश्वरः ॥१७॥

至上存在超越短暂的神圣存在物和永恒存在。他也被称为永恒的主（自在天），他遍布三界并维系三界。（15.17）

यस्मात् क्षरम् अतीतोऽहम् अक्षराद् अपि चोत्तमः ।
अतोऽस्मि लोके वेदे च प्रथितः पुरुषोत्तमः ॥१८॥

因为我，至上存在，超越短暂的（神圣）存在物和

第十五章 至上存在

永恒存在,因此,在这个世界上以及众多经典中,我被称为至上存在(绝对实在、真理、超灵)。(15.18)

从根本上说,被称为至上存在的同一个绝对实在,有两个不同的方面(或存在的层面):短暂的存在物(也叫神圣灵魂,神圣存在物,短暂的神圣存在物,天神,守护神)和永恒存在(灵,阿特曼,梵)。不可见和不可变的不灭实体被称为永恒存在。短暂的神圣存在物是永恒存在在物质世界的扩展。整个创造物是不断变化和可以变化的,因此被称为短暂的。而短暂的存在和永恒存在这两者又都是至上存在的扩展。作为此二者之基础的至上存在,是最高者或绝对者,而人们又喜欢用不同的名称来称呼它。例如,人们通常用诸如克里希那、母亲、父亲等名称来称呼绝对者的人格面。根据众经典,除了至上梵,无物拥有其自身的力量或意识。任何人,包括永恒存在,都从绝对者即主克里希那那里接受力量。

यो माम् एवम् असंमूढो जानाति पुरुषोत्तमम् ।
स सर्वविद् भजति मां सर्वभावेन भारत ॥१९॥

阿周那啊,真正把我理解为至上存在的智者,便知晓一切,并会全心全意崇拜我。(参见7.14, 14.26和18.66)**(15.19)**

圣人图拉士达斯曾说，若不理解他的全能力量，就不可能相信神；若不相信，就不可能有信仰；若没有信仰，就不可能有爱；若没有爱，就不可能坚定不移地虔信神。因此，知就是爱，爱就是知。

इति गुह्यतमं शास्त्रम् इदम् उक्तं मयाऽनघ ।
एतद् बुद्ध्वा बुद्धिमान् स्यात् कृतकृत्यश्च भारत ॥२०॥

阿周那啊，我已经把关于绝对者的这一最秘密的超然学问传授给了你。理解了它，人就会觉悟，其所有职责都会完成（并且其人生目标得以实现）。（15.20）

第十六章
神性品质和魔性品质

为了解脱应予培养的主要神性品质

श्रीभगवानुवाच
अभयं सत्त्वसंशुद्धिर् ज्ञानयोगव्यवस्थितिः ।
दानं दमश्च यज्ञश्च स्वाध्यायस् तप आर्जवम् ॥१॥
अहिंसा सत्यम् अक्रोधस् त्यागः शान्तिर् अपैशुनम् ।
दया भूतेष्व् अलोलुप्त्वं मार्दवं ह्रीर् अचापलम् ॥२॥
तेजः क्षमा धृतिः शौचम् अद्रोहो नातिमानिता ।
भवन्ति संपदं दैवीम् अभिजातस्य भारत ॥३॥

主克里希那说：无所畏惧、心地纯洁、坚持智慧瑜伽、布施、控制感官、祭祀、研习经典、苦行、正直、非暴力、诚实、不愤怒、弃绝、平静、不诽谤、怜悯众生、不贪婪、亲切、谦恭、不浮躁、光彩、宽恕、坚毅、洁净、无恶意、不傲慢，阿周那啊，这些品质属于那些生而具有神性美德的人。（16.01-03）

根据吠陀经典,人生有五种不幸:

(1)无知,即缺乏自我知识;(2)私我,即认为自己与梵分离;(3)对死亡和再生的恐惧;(4)喜欢二元对立;(5)不喜欢二元对立。而对死亡的恐惧是人生最大的不幸。无知创造了私我,私我引起了对死亡的恐惧、喜欢和不喜欢、自私的欲望以及其他所有魔性品质。如诗节16.1-3提到的,自我知识(智慧)则产生神性品质。财富居住在贪婪者心中,主安住在具有神性品质之人的心中。美德实践使人不动心,苦行实践则带给人以引导解脱的灵性智慧——吠陀如此宣称。

人不必谴责或赞扬任何人,包括他自己。(MB 3.207.50)以对待自己的同样方式对待他人。(MB 12.167.09)朋友和敌人、欢乐和悲伤、善良和邪恶、喜欢和不喜欢这类二元对立,都只是摩耶的结果,并非永恒的实在。较之具有神性品质的人,有必要用不同的方式来对待和控制具有魔性品质的人。(MB 12.109.30)人无完人。人们是因为无知而没把事情做得更好,所以我们不应责难他们。我们都要为那些出于无知而行动的人付出代价。诋毁他人是最可憎的罪。无视他人之过失,改进你自己的缺点,直到觉悟。

人们不应该谈论、倾听甚或思考他人的错误和缺点。当我们思考他人的缺陷时,我们自己的心意就会受到污染。发现他人的错误,我们一无所获;因此要发现自己的错误,并改正之。爱不可爱的人,善待不友善的

第十六章 神性品质和魔性品质

人,礼敬无教养的人,这些才是真正的神性品质。

如果忘记人们有不同的价值观,那么在价值观上也有可能产生问题。我的价值观不同于你的价值观,个人之间不同价值观的冲突就会毁掉他们之间的关系。事实上,有时同一个人的两种价值观也会产生冲突。例如,如果撒谎可以拯救一条有价值的生命,你就不应该说出真相。人们不应盲目地执着于某种价值观,因为价值观并不是绝对的。我们既不应该蔑视任何理想,也不应该用自己的标准来评判他人,因为多样性中的基本同一性是创造者的计划。

各种各样的人都在构建着这个世界。你想改变他人以便自己能够自由,但这绝不会奏效。只有当你彻底且无条件地接受他人,你才能获得自由。人们因其自己的背景而成为他们现在的样子,他们不可能成为其他的样子(斯瓦米·达雅南达语)。你能够无条件地爱你的配偶,并且不喜欢他/她的行事方式。如果你允许你的敌人成为他/她所是的样子,那这个敌人就可能成为你的朋友。如果你想制造一个敌人,你就设法去改变一个人吧。只有当忍受比改变更加困难时,人们才会改变。没有人能够取消另一人的生活方式、思维方式或观念。在圆满阶梯上的进展是个缓慢而艰难的过程。要清除前世留下的潜在的业的印迹并非一件轻而易举的事,但人必须一试。改变,来自个人自身的努力,神恩的到来不是一天两天的事。原初能量即意识的显现,在不同存在

物中是不一样的。因此,要在宇宙中的一切事物中寻求和谐,一切事物就都会成为你的朋友。罗摩克里希那曾说,当花朵发展成为果实时,花瓣就掉落;同样,当神性降临时,人的弱点就会自行消失。

凡人就像一头牛一样无助地被潜在的残留的欲望之绳索束缚着,这种欲望来自其业的足迹。我们只有运用神赐的且为动物所不具有的智力之刀,才能砍断这条绳索。老虎由本能所控制所以要杀戮,就此而言,它很无助。而人类则被赋予了智力和推理能力,它们能缓慢而稳定地砍掉这条绳索。人的敌人不是别的,正是人自身的另一面。有时,人的智力会被神圣的虚幻能量(摩耶)的诡计夺走,然后,生而命定的不幸就会降临。所以,人必须利用神赐的宝贵恩典即智力去分析处境。此外就没有其他办法能逃避摩耶的恶性循环。

不以思想、语言和行为去伤害人,就无人能够伤害他。(VP 1.19.05)人若在思想、语言和行为上始终坚持非暴力,甚至暴力的动物也不会伤害他。(MB 12.175.27)一个人若不对任何生物施加暴力,他便无须太多的努力就可以获得他想要的东西,并且在一切灵性修习中获得成功。(MS 5.47)

较高的生命形式把较低的生命形式当作维生的食物。(MB 12.15.20)在绝对意义上实践非暴力——或其他任何价值观——是不可能的。甚至农耕,也会对昆虫和蚯蚓造成伤害。日常生活实践中最低程度的必要的暴力是需要的。当然，如何决定何为最低程度的暴力是非常主观的。但暴力绝不应该用来实施出于个人怨恨的报复，它可以用来保护弱者或维护正法（秩序和正义）。

在灵性之旅开始之前应予放弃的魔性品质

दम्भो दर्पोऽभिमानश्च क्रोधः पारुष्यम् एव च ।
अज्ञानं चाभिजातस्य पार्थ संपदम् आसुरीम् ॥४॥

阿周那啊，天生具有魔性品质的人的标志是：伪善、自大、傲慢、愤怒、鲁莽、无知。（16.04）

以某种方式回报曾经帮助过你的人，是一种普遍的实践。（VR 5.01.113）一个忘恩负义的人是最坏的人。人们必须避开这样的人。（MB 12.168.26）在这个世界上，只有忘恩负义无以赎罪。（MB 12.172.25）有人说，甚至食肉动物都不吃忘恩负义者的肉。（MB 5.36.42）如果从他人那里接受了某物，就必须感恩并表达真诚的感激之情。而真正的幸福就在于为我们所拥有的一切感谢神，并控制我们对想要之物的欲望。

दैवी संपद् विमोक्षाय निबन्धायासुरी मता ।
मा शुचः संपदं दैवीम् अभिजातोऽसि पाण्डव ॥५॥

神性品质导向解脱，魔性品质据说导向束缚。阿周那啊，不要悲伤——你生而具有神性品质。（16.05）

罪恶活动的习惯很难根除。因此，人们应该始终避免罪恶活动，从事善良行为。（MB 3.209.41）基本的道德品质是灵性生活的支柱。没有道德品质的自我知识，就是残缺和虚伪的知识。这个世界对善者就善，对恶者就恶。

两种人

द्वौ भूतसर्गौ लोकेऽस्मिन् दैव आसुर एव च ।
दैवो विस्तरशः प्रोक्त आसुरं पार्थ मे शृणु ॥६॥

阿周那啊，这个世界只有两种人：神性或智慧的人，魔性或无知的人。神性的人我已经作过详尽描述，现在请听我讲述魔性的人。（16.06）

自我知识显现为神性品质，无知显现为魔性品质。那些与宇宙计划和谐一致的人拥有神性品质；与之不一致的人则拥有魔性品质。那些在其前世行为虔诚的人生而具有更多的神性品质，那些在其前世罪孽深重的人生

第十六章 神性品质和魔性品质

而由魔性品质占主导。

这个世界的被造物都既有神性品质又有魔性品质——《吠陀经》和《往世书》都是如此宣说的。哪里有神性品质,哪里就繁荣;哪里有魔性品质,哪里最终就陷入不幸和恶业。(TR 5.39.03)

प्रवृत्तिं च निवृत्तिं च जना न विदुर् आसुराः ।
न शौचं नापि चाचारो न सत्यं तेषु विद्यते ॥७॥

具有魔性品质的人不知道该做什么和不做什么。他们不纯洁,无规矩,也不诚实。(16.07)

असत्यम् अप्रतिष्ठं ते जगद् आहुर् अनीश्वरम् ।
अपरस्परसंभूतं किम् अन्यत् कामहैतुकम् ॥८॥

他们说,世界不真实,没有根基,没有神,没有秩序。只是男女的性结合而非其他任何事物,才是世界产生的原因。(16.08)

एतां दृष्टिम् अवष्टभ्य नष्टात्मानोऽल्पबुद्धयः ।
प्रभवन्त्य् उग्रकर्माणः क्षयाय जगतोऽहिताः ॥९॥

他们坚持这种看法,灵魂堕落,智力低下,行为暴戾,他们天生就是毁灭世界的敌人。(16.09)

कामम् आश्रित्य दुष्पूरं दम्भमानमदान्विताः ।
मोहाद् गृहीत्वाऽसद्ग्राहान् प्रवर्तन्तेऽशुचिव्रताः ॥१०॥

他们贪得无厌，伪善，傲慢，自大。他们无知虚妄，坚持错误观点，行为动机不纯。（16.10）

चिन्ताम् अपरिमेयां च प्रलयान्ताम् उपाश्रिताः ।
कामोपभोगपरमा एतावद् इति निश्चिताः ॥११॥
आशापाशशतैर् बद्धाः कामक्रोधपरायणाः ।
ईहन्ते कामभोगार्थम् अन्यायेनार्थसञ्चयान् ॥१२॥

一直到死，他们都充满无尽的焦虑，他们把感官享受视为最高目标，坚信感官享乐就是一切。他们身受千百条欲望绳索的束缚，更受贪欲和愤怒的奴役。为了满足感官快乐，他们不择手段地攫取财富。他们认为：（16.11-12）

इदम् अद्य मया लब्धम् इमं प्राप्स्ये मनोरथम् ।
इदम् अस्तीदम् अपि मे भविष्यति पुनर् धनम् ॥१३॥

"今天我已获得这个，我就实现了这个欲望。我有了这么多财富，还要在未来获得更多财富。（16.13）

असौ मया हतः शत्रुर् हनिष्ये चापरान् अपि ।
ईश्वरोऽहम् अहं भोगी सिद्धोऽहं बलवान् सुखी ॥१४॥

"我已经杀死了这个敌人，我还要杀死其他敌人。我是主，我是享受者。我是成功者，强者，快乐者。（16.14）

第十六章 神性品质和魔性品质

आढ्योऽभिजनवान् अस्मि कोऽन्योऽस्ति सदृशो मया ।
यक्ष्ये दास्यामि मोदिष्य इत्य् अज्ञानविमोहिताः ॥१५॥
अनेकचित्तविभ्रान्ता मोहजालसमावृताः ।
प्रसक्ताः कामभोगेषु पतन्ति नरकेऽशुचौ ॥१६॥

"我富有,生于高贵之家。谁能与我相比?我祭祀,我布施,我快乐。"他们被无知欺骗,被幻想迷惑,纠结在虚妄之网中,沉迷在感官享受的愉悦中,他们将堕入污秽的地狱。(16.15–16)

आत्मसंभाविताः स्तब्धा धनमानमदान्विताः ।
यजन्ते नामयज्ञैस् ते दम्भेनाविधिपूर्वकम् ॥१७॥

他们自命不凡,刚愎自用,骄横傲慢,沉溺财富。他们祭祀也只是为了炫耀,而并不遵循经典训谕。(16.17)

अहंकारं बलं दर्पं कामं क्रोधं च संश्रिताः ।
माम् आत्मपरदेहेषु प्रद्विषन्तोऽभ्यसूयकाः ॥१८॥

这些邪恶之徒执着于自私、权力、傲慢、贪欲和愤怒。他们否定我存在于他们自己和其他人的身体中。(16.18)

受苦是无知者的命运

तान् अहं द्विषतः क्रूरान् संसारेषु नराधमान् ।
क्षिपाम्य् अजस्रम् अशुभान् आसुरीष्व् एव योनिषु ॥१९॥

这些嫉妒的人,残暴的人,罪恶的人,卑鄙的人,我要根据他们的业把他们扔进魔鬼(或堕落父母)的子宫中,使他们一次又一次地生死轮回。(16.19)

आसुरीं योनिम् आपन्ना मूढा जन्मनि जन्मनि ।
माम् अप्राप्यैव कौन्तेय ततो यान्त्य् अधमां गतिम् ॥२०॥

阿周那啊!这些愚昧的人进入魔鬼的子宫,反复再生,他们永远不能抵达我,只能堕落到最底层(直到他们的心意因为神的恩典而转向神)。(16.20)

永无终结的善恶之战持续发生在每一个人的生命中。生而为人,就要学会净化那些阻碍我们觉悟到上主的魔性品质。只有当我们内心之中的魔鬼被完全征服以后,上主才会显现。灵全无原质三德,它们只属于身体和心意。众经典说:神圣的虚幻能量(摩耶)创造了众多的二元对立,如善与恶、得与失、苦与乐、爱与恨、希望与绝望、慈悲与冷漠、慷慨与贪婪、毅力与懒惰、勇敢与懦弱、优点与缺点、神性品质与魔性品质等。但它们都不是真实的存在。所以,智者不会去注意他人的

优点和缺点。（BP 11.19.45, TR 7.41.00）

欲望、愤怒和贪婪是通向地狱的三道门

त्रिविधं नरकस्येदं द्वारं नाशनम् आत्मनः ।
कामः क्रोधस् तथा लोभस् तस्माद् एतत् त्रयं त्यजेत् ॥२१॥

欲望、愤怒和贪婪是导致个体堕落（或束缚）走向地狱的三道门，因此，人们必须（学会）摒弃它们。（16.21）

《奥义书》说：欲望、愤怒、贪婪、幻觉、迷惑和执着的金门（golden gate）阻碍了走向至上者的通道。（IsU 15）只有通过个人的努力才能开启此门。欲望、愤怒和贪婪被创造出来是为了控制人类进入天堂，并把他们引向地狱。只有当人们知晓根本无"我"和"我的"之后，欲望、愤怒和贪婪才会从心意中消失。对现代文明的物质财富不可控制的贪婪，很可能会毁灭维系生命和文明的自然环境，从而毁灭财富占有者本身。

自私的欲望或贪欲是所有恶的根源，世俗欲望是所有魔性品质的起源。这些魔性品质或负面品质，如愤怒、贪婪、执着、傲慢、嫉妒、憎恨、欺骗，都产生于欲望，它们也被称为罪。一旦欲望得到满足，又会生出更多的欲望，由此产生了贪婪。欲望若得不到满足，

则会引起愤怒。愤怒是一种暂时性精神错乱。人们愤怒时很容易犯罪。他们在愤怒的符咒下草率行事然后就后悔。贪欲起因于对形而上的知识的无知，所以只有通过习得自我知识才能予以消除。就如阴云遮蔽了太阳，贪欲遮蔽了自我知识。人必须学会用满足来控制欲望，用无条件的宽恕来控制愤怒。只有征服了欲望，才能真正征服世界，并过上平静、健康和幸福的生活。

एतैर् विमुक्तः कौन्तेय तमोद्वारैस् त्रिभिर् नरः ।
आचरत्य् आत्मनः श्रेयस् ततो याति परां गतिम् ॥२२॥

阿周那啊，从这三道地狱之门中解放出来的人，会做最有益的事，并因此到达我这里。（16.22）

欲望、愤怒和贪婪是摩耶之军的指挥官，在解脱之前必须要打败它们。从魔性品质中解放出来的最佳道路，是遵循《薄伽梵歌》讨论的几条道路之一，以及其他经典的规定。

必须遵循经典的规定

यः शास्त्रविधिम् उत्सृज्य वर्तते कामकारतः ।
न स सिद्धिम् अवाप्नोति न सुखं न परां गतिम् ॥२३॥

第十六章 神性品质和魔性品质

行动受欲望的影响,不遵守经典的规定,这样的人既不能获得圆满,也不能享受快乐,更不能臻达至上居所。(16.23)

在那些按照众经典规定的正法来生活的人看来,这个世界满是甜蜜和美丽。(RV 1.90.06)经典是社会的蓝图,它处理生活的一切方面,为所有男人、女人和孩子们的适当发展制定基本法则。例如,摩奴(Manu)说:女性必须得到尊重和关爱。哪里的女性得到尊重,天神就乐于住在哪里。女性必须始终得到爱,使其不受心地邪恶的男人的诱惑。一个女性,孩提时父亲保护她,青年时丈夫保护她,老年时则儿子保护她。(MS 3.56)刚毅、正义(正法)、朋友和爱人——这四样东西只有在逆境中才能得到检验。在思想、语言和行为上都彼此坦诚相待,应该是唯一的宗教、唯一的誓言以及夫妻的唯一职责。(TR 3.04.05)然而,男人和女人在这出宇宙剧中扮演的角色不同,他们的需求和气质也就不同。

切不可对任何经典指手画脚或批评责难,因为经典是正义(正法)和社会秩序的基石。只有遵循经典才能获得名誉、声望、平静和解脱。(MS 2.09)研习经典可以使心意专注于高贵的思想,其本身就是一种灵修。践行经典的真理而非只是口头说说,则可以使人得到救度。古鲁那纳克说:向他人宣说而自己却不践行同一真

理的人,将一次又一次地再生。

敬请上主、《薄伽梵歌》和古鲁向我们显示觉悟之道吧。仅仅依靠我们自己的智慧,是不能从神圣的虚幻力量(摩耶)的魔咒中摆脱出来的。特别是在这个很难找到一个真正的古鲁的现时代,必须充满信心地遵循经典。坚持经典中的崇高教导,就会避开一切恶并带来善。不管河流有多宽,如果桥已建成,那么任何人都能够轻易地渡过河流——而经典,就是跨越摩耶之河流的那座桥。因此,正如主在下述诗节里阐明的,一个人应该始终遵循精通经典的导师的指导。

तस्माच् छास्त्रं प्रमाणं ते कार्याकार्यव्यवस्थितौ ।
ज्ञात्वा शास्त्रविधानोक्तं कर्म कर्तुम् इहार्हसि ॥२४॥

因此,让经典成为你的指导,决定你该做什么、不该做什么。你应该按照经典的规定,去履行你的职责。(16.24)

根据圣人帕坦伽利(Patanjali)的说法,印度教的十诫(PYS 2.30-2.32)是:(1)非暴力;(2)诚实;(3)不偷盗;(4)独身或感官控制;(5)不贪婪;(6)思想、言语和行为纯洁;(7)满足;(8)苦行或弃绝;(9)研习经典;(10)敬神。

比较一下基督教《圣经》中的十条基本教导:(1)不可杀人;(2)不可撒谎;(3)不可偷盗;

第十六章 神性品质和魔性品质

（4）不可奸淫；（5）不可贪恋；（6）不可与妻子离婚；（7）你们愿意人怎样待你们，你们也要怎样待人；（8）有人打你的右脸，连左脸也转过来由他打；（9）爱邻如爱己；（10）全心全意爱你的主。

佛教的八正道是：正见，正思，正语，正业，正命，正精进，正念，正定。诸恶莫作，众善奉行，自净其意，是诸佛教。

而伊斯兰教的五个基本原则是：（1）信真主，信天使，信主的使者等；（2）为了灵性成长，礼拜和祈祷真主的荣耀、伟大和喜讯；（3）慷慨施舍帮助他人；（4）斋月斋戒，以自我净化；（5）朝觐圣地。

所有伟大的导师都把至上者启示的真理教导给我们。克里希那教导我们，要通过在每一个人中看到神性而感知灵性的同一性。佛陀教导我们要净化自己，怜悯众生。基督要求我们要爱人如己。穆罕默德教导我们，要顺从真主的意志，像他的工具一样行动。

然而，在有些宗教中，有些人只认为他们自己的教派是神的最爱，而认为其他教派的信徒都是异教徒。但吠陀经典不仅教导我们要宗教宽容，而且教导我们要把所有其他宗教和先知当作类似于我们自己的宗教和先知来接受。《梨俱吠陀》说，让高贵的思想从四面八方来到我们这里。（RV 1.89.01）斯瓦米·哈瑞哈说，人类的尊严和福祉就在于种族和宗教的团结一致。甘地说，关于宗教的真知识将摧毁所有的壁垒，包括信仰之间的

壁垒。任何宗教,如果它以神的名义在人与人之间制造冲突和憎恨之墙,就不是宗教,而是伪装起来的自私的政治集团。我们没有权利以任何方式批评任何宗教和教派。人类对经典(即超越的声音)的解释,也会因为人们的偏见、无知、断章取义、曲解、误解以及出于个人自私动机的篡改,而又有不同。

第十七章
三种信仰

अर्जुन उवाच
ये शास्त्रविधिम् उत्सृज्य यजन्ते श्रद्धयान्विताः ।
तेषां निष्ठा तु का कृष्ण सत्त्वम् आहो रजस् तमः ॥१॥

阿周那说：有人怀着信仰从事灵修，却不遵循经典的规定，克里希那啊，他们的虔信之德是什么？是善良、激情还是愚昧？（17.01）

三种信仰

श्रीभगवानुवाच
त्रिविधा भवति श्रद्धा देहिनां सा स्वभावजा ।
सात्त्विकी राजसी चैव तामसी चेति तां शृणु ॥२॥

克里希那说：人的自然信仰有三种：善良、激情和愚昧。现在听我来告诉你。（17.02）

सत्त्वानुरूपा सर्वस्य श्रद्धा भवति भारत ।
श्रद्धामयोऽयं पुरुषो यो यच्छ्रद्धः स एव सः ॥३॥

阿周那啊，每个人的信仰都与他自己（受到潜在的业的印迹控制）的自然禀性相一致。一个人因其信仰而被人认识。一个人想要成为什么，（只要他/她怀着对神的坚定信仰和一种强烈愿望不断地沉思其愿望的对象，）他就可以成为什么。（17.03）

一个人只要下定决心坚持不懈地努力，就能在任何事业上获得成功。（MB 12.153.116）除非你自己放弃，否则你就不会失败。

行善者会成为善人，行恶者必成为恶人。人因善行而变得道德，因恶行而变得邪恶。（BrU 4.04.05）我们所有人都有改变的力量。如果人们无论出于什么理由而持续不断并强烈地想着如虔敬、恐惧、嫉妒、爱甚或憎恨等，那么他们就会变得虔敬、恐惧等。你总会有意识或无意识地得到你寻求的东西。思想产生行动；行动很快会变成习惯；当习惯充满激情时，就会使你的任何努力获得成功。如果你有想要获得任何东西的激情，你就会获得它。强烈的愿望会唤醒潜在的力量。

我们都是我们自己的思想和愿望的产物，而这些思想和愿望是历经许多前世而累积起来的。这些思想将创造我们的命运，我们将成为我们所思的样子。在我们的思想中有一种巨大的力量，它可以利用我们周围

第十七章 三种信仰

消极或积极的能量。有志者事竟成。由于思想是行为的先导，因而我们应该怀有崇高的思想。思想将主导我们身体、心理、财务以及灵性的福祉。绝不要让任何消极的东西或怀疑进入思想。我们有可供自由支配的如此巨大的力量，但具有讽刺意味的是，我们却未能使用它。如果你没有想要的东西，你就丝毫不会去动用它。你是发生在你身上所有一切的原因。如果你不给生活提供最好的东西，你就不应指望有最好的生活。要通过一系列计划周密的步骤，逐渐而持续地获得成功。史蒂芬·柯维（Stephen Covey）曾说："预测自己未来的最佳办法就是创造它。"由于我们过去的业，我们成为我们现在的样子，但我们有力量去创造我们的未来。每一个伟大的成就都曾经被认为是不可能的。因此，绝不要低估人类思想和精神的潜能和力量。有很多书籍都记载过一些激励性课程，它们告诉人们如何实际运用信仰《薄伽梵歌》这单一曼陀罗的力量。放松的、冥想的和潜意识的心意具有一种巨大的力量，可以使你做你想做的任何事——治疗、致富、涅槃等。

心意纯净的人想要什么，就会获得什么。（MuU 3.01.10）如果我们不同时被给予将梦想变为现实的力量和手段，我们就不会被给予此梦想。有一个简单的方法可以使你的潜意识去实现崇高的愿望：在每晚睡前的半醒状态中，用15分钟时间去想象你的目标，并且绝对相信在你个人的能力、缘分和命运的限度之内你将获得你

想要的。信仰创造奇迹。信仰的安慰剂效力在医学中是众所周知的事。

यजन्ते सात्त्विका देवान् यक्षरक्षांसि राजसाः ।
प्रेतान् भूतगणांश् चान्ये यजन्ते तामसा जनाः ॥४॥

善良之德的人崇拜天神,激情之德的人崇拜灵异之神和魔鬼,愚昧之德的人崇拜幽灵和鬼怪。(17.04)

अशास्त्रविहितं घोरं तप्यन्ते ये तपो जनाः ।
दम्भाहंकारसंयुक्ताः कामरागबलान्विताः ॥५॥
कर्षयन्तः शरीरस्थं भूतग्रामम् अचेतसः ।
मां चैवान्तःशरीरस्थं तान् विद्ध्य् आसुरनिश्चयान् ॥६॥

充满魔性的愚昧之人不遵守经典的规定,他们践行严苛的苦行,虚伪而自私,受制于欲望与执着。他们毫无知觉地折磨其身体的各种元素,也折磨居于其身体中的我。(17.05–06)

三种食物

आहारस् त्व् अपि सर्वस्य त्रिविधो भवति प्रियः ।
यज्ञस् तपस् तथा दानं तेषां भेदम् इमं शृणु ॥७॥

我们所有人都喜爱的食物有三种。祭祀、苦行和布施也有三种。现在请听它们之间的区别。(17.07)

第十七章 三种信仰

आयुःसत्त्वबलारोग्य-सुखप्रीतिविवर्धनाः ।
रस्याः स्निग्धाः स्थिरा हृद्या आहाराः सात्त्विकप्रियाः ॥८॥

多汁、润滑、结实、营养的食物,促进长寿、力量、健康,增进美德、幸福、快乐,善良之德的人喜欢这类食物。(17.08)

人应该食用好的食物以保护和维持生命,就如病人服用药物以防止和去除疾病。(MB 12.212.14)无论一个人吃什么,其个人的择神也就吃什么。(VR 2.104.15)(因为)我是你,并且你是我。(BS 3.3.37)我们吃进的食物在体内将变成三个部分:最粗糙的部分变成排泄物,中间部分变成肉、血、骨髓和骨头,最精华的部分通过与生命力(普拉那)的结合而向上提升并滋养大脑和身体的精妙器官。(ChU 6.05.01-6.06.02)食物被称为身体之树的根。健康的身体和心灵是灵性生活获得成功的前提。身体健康,心灵也会健康。善良之德的人喜欢素食。吃素也可以使人变得崇高,因为人会成为他所吃的食物的样子。

कट्वम्ललवणात्युष्ण-तीक्ष्णरूक्षविदाहिनः ।
आहारा राजसस्येष्टा दुःखशोकामयप्रदाः ॥९॥

太苦、太酸、太咸、太热、太辣、太干、太焦的食物,会引起痛苦、悲伤和疾病,激情之德的人喜欢这类食物。(17.09)

यातयामं गतरसं पूति पर्युषितं च यत्
उच्छिष्टम् अपि चामेध्यं भोजनं तामसप्रियम् ॥१०॥

不新鲜、变味、腐烂、变质、残剩、不洁（例如肉和酒）的食物，愚昧之德的人喜欢。（17.10）

心意的净化来自食物的净化。真理向纯净的心意显现。知晓真理后，人就会摆脱一切束缚。（ChU 7.26.02）赌博、酗酒、淫乱和肉食是人的一种消极的自然倾向，弃绝这四种活动，才会变得真正的神圣。弃绝肉食相当于举行100次祭祀。（MS 5.53-56）

三种祭祀

अफलाकाङ्क्षिभिर् यज्ञो विधिदृष्टो य इज्यते ।
यष्टव्यम् एवेति मनः समाधाय स सात्त्विकः ॥११॥

按照经典举行祭祀，不渴望祭祀的果实，并坚信这是人的职责而举行祭祀，这是善良之德的人的祭祀。（17.11）

अभिसन्धाय तु फलं दम्भार्थम् अपि चैव यत् ।
इज्यते भरतश्रेष्ठ तं यज्ञं विद्धि राजसम् ॥१२॥

举行祭祀只是为了祭祀的结果和显摆炫耀，阿周那啊，这是激情之德的人的祭祀。（17.12）

विधिहीनम् असृष्टान्नं मन्त्रहीनम् अदक्षिणम् ।
श्रद्धाविरहितं यज्ञं तामसं परिचक्षते ॥१३॥

不按照经典规定举行祭祀,不供奉食物,不念诵曼陀罗,缺乏信仰,没有赠礼,这是愚昧之德的人的祭祀。(17.13)

不念诵曼陀罗,则灵修或祭祀是不完全的;若不灵修,则念诵曼陀罗是不完全的。

行为、语言和思想的苦行

देवद्विजगुरुप्राज्ञ–पूजनं शौचम् आर्जवम् ।
ब्रह्मचर्यम् अहिंसा च शारीरं तप उच्यते ॥१४॥

崇拜天神,尊敬婆罗门、古鲁和智者,纯洁,诚实,独身,非暴力——这些被称为行为的苦行。(17.14)

अनुद्वेगकरं वाक्यं सत्यं प्रियहितं च यत् ।
स्वाध्यायाभ्यसनं चैव वाङ्मयं तप उच्यते ॥१५॥

语言不具攻击性,真实,有益,和蔼,经常研习经典,这些被称为语言的苦行。(17.15)

走向真实的道路就是灵性进步的道路。《奥义书》

说，只有真实的人才能取胜，不真实的人不能。真实是神圣之道，圣人们通过它摆脱了欲望并臻达至上之所。（MuU 3.01.06）有益之言比真实之言更好。有益之言带给人的最大益处是真正的真实。（MB 12.329.13）而真正的真实又会带给人以最大限度的益处。以任何方式伤害人的语言都是不真实的和错误的，尽管它乍看起来可能是真实的。（MB 3.209.04）人为了保护真实有可能会说谎，但绝不能为了保护谎言而说真话。

智者应该说真话，如果它是有益的；如果它是有害的，就该保持缄默。人必须说对人有益的真实之言，而无论它是否和蔼。如阿谀奉承一类无益的、和蔼的讨好话，则应该予以避免。（VP 3.12.44）和蔼的话语带给所有人益处，赢得所有人的心，且人人都喜欢。（MB 12.84.04）被尖刻语言所伤害的人难以治愈，智者绝不应给人以这样的伤害。（MB 5.34.80）斯瓦米·阿特曼南达·吉利（Swami Atmananda Giri）曾说：话语甜蜜和心意平静是一个真正的瑜伽士的标志。

真实是所有崇高的美德之根源。真实的苦口良药，应该用和蔼的话语的糖衣包裹之。要以和蔼的方式表达真实，但不要为了和蔼而背离真实。应该礼貌而坦诚，避免阿谀奉承。语言始终应该是真实、有益和亲切和蔼的。语言是一个人的品格、思想和心意的口头反映，所以，对于几乎所有的消极之物，我们更倾向于保持沉默。弃绝有害的语言是非常重要的。

मनःप्रसादः सौम्यत्वं मौनम् आत्मविनिग्रहः ।
भावसंशुद्धिर् इत्य् एतत् तपो मानसम् उच्यते ॥१६॥

心意平静，思想纯洁，温和，缄默，自我控制，这些就是思想的苦行。（17.16）

三种苦行

श्रद्धया परया तप्तं तपस् तत् त्रिविधं नरैः ।
अफलाकाङ्क्षिभिर् युक्तैः सात्त्विकं परिचक्षते ॥१७॥

瑜伽士心怀至上的信仰，不渴望获得果实，实践上述（思想、语言和行为）三种苦行，被称为善良之德的苦行。（17.17）

非暴力、真实、宽恕、仁慈、控制心意和感官等，被智者称为苦行。（MB 12.79.18）没有思想的净化，就不可能有语言和行为的净化。非暴力被视为至上之法。

सत्कारमानपूजार्थं तपो दम्भेन चैव यत् ।
क्रियते तद् इह प्रोक्तं राजसं चलम् अध्रुवम् ॥१८॥

为了获得礼遇、荣誉和崇敬，为了显摆炫耀，为了某种不确定的和短暂的结果而从事苦行，被称为激情之德的苦行。（17.18）

मूढग्राहेणात्मनो यत् पीडया क्रियते तपः ।
परस्योत्सादनार्थं वा तत् तामसम् उदाहृतम् ॥१९॥

愚蠢顽固，自我折磨，或为了伤害他人而从事苦行，被称为愚昧之德的苦行。（17.19）

三种布施

दातव्यम् इति यद् दानं दीयतेऽनुपकारिणे ।
देशे काले च पात्रे च तद् दानं सात्त्विकं स्मृतम् ॥२०॥

作为一种责任的布施，就是在合适的时间和地点，把帮助提供给值得帮助的个人或机构而不求回报，这被认为是善良之德的布施。（17.20）

善良之德的布施是最纯净的、有益的和正义的行动。它对布施者和接受者同样有益。（MB 13.120.16）如果你要进行布施，就要密切观察你自己是否有隐含的动机，且不要期望有任何回报。人从不会为他人做任何事，除非是为了自己的利益。甚至是为了他人而做的慈善事业，其实也是为了他自己的利益而做的。（MB 12.292.01）因为得到祝福的是布施者，而非接受者。瑜伽之王穆塔兹·阿里（Mumtaz Ali）曾说，当你以任何（物质的或精神的）方式服务一个不幸的人的时候，你并不是在给他/她恩惠。事实上，接受你的帮助的人

第十七章 三种信仰

通过接受你给予的东西而给了你恩惠,并由此帮助你发展,使你更接近至福的神圣者,即存在于所有人之中的实在。

因贪念名誉或声望而被迫从事的不必要的布施,会对接受者造成很大的伤害。不适当的布施无论对布施者还是对接受者都十分有害。(MS 4.186)你可以给予诸如知识、帮助、服务、祈祷、食物等任何东西,但不要寻求回报。爱,这一最便宜的布施,却掌握着进入神国的钥匙。布施是财富之最好的和唯一的用途,其次才是个人的享受,而财富最终在死后留下,对富人的今生或来世都毫无益处。然而,要小心谨慎、富有策略地处理所有对布施的请求,因为一旦所请求的布施被否定,就会产生一种有害的负面情绪。

如果布施的财物是通过不正当的手段获取的,那么布施就毫无价值。(MB 5.39.66)为了功德或慈善行为而用非法手段获取财富,就像弄脏了自己的衣服然后再去洗净一样。首先不要去弄脏衣服,这比弄脏以后再去洗净更好。(MB 3.02.49)你不能用毫无价值的手段实现有价值的目标。史蒂芬·柯维(Stephen Covey)曾说,目的与手段绝对不能分开。人们也不可能通过提供物品和钱财来帮助所有人。为陷入困境或危难中的人——包括你不喜欢的人——的物质和精神福祉而祈祷,被称为精神布施。

यत् तु प्रत्युपकारार्थ फलम् उद्दिश्य वा पुनः।
दीयते च परिक्लिष्टं तद् दानं राजसं स्मृतम् ॥२१॥

布施勉强，或期望回报，或渴望功果，这被称为激情之德的布施。（17.21）

当你把财物施予一个贫困的人时，不要张扬自己的行为；但当你以一种不张扬的方式帮助一个贫困的人时，你的行为却会无人不知。秘密的布施被认为是最佳的布施。布施给不值得布施的人或机构，以及没有布施给值得布施的人或机构，都是错误的，并且比不布施更糟糕。不经请求而获得的布施最佳；求而获得的布施其次；勉强施予的布施应予避免。

अदेशकाले यद् दानम् अपात्रेभ्यश्च दीयते।
असत्कृतम् अवज्ञातं तत् तामसम् उदाहृतम् ॥२२॥

在错误的地点和时间，布施给不值得布施的人，不尊重接受者，态度傲慢，这被称为愚昧之德的布施。（17.22）

要体贴和同情那些比你不幸的人。布施应该以不使接受者蒙羞受辱的方式进行。（VR 1.13.33）以羞辱的方式把布施提供给接受者，这一行为将会毁灭布施者。我们始终要记住：神既是布施者，也是接受者。

第十七章 三种信仰

神的三个方面

ॐ तत् सद् इति निर्देशो ब्रह्मणस् त्रिविधः स्मृतः ।
ब्राह्मणास् तेन वेदाश्च यज्ञाश्च विहिताः पुरा ॥२३॥

"唵（AUM）、塔（TAT）、萨（SAT）"是梵天的三个标记。在古时，按照梵天的旨意而创造出婆罗门、吠陀和祭祀。（17.23）

तस्माद् ओम् इत्य् उदाहृत्य यज्ञदानतपःक्रियाः ।
प्रवर्तन्ते विधानोक्ताः सततं ब्रह्मवादिनाम् ॥२४॥

所以，众经典规定的祭祀、布施和苦行诸行动开始时，总是要由知晓至上者的人念诵神的众多名字之一（例如唵或阿门）。（17.24）

तद् इत्य् अनभिसंधाय फलं यज्ञतपःक्रियाः ।
दानक्रियाश्च विविधाः क्रियन्ते मोक्षकाङ्क्षिभिः ॥२५॥

渴望解脱的求道者从事各种祭祀、布施和苦行不求回报，并只是念诵：他是一切或他是"塔"（TAT/那个）。（17.25）

सद्भावे साधुभावे च सद् इत्य् एतत् प्रयुज्यते ।
प्रशस्ते कर्मणि तथा सच्छब्दः पार्थ युज्यते ॥२६॥

"萨"（SAT）或"真实"一词是在实在和善的意义上使用的。阿周那啊，"萨"一词也用在吉祥的行动上。（17.26）

यज्ञे तपसि दाने च स्थितिः सद् इति चोच्यते ।
कर्म चैव तदर्थीयं सद् इत्य् एवाभिधीयते ॥२७॥

信仰祭祀、布施和苦行，也被称为真实（萨）。为了至上者的无私服务确实也可以称为"萨"。（17.27）

अश्रद्धया हुतं दत्तं तपस् तप्तं कृतं च यत् ।
असद् इत्य् उच्यते पार्थ न च तत् प्रेत्य नो इह ॥२८॥

阿周那啊，若无信仰，无论从事什么行动——无论是祭祀、布施、苦行或是其他行动——都是毫无意义的，因而对于今生和来世也都毫无价值。（17.28）

第十八章
通过弃绝私我臻达涅槃

अर्जुन उवाच
संन्यासस्य महाबाहो तत्त्वम् इच्छामि वेदितुम् ।
त्यागस्य च हृषीकेश पृथक् केशिनिषूदन ॥१॥

阿周那说:我想知道弃绝(Saṁnyāsa)和祭祀(Tyāga)这两者的性质,以及它们之间的差别。(18.01)

弃绝和祭祀的定义

श्रीभगवानुवाच
काम्यानां कर्मणां न्यासं संन्यासं कवयो विदुः ।
सर्वकर्मफलत्यागं प्राहुस् त्यागं विचक्षणाः ॥२॥

主克里希那说:圣人把弃绝定义为放弃任何具有个人动机的行动。智者把祭祀或不执(Tyāga)定义为放弃(对)所有行动的结果(的执着)。(参见5.01,5.05,6.01))(18.02)

在这个译本中，我们用"弃绝"一词翻译"Samnyāsa"，用"祭祀"或"不执"翻译"Tyāga"。修习弃绝并不是指要弃绝工作或世界，而是指要弃绝一切工作的结果。一个弃绝者（Samnyāsi）不拥有自己的任何东西。一个真正的弃绝者为他人而工作，为他人而生活，而不是依靠他人而生活。弃绝意味着完全放弃行动者身份、所有者身份以及行动背后的个人动机，而祭祀或不执意味着放弃对所有工作结果的执着，或仅仅为了上主而工作。一个对神做祭祀服务（Sevā）的人被称为祭祀者（Tyāgi）或业瑜伽士（Karma Yogi）。祭祀者认为他/她所做的所有工作只是为了取悦于上主，这样的人始终会记念上主。所以，本书诗节12.12提到，祭祀是最佳的灵修。"弃绝"和"祭祀或不执"在本书中也经常互换使用，它们之间的差别非常之小。（参见5.04, 5.05, 6.01和 6.02）根据《薄伽梵歌》，弃绝并不是指生活在森林里或社会之外的任何其他隐蔽之地。弃绝是一种心意状态，指的是完全不执着于工作或行动结果。

简言之，弃绝是指这样一种透彻的理解：我自己一无所有，包括我的身体、心意和感官等所有一切都属于上主。真正的弃绝是对内在的私我的弃绝，而非对外在的工作、财富、家庭等的弃绝。

主克里希那在《薄伽梵歌》的不同地方提到弃绝对行动结果的执着以及弃绝行动的结果。弃绝行动是不可能的。（《薄伽梵歌》3.05）弃绝行动的结果，就如同告诉农夫放弃他的农作物收成。因此,《薄伽梵歌》教导我们,不要执着于我们行动的结果。人人都渴望心意的宁静,但是只有当一个人不执于行动结果而只为上主行动,并把一切行动结果献给上主时,才有可能达致心意的宁静。

त्याज्यं दोषवद् इत्य् एके कर्म प्राहुर् मनीषिणः ।
यज्ञदानतपःकर्म न त्याज्यम् इति चापरे ॥३॥

有些哲人说,一切行动都充满谬误,应该放弃;而另一些人则说,祭祀、布施和苦行,这些行动不应该放弃。(18.03)

निश्चयं शृणु मे तत्र त्यागे भरतसत्तम ।
त्यागो हि पुरुषव्याघ्र त्रिविधः संप्रकीर्तितः ॥४॥

阿周那啊,请听我向你讲解关于祭祀的结论。祭祀据说有三种。(18.04)

यज्ञदानतपःकर्म न त्याज्यं कार्यम् एव तत् ।
यज्ञो दानं तपश्चैव पावनानि मनीषिणाम् ॥५॥

祭祀、施舍和苦行,这些行动不应该放弃,而应该履行,因为它们会净化我们的心意。(18.05)

एतान्य् अपि तु कर्माणि सङ्गं त्यक्त्वा फलानि च ।
कर्तव्यानीति मे पार्थ निश्चितं मतम् उत्तमम् ॥६॥

甚至应该把这些行动当作义务来履行，且不执于它们的结果。阿周那啊，这就是我确定的最佳建议。（18.06）

三种祭祀

नियतस्य तु संन्यासः कर्मणो नोपपद्यते ।
मोहात् तस्य परित्यागस् तामसः परिकीर्तितः ॥७॥

放弃个人的职责并不适当。出于虚妄而放弃一切应尽的职责，这被称为愚昧之德的祭祀。（18.07）

दुःखम् इत्येव यत् कर्म कायक्लेशभयात् त्यजेत् ।
स कृत्वा राजसं त्यागं नैव त्यागफलं लभेत् ॥८॥

只是因为困难或惧怕身体的痛苦而放弃职责的人，不会通过从事这种祭祀而获得祭祀的任何益处，这是激情之德的祭祀。（18.08）

कार्यम् इत्येव यत् कर्म नियतं क्रियतेऽर्जुन ।
सङ्गं त्यक्त्वा फलं चैव स त्यागः सात्त्विको मतः ॥९॥

为履行应尽的职责而采取行动，放弃对结果的执着，阿周那啊，只有这种祭祀被认为是善良之德的祭祀。（18.09）

第十八章 通过弃绝私我臻达涅槃

弃绝对感官享乐的执着是真正的祭祀或不执。圆满的祭祀只会产生于个人摆脱执着和厌恶之后。（MB 12.162.17）在放弃所有执着之前，必须首先放弃对行动结果的自私执着。再没有比自我知识更佳的慧眼，再没有比真实更好的苦行，再没有比执着更大的痛苦，也再没有比祭祀更大的快乐。（MB 12.175.35）没有祭祀，不能快乐；没有祭祀，不能无惧；没有祭祀，不能抵达神。（MB 12.176.22）甚至出神的狂喜也不该仅仅是为了喜悦而喜悦。《薄伽梵歌》推荐人生在世须弃绝——但并非如通常所误解的那样是要人们弃绝这个世界。

基督为了崇高的教导而毫不犹豫地祭献出他自己的生命。主罗摩为了建立正法（达磨）而放弃了他的王国乃至他的妻子。通过弃绝而放弃执着并获得圆满，是吠陀经典和《奥义书》传递的信息。无私服务或祭祀是《薄伽梵歌》在最后一章里给出的该书的本质。一个祭祀者就不可能造孽，并可以摆脱生死轮回。人在此世可以凭借祭祀之船而跨越轮回之海，达到解脱之彼岸。

根据《薄伽梵歌》的教导，有九种弃绝可以通向解脱：

（1）弃绝经典禁止的行为；（16.23-24）（2）弃绝欲望、愤怒、贪婪、恐惧、喜欢和厌恶以及嫉妒；（3.34, 16.21）（3）弃绝对真理探求的拖延；（12.09）（4）弃绝对自己的知识、不执、虔信、财富、善行等的自鸣得意；（15.05, 16.01-04）（5）弃绝一切行动的自私动机和对结果的执着；（2.51, 3.09,

4.20, 6.10）（6）弃绝自己在所有事业中的行动者和所有者身份；（12.13, 18.53）（7）弃绝利用主去满足物质欲望的想法；（2.43, 7.16）（8）弃绝对诸如房子、财富、地位、权力等物质对象的执着；（12.19, 13.09）（9）为了崇高的事业和维护正法，牺牲/弃绝财富、声望甚至生命（2.32, 4.28）。

न द्वेष्ट्य् अकुशलं कर्म कुशले नानुषज्जते ।
त्यागी सत्त्वसमाविष्टो मेधावी छिन्नसंशयः ॥१०॥

既不憎恨令人不快的行动，也不执着使人愉悦的行动，这样的聪明人被称为不执者（祭祀者），他们充满善良之德，摆脱对至上存在的所有疑惑。（18.10）

न हि देहभृता शक्यं त्यक्तुं कर्माण्य् अशेषतः ।
यस् तु कर्मफलत्यागी स त्यागीत्य् अभिधीयते ॥११॥

人不可能完全放弃行动。因此，放弃（对）行动结果（的执着）的人，被认为是不执者（祭祀者）。（18.11）

अनिष्टम् इष्टं मिश्रं च त्रिविधं कर्मणः फलम् ।
भवत्य् अत्यागिनां प्रेत्य न तु संन्यासिनां क्वचित् ॥१२॥

非不执者（非祭祀者）在死后会积累三种——即满意的、不满意的和二者混合的——行动结果，但弃绝者则绝不会如此。（18.12）

行动的五种原因

पञ्चैतानि महाबाहो कारणानि निबोध मे ।
सांख्ये कृतान्ते प्रोक्तानि सिद्धये सर्वकर्मणाम् ॥१३॥
अधिष्ठानं तथा कर्ता करणं च पृथग्विधम् ।
विविधाश्च पृथक्चेष्टा दैवं चैवात्र पञ्चमम् ॥१४॥

阿周那啊,数论派学说描述了一切行动获得成功的五种原因,它们是:身体(业的场所)、原质三德(行动者)、十一个感觉器官和行动器官(工具)、不同的生命力(普拉那),而第五种是业的印迹(或命运)。(18.13–14)

शरीरवाङ्मनोभिर्यत् कर्म प्रारभते नरः ।
न्याय्यं वा विपरीतं वा पञ्चैते तस्य हेतवः ॥१५॥

无论是正确的行动,还是错误的行动,原因都是这五种。人们通过思想、语言和行为来从事行动。(18.15)

तत्रैवं सति कर्तारम् आत्मानं केवलं तु यः ।
पश्यत्यकृतबुद्धित्वान् न स पश्यति दुर्मतिः ॥१६॥

因此,有人认为一个人的身体或灵(阿特曼,灵魂)是唯一的行动者,这样的人因其知识欠缺,对此完全无知。(18.16)

यस्य नाहंकृतो भावो बुद्धिर्यस्य न लिप्यते ।
हत्वापि स इमाँल् लोकान् न हन्ति न निबध्यते ॥१७॥

彻底从私我中解放出来，其智力摆脱了对结果的执着，这样的人即便犯了杀戒，他也没有杀，并不受这一行为的束缚。（18.17）

摆脱私我，无论喜欢或厌恶其工作，都不执于工作的结果，这样的人甚至可以从犯杀行为的业的束缚中解脱出来。

"私我"被定义为这样一种错误观念：一个人不同于梵和其他存在物。私我在社会的物质进程中有其作用，因为它是产生行动的欲望之母。因此，没有私我，物质世界就不会运转。但私我却是灵性发展中的一个障碍。渴望解脱的人必须凭借自我知识之利剑斩断私我的束缚。

对于阿特曼来说，既不存在束缚，也不存在解脱。私我是造成束缚的执着和欲望的原因。（VC 4.140）想要知晓并达致梵的欲望，将终结其他低级欲望。产生于无知的私我是个体灵魂招致束缚的原因。消除私我就是解脱。（AVG 8.04, YVa 42.32）束缚和解脱是心意的创造，并不真实。心意创造了一种想象的束缚观念，并努力去获得解脱。正如风带来了云，又吹散了云；心意的想象创造了束缚，也可以摆脱束缚。（VC 5.174）太阳的热量创造的云，反过来遮蔽了太阳；同样，梵的力量

（摩耶）创造的无知，反过来遮蔽了梵。个体灵魂忘记了它的源头（梵），并自认为是独立的和不同于梵的。通过关于个体灵魂与梵同一的知识，就可以获得解脱。（VC 2.58）

ज्ञानं ज्ञेयं परिज्ञाता त्रिविधा कर्मचोदना ।
करणं कर्म कर्तेति त्रिविधः कर्मसंग्रहः ॥१८॥

知识或主体、（知识的）对象和寻求知识的行动，是行动的三重驱动力。十一种感官、行动和行动者或原质三德，是行动的三重机制。（18.18）

三种知识

ज्ञानं कर्म च कर्ता च त्रिधैव गुणभेदतः ।
प्रोच्यते गुणसंख्याने यथावच्छृणु तान्यपि ॥१९॥

根据数论派学说，知识、行动和行动者有三种。请听我详细告诉你。（18.19）

सर्वभूतेषु येनैकं भावम् अव्ययम् ईक्षते ।
अविभक्तं विभक्तेषु तज् ज्ञानं विद्धि सात्त्विकम् ॥२०॥

通过它，在一切创造物中看见永恒不变、不可分割的神圣的一，这种知识是善良之德的知识。（参见11.13和13.16）（18.20）

पृथक्त्वेन तु यज् ज्ञानं नानाभावान् पृथग्विधान् ।
वेत्ति सर्वेषु भूतेषु तज् ज्ञानं विद्धि राजसम् ॥२१॥

通过它，看见每一个体都不同于和分离于另一个体，这种知识是激情之德的知识。（18.21）

यत् तु कृत्स्नवद् एकस्मिन् कार्ये सक्तम् अहैतुकम् ।
अतत्त्वार्थवद् अल्पं च तत् तामसम् उदाहृतम् ॥२२॥

通过它，执着于单一的结果，似乎它就是一切，这种知识没有理性、没有根基、没有价值，是愚昧黑暗之德的知识。（18.22）

三种行动

नियतं सङ्गरहितम् अरागद्वेषतः कृतम् ।
अफलप्रेप्सुना कर्म यत् तत् सात्त्विकम् उच्यते ॥२३॥

不执着，没有喜欢和厌恶，不渴望果报，义不容辞地履行职责，这是善良之德的行动。（18.23）

यत् तु कामेप्सुना कर्म साहंकारेण वा पुनः ।
क्रियते बहुलायासं तद् राजसम् उदाहृतम् ॥२४॥

带着私我并怀着个人动机竭尽全力地行动，这是激情之德的行动。（18.24）

अनुबन्धं क्षयं हिंसाम् अनवेक्ष्य च पौरुषम् ।
मोहाद् आरभ्यते कर्म यत् तत् तामसम् उच्यते ॥२५॥

出于虚妄而行动，不顾其个人的能力，不顾对他人造成的后果、损失和伤害，这是愚昧之德的行动。（18.25）

三种人

मुक्तसङ्गोऽनहंवादी धृत्युत्साहसमन्वितः ।
सिद्ध्यसिद्ध्योर् निर्विकारः कर्ता सात्त्विक उच्यते ॥२६॥

摆脱执着，不以自我为中心，坚毅热情，面对成败镇定自若，这种人被称为善良者。（18.26）

रागी कर्मफलप्रेप्सुर् लुब्धो हिंसात्मकोऽशुचिः ।
हर्षशोकान्वितः कर्ता राजसः परिकीर्तितः ॥२७॥

渴望行动的结果，贪婪、暴力、不洁、时喜时悲，这种人被称为激情者。（18.27）

अयुक्तः प्राकृतः स्तब्धः शठो नैष्कृतिकोऽलसः ।
विषादी दीर्घसूत्री च कर्ता तामस उच्यते ॥२८॥

散漫、低俗、顽固、邪恶、歹毒、懒惰、沮丧、拖沓，这种人被称为愚昧者。（18.28）

三种智力

बुद्धेर् भेदं धृतेश् चैव गुणतस् त्रिविधं शृणु ।
प्रोच्यमानम् अशेषेण पृथक्त्वेन धनंजय ॥२९॥

阿周那啊，基于原质三德，现在请听我为你详细解说三种智力和三种坚定。（18.29）

प्रवृत्तिं च निवृत्तिं च कार्याकार्ये भयाभये ।
बन्धं मोक्षं च या वेत्ति बुद्धिः सा पार्थ सात्त्विकी ॥३०॥

阿周那啊，能够理解行动之道和弃绝之道、正确行动和错误行动、恐惧和无惧、束缚和解脱之智力，是善良之德的智力。（18.30）

यया धर्मम् अधर्मं च कार्यं चाकार्यम् एव च ।
अयथावत् प्रजानाति बुद्धिः सा पार्थ राजसी ॥३१॥

阿周那啊，不能区分正义（法）和非正义（非法）、正确行动和错误行动之智力，是激情之德的智力。（18.31）

अधर्मं धर्मम् इति या मन्यते तमसावृता ।
सर्वार्थान् विपरीतांश्च बुद्धिः सा पार्थ तामसी ॥३२॥

阿周那啊，把非正义（非法）当作正义（法），在一切事上颠倒是非，这种智力就是愚昧之德的智力。（18.32）

三种坚定和四个人生目标

धृत्या यया धारयते मनःप्राणेन्द्रियक्रियाः ।
योगेनाव्यभिचारिण्या धृतिः सा पार्थ सात्त्विकी ॥३३॥

凭借它,一个人操控心意、普拉那(生命力)和感官,只为觉悟到神而运作,这是善良之德的坚定或坚毅。(18.33)

यया तु धर्मकामार्थान् धृत्या धारयतेऽर्जुन ।
प्रसङ्गेन फलाकाङ्क्षी धृतिः सा पार्थ राजसी ॥३४॥

凭借它,渴望行动结果的人满怀热望地执着于责任、财富和快乐,这是激情之德的坚定。(18.34)

在吠陀传统中,履行职责、赚取财富、物质享受和获得解脱是一家之主的四个高尚目标。主罗摩曾说,仅仅追求感官享受,放弃职责和赚取财富,不久就会陷入困境中。(VR 2.53.13)一个人如果能在履行职责、赚取财富和感官享受三者之间保持平衡,不使其中之一损害另两者,这样的人将获得解脱。(MB 9.60.22)完全致力于获取和保存物质财富的人,没有时间去追求自我觉悟。(MB 12.07.41)通过虔信于主,一个人可以达致所有四个崇高目标。(VP 1.18.24)人首先应该通过公正地履行职责而遵循正法(达磨);然后应该去赚取

财富和促进经济进步,再用所获的财富来实现所有崇高的物质和精神愿望,最后走向解脱这一人生的唯一最高目标。

人总是害怕死亡,富人总是害怕税吏、窃贼、亲戚和自然灾害。(MB 3.02.39)而最为痛苦的是积累、保护和失去财富。积累财富的欲望永远不会得到满足,因此,智者把满足视为至上的快乐。(MB 3.02.46)人绝不会满足于财富和财物(KaU 1.27)。人应该始终记住,我们仅仅是一切财物和财富的托管人。

यया स्वप्नं भयं शोकं विषादं मदम् एव च ।
न विमुञ्चति दुर्मेधा धृतिः सा पार्थ तामसी ॥३५॥

凭借它,迟钝的人贪睡、恐惧、悲伤、绝望和漫不经心,这是愚昧之德的坚定。(18.35)

三种快乐

सुखं त्व् इदानीं त्रिविधं शृणु मे भरतर्षभ ।
अभ्यासाद् रमते यत्र दुःखान्तं च निगच्छति ॥३६॥

阿周那啊,现在请听我向你讲述三种快乐。经过灵性修习,一个人就可以享受快乐,终结一切悲伤。(18.36)

第十八章　通过弃绝私我臻达涅槃

यत् तद् अग्रे विषम् इव परिणामेऽमृतोपमम् ।
तत् सुखं सात्त्विकं प्रोक्तम् आत्मबुद्धिप्रसादजम् ॥३७॥

开始似乎有毒，但最后却如同甘露，这样的快乐来自自我知识，是善良之德的快乐。（18.37）

享受虔信甘露之海洋的人就不需要什么感官快乐，后者在他们看来就如同池塘里的水。（BP6.12.22）没有四季不断的灵性之水的源头，物质欢乐的河流在雨季之后很快就会干涸。对于自我觉悟的人，物质对象就像漂浮的稻草。

विषयेन्द्रियसंयोगाद् यत् तद् अग्रेऽमृतोपमम् ।
परिणामे विषम् इव तत् सुखं राजसं स्मृतम् ॥३८॥
感官快乐开始好似甘露，但最后却变成毒药，这是激情之德的快乐。（参见 5.22）**（18.38）**

我们的面前展开着两条路，一条是有益的灵性之路，一是感官快乐之路。智者会选择前者，愚者会选择后者。（KaU 2.02）感官快乐消耗感官活力，最终带来疾病。（KaU 1.26）感官快乐不是宝贵的人生之对象。甚至天堂的享受也是暂时的，并会以悲伤而告终。那些执着感官快乐的人就像傻瓜一样，他们用虔信的甘露去交换毒药。（TR 7.43.01）由于虚妄，愚者不认为他们喝下的是毒药。在造成后果之后，他们才会知晓，但却

悔之太晚了。（VR 7.15.19）正如水往低处流，感官的自然倾向很容易向外追求感官快乐。但当所有感官和物质欲望满足之后，后悔接踵而至。再没有什么比性快乐更让人陶醉的欲望了，甚至圣人对此也会入迷。但人生的终极目标在于放弃所有感官和世俗欲望，发展出关于创造主的知识以及对创造主的爱。

世俗的快乐就像沙漠中的海市蜃楼。干渴的人料想那里有水，但到达那里之后却发现一无所有。世俗的快乐是暂时的和时隐时现的；而来自灵性生活的快乐却是持久的和永恒的。罗摩克里希那曾说，除非所有世俗欲望都得到了满足，否则他不会为了神而感到强烈的不安。在摩奴看来，在享受感官快乐并发现其无益和伤害之后，可能更容易控制感官。（MS 2.96）在我们的大多数欲望得以满足以后，很容易导致无欲的状态。一个人可能是健康的和富有的，但若没有品尝过灵性快乐他仍然不会快乐起来。灵性成熟的人不会想念世俗的快乐。

यद् अग्रे चानुबन्धे च सुखं मोहनम् आत्मनः।
निद्रालस्यप्रमादोत्थं तत् तामसम् उदाहृतम् ॥३९॥

因为贪睡、懒惰和漫不经心，从开始到最后都在愚弄自己，这是愚昧之德的快乐。（18.39）

न तद् अस्ति पृथिव्यां वा दिवि देवेषु वा पुनः ।
सत्त्वं प्रकृतिजैर् मुक्तं यद् एभिः स्यात् त्रिभिर् गुणैः ॥४०॥

无论是世上的生物，抑或是天界的天神，无一能摆脱原质三德。（18.40）

劳动分工基于个人的能力

ब्राह्मणक्षत्रियविशां शूद्राणां च परंतप ।
कर्माणि प्रविभक्तानि स्वभावप्रभवैर् गुणैः ॥४१॥

根据人的内在本性或构成性质，人类劳动被分为婆罗门、刹帝利、吠舍和首陀罗四个类别。（参见4.13）（18.41）

在古代吠陀体系中，基于原质的三德，人类活动被分类为四个社会（职业）类别。这四个类别常常被错误地等同于印度以及其他地方只是基于出身的现代种姓制度。正如主克里希那所描述的，人类社会这四个普遍的社会类别与人的本性、品质和工作有关，而并非与他们的出身有关。那些以善良之德为主导的和平自制的人，被称为婆罗门。那些被激情之德所控制，喜欢行政管理和防卫服务的人，被称为刹帝利。那些被激情和愚昧混合之德所控制，从事农业和贸易的人，被称为吠舍。而那些以最低级的愚昧之德为主导的人，则被称为首陀

罗,他们的本性就是为其他三个社会类别的人服务的。

吠陀经把人类社会比作一个人,其四个主要部分(头、手、腹和腿)代表社会中四大类别的工作和工人。吠陀经还声明,吠陀之言是为了全人类、为了所有民族的。(YV 26.02)实际上,世界上只有两个类别(种姓)的人——神性或智慧的人和魔性或无知的人。(见16.06)

शमो दमस् तपः शौचं क्षान्तिर् आर्जवम् एव च ।
ज्ञानं विज्ञानम् आस्तिक्यं ब्रह्मकर्म स्वभावजम् ॥४२॥

平静、自制、苦行、纯洁、忍耐、诚实、拥有超然的知识和经验、虔信神,具有这些品质的文化人被称为婆罗门。(18.42)

具有上述品质的人就是文化人(intellectual)或婆罗门。(MB 3.180.21)无论是谁,只要其拥有自我知识的天赋,他就可以被称为"婆罗门"。(RV 10.125.05, AV 4.30.03)婆罗门是一种习得或成就,即心意的一种品质或状态,而并非一个种姓或信条。而知晓绝对真理并与至上存在相联结的觉悟者,则都是真正的婆罗门,他们的旁边就是神。所有人生而平等,而只是因为其行为的不同,而造成了其地位的优劣。

当任何社会的任何部门不以个人的能力看人,而以种姓、信条、种族、宗教、肤色、性别和出生地看人时，就播下了那个社会低效和衰败的种子。歧视的恶魔无国界，它正被遍及世界的无知者以某种形式不幸地践行着。这是对人的一种试探，是人的优越感的一种表现。智者应该努力克服各种类型和程度不同的偏见。所有人都是神的孩子，在神眼里人人平等，并且应该平等相待。为了社会的进步，人们必须根据一个人的能力而不是其他标准来评判人。

शौर्यं तेजो धृतिर् दाक्ष्यं युद्धे चाप्य् अपलायनम् ।
दानम् ईश्वरभावश्च क्षात्रं कर्म स्वभावजम् ॥४३॥
勇敢、威猛、坚定、机敏、不临阵脱逃、慷慨、善于管理，具有这些品质的人被称为指挥者或保护者或刹帝利。（18.43）

理想的保护者坚定地、不屈不挠地反对社会中的作恶者。保护者或刹帝利的职责（正法）是与社会中一切邪恶（非法）和不公正作斗争。

कृषिगौरक्ष्यवाणिज्यं वैश्यकर्म स्वभावजम् ।
परिचर्यात्मकं कर्म शूद्रस्यापि स्वभावजम् ॥४४॥
那些善于耕种、牧养和经商（包括贸易、金融和工业）的人，被称为商人或吠舍。而非常擅长于服务和劳动的人，被归类为劳作者或首陀罗。（18.44）

首陀罗由于无知而不懂得灵性知识,并把自己认同为物质的身体。根据主克里希那的看法,这四种类别的人都不是由出身决定的。一个首陀罗种姓的人有可能出身在任何一个家庭里。一个人前世活动的结果或业会回归为他的本性和习惯。人们或者生而具有某些品质,或者通过训练和努力发展它们。不能仅仅根据出身或地位而错误地对人们加以分类。

通过履职、修习和虔信获得解脱

स्वे स्वे कर्मण्य् अभिरतः संसिद्धिं लभते नरः ।
स्वकर्मनिरतः सिद्धिं यथा विन्दति तच् छृणु ॥४५॥

忠诚自己的自然职责,就能够获得最高的圆满。阿周那啊,请听我讲述如何在履行自己的自然职责时获得圆满。(**18.45**)

यतः प्रवृत्तिर् भूतानां येन सर्वम् इदं ततम् ।
स्वकर्मणा तम् अभ्यर्च्य सिद्धिं विन्दति मानवः ॥४६॥

崇拜至上存在,相信一切众生皆源自于它,它遍及所有这一切,通过履行自己的自然职责来献祭它,人就会获得圆满。(参见 9.27, 12.10)(**18.46**)

第十八章 通过弃绝私我臻达涅槃

श्रेयान् स्वधर्मो विगुणः परधर्मात् स्वनुष्ठितात् ।
स्वभावनियतं कर्म कुर्वन्नाप्नोति किल्बिषम् ॥४७॥

有缺陷、不完美地履行自己的自然职责,胜过完美无缺地履行非自然的职责。履行自己内在本性规定的职责,不会招致任何罪或业的束缚。(参见3.35, 5.10, 18.07, 18.09, 18.17, 18.23)(**18.47**)

人不应该放弃自己的职责,因为并非我们做了什么,而是我们如何去做,才是重要的。未被经典禁止的工作,不执于工作的结果,以及不带有行动者身份而做的工作,都是不会招致罪的束缚的工作。

सहजं कर्म कौन्तेय सदोषमपि न त्यजेत् ।
सर्वारम्भा हि दोषेण धूमेनाग्निरिवावृताः ॥४८॥

阿周那啊,一个人的自然职责,即便有缺陷,也不应放弃,因为一切行动都带有缺陷,就像火也会被烟雾掩盖一样。(**18.48**)

在这个世界上,没有任何东西只有好的品质或只有坏的品质,没有任何完美无缺的事业。一切创业活动都有好坏两个方面。(MB 12.15.50)重要的不是你做了什么,而是你如何去做。当你怀着崇拜上主的态度去做,工作就变成了祭祀。

业瑜伽与获得圆满

असक्तबुद्धिः सर्वत्र जितात्मा विगतस्पृहः ।
नैष्कर्म्यसिद्धिं परमां संन्यासेनाधिगच्छति ॥४९॥

摆脱执着，控制心意，征服感官，消除欲望，这样的人将通过正确的知识或弃绝，而获得彻底摆脱行动者身份的至上圆满。（18.49）

सिद्धिं प्राप्तो यथा ब्रह्म तथाप्नोति निबोध मे ।
समासेनैव कौन्तेय निष्ठा ज्ञानस्य या परा ॥५०॥

阿周那啊，现在听我简要地讲解，获得这种圆满的人，将如何臻达超然知识的高贵目标——至上存在。（18.50）

बुद्ध्या विशुद्धया युक्तो धृत्यात्मानं नियम्य च ।
शब्दादीन् विषयांस्त्यक्त्वा रागद्वेषौ व्युदस्य च ॥५१॥
विविक्तसेवी लघ्वाशी यतवाक्कायमानसः ।
ध्यानयोगपरो नित्यं वैराग्यं समुपाश्रितः ॥५२॥
अहंकारं बलं दर्पं कामं क्रोधं परिग्रहम् ।
विमुच्य निर्ममः शान्तो ब्रह्मभूयाय कल्पते ॥५३॥

拥有纯净的智力，坚定地控制心意，远离声音和其他感官对象，放弃喜欢和厌恶，独居，节食，控制心意、语言和行动器官，始终专注于冥想瑜伽，托庇于不执，放弃自我中心、暴力、傲慢、贪欲、愤怒和占有，这样的人内心平静，摆脱"我（I）""我（me）"和"我的（my）"观念，从而适合于达致与至上存在合一。（18.51-53）

在无思的出神状态中，冥想的火炬把无私服务、自我知识和虔信之爱融合起来，这时觉悟之光照耀，与神沟通得以完全，无知之雾散去，所有物质和感官欲望从心意中蒸发。正如诗节18.51-53所阐明的，作为灵修的结果，人获得至上虔信。

最高的虔信之爱

ब्रह्मभूतः प्रसन्नात्मा न शोचति न काङ्क्षति ।
समः सर्वेषु भूतेषु मद्भक्तिं लभते पराम् ॥५४॥

专注于至上存在，心意平静，既不忧伤，也不渴望。平等看待一切众生，这样的人达到对我的最高的虔信之爱。（18.54）

भक्त्या माम् अभिजानाति यावान् यश् चास्मि तत्त्वतः ।
ततो माम् तत्त्वतो ज्ञात्वा विशते तदनन्तरम् ॥५५॥

由于这种虔信之爱，他真正理解我在本质上是什么以及我是谁，由此他直接与我合一。（参见4.39）（18.55）

　　毫无疑问，只有通过信仰和这种最高的虔信才能认识神。（BP 11.14.21）众经典提供了很多种（而并非一种）可以获得那种信仰和最高虔信的灵修方式。商羯罗曾把对实在的真正本性的探究定义为虔信（Bhakti）。（VC 1.32）宇宙间除了梵什么也没有，这一知识也被称为最高的虔信。因此，虔信与自我知识并非彼此不同，而是相互补充的。**自我知识与虔信就像种子与其长出的树一样是同一的**。灵性成长的过程由自我知识之火花启动，由此导致了带来信仰和虔信的顺从。顺从之法和神的恩典则超越了人类的理解力。

　　摩耶的虚幻会阻止人们认识和看见神。人不能用肉眼看见一直存在于海水中的盐，但通过舌头就能够尝到盐；同样，人们也只有通过信仰和虔信而非逻辑和推理才能认识自我。人们不仅可以通过冥想和自我知识，而且可以通过对自己选择的人格神心醉神迷的爱和强烈的虔信而觉悟到神。

　　只有他们知晓你（神），你才会向他们显现你；一旦人们知晓你，立即就会与你合而为一。（TR 2.126.02）知晓灵者将成为灵。（BrU 1.04.10, MuU 3.02.09）知晓就是成为。知晓自我就会成为自我。若不首先认识到自己的真实身份不是这个身体，而是身体背后的灵，就无人能认识到神。在认识到自己的真实身份后，人就立即会成为梵。真正理解神，就是爱他并与他合一。解脱是一种心意状态，那时人再不需要任何事

第十八章 通过弃绝私我臻达涅槃

物,也再不想知晓任何事物。

सर्वकर्माण्य् अपि सदा कुर्वाणो मद्व्यपाश्रयः।
मत्प्रसादाद् अवाप्नोति शाश्वतं पदम् अव्ययम् ॥५६॥

一个觉悟的虔信者,只是通过托庇于我(心怀虔信把一切行动奉献给我),甚至他正在履行所有职责,凭借我的恩典也会臻达永恒不变的居所。(18.56)

चेतसा सर्वकर्माणि मयि संन्यस्य मत्परः।
बुद्धियोगम् उपाश्रित्य मच्चित्तः सततं भव ॥५७॥

心怀爱心在精神上把一切行动献祭给我,把我设定为最高目标。使心意始终专注于我的思想,由此而永远思念我。(参见2.49, 10.10)(18.57)

我们使用或食用的任何东西都应该首先奉献给万物的赐予者即主,然后再使用/食用之。这包括(但不限于)食物、新衣服、新车、新房、新生婴儿以及我们所有的工作。把一切都奉献给主是崇拜的最高形式,人们必须每天学习和实践之。

本书有六个诗节(2.39, 2.49-51, 10.10和18.57)提到"智慧瑜伽(Buddhi Yoga)"一词。一个词的含义依赖于语境。这个词的基本含义是通过反思、沉思和成熟的智力而对实在作出这一理解:即宇宙中发生的所有活动实际上都是上主的力量的行动。这包括我们的努力、不努力、修行、私我以及私我的消除。主不需我们的帮助就可以改善社会！如果我们不警惕，慈善的工作也可能牢牢地束缚住我们。人需要做的一切，就是记住他，并真诚无私地履行分派给自己的职责。（参见3.27，8.07）智慧瑜伽掌握着进入涅槃最后一道门的钥匙。我们向主作的唯一祷告就应该是，祈求与他重新合一，而不是祈求世界和社会甚至我们自己的福祉。

मच्चित्तः सर्वदुर्गाणि मत्प्रसादात् तरिष्यसि ।
अथ चेत् त्वम् अहंकारान् न श्रोष्यसि विनङ्क्ष्यसि ॥५८॥

把你的心意专注于我，你就会因我的恩典而克服所有困难。但是，如果你出于私我而不听从我的话，你就不会获得解脱或涅槃。（18.58）

业的束缚和自由意志

यद् अहंकारम् आश्रित्य न योत्स्य इति मन्यसे ।
मिथ्यैष व्यवसायस् ते प्रकृतिस् त्वां नियोक्ष्यति ॥५९॥

如果你出于私我而决定不参加战斗，这一决定也是徒劳无益的，因为你自己的本性会推动你参与战斗。（18.59）

स्वभावजेन कौन्तेय निबद्धः स्वेन कर्मणा ।
कर्तुं नेच्छसि यन् मोहात् करिष्यस्य् अवशोऽपि तत् ॥६०॥

阿周那啊，你受到你自己与生俱来的业的印迹的束缚。因此，即使你因为困惑而不愿意行动，你也会违背你的意志而采取行动。（18.60）

心意常常知晓是非对错，但因为业的印迹的力量，又情不自禁地去追逐恶。智者在批评他人的错误之前，应该始终将此铭记在心。

我们成为自己的自由意志的木偶

为了满足被原质三德所压倒的无知者的自由意志，善良的主创造了一个有助于人们参与不情愿的活动的环境。我们的自由意志就像一条被皮带拴住的狗，其自由十分有限。上主就如一个服务商，他会根据每个人的欲望而回应他们，并允许他们实现由其自由意志产生的某些欲望。根据他们的欲望以及前世累积的善业和恶业，被称为摩耶的他的虚幻动能，将参与到生命体的或善或恶的行动中。

ईश्वरः सर्वभूतानां हृद्देशेऽर्जुन तिष्ठति ।
भ्रामयन् सर्वभूतानि यन्त्रारूढानि मायया ॥६१॥

阿周那啊,至上之主安住在一切众生的心中,他们就像被安装在一个机器上(的业的木偶),被他用摩耶的力量牵引着行动(或消耗着他们的业)。(18.61)

至上之主(自在天)把至上之灵投射在身体中。至上之主组织、控制、监督和指导宇宙间的一切事物。个体灵魂就如安装在作为轮回之工具的身体上的业的木偶。由此,我们变成由我们的自由意志创造的自己的业的木偶。

主创造业报律是为了控制一切众生。因此,人必须学会托庇于主并遵循主的诫命快乐地忍受命运带来的一切。(TR 2.218.02)吠陀经宣称,主利用业让我们舞蹈,就像一个杂耍人让一只猴子跳舞。(TR 4.6.12)如果没有业报律,那么经典的诫命、禁令以及自我努力就毫无价值。业(Karma)是永恒正义和永恒律法。由于永恒正义的作用,我们都无法逃避我们的行为结果。我们便成为我们自己过去的思想和行动的产物。所以,我们必须以经典为指导,从此时此刻起就智慧地思考和行动。

人们都不可能逃避其行为的结果,因为种瓜得瓜,种豆得豆。原因和结果不可分割,结果就存在于原因之中,正如果实存在于种子中。善行和恶行就像我们的影子一样始终伴随着我们。

《圣经》也说:"凡流人血的,他的血也必被人所流。"(《创世记》9.06)据说,所有提到业和再生的文献都会引用圣经来鼓励人们达成这一高尚目标:为在此世获得圆满而努力奋斗。那些相信再生的人,必须避免懒惰和拖延,加强灵修,尽最大努力在此世中获得自我觉悟,就像再无再生一样。人应该把每一天都当作他在此世的最后一天来生活。懒惰和拖延不可能有任何收获。

人不可能把财富、名声、权力带到下一世,但能够把这些转化成善业或恶业并带到下一世。甚至死亡也不能触及个人的业。那些在前世非常虔信地行动的人,在今生可以毫不费力地获得名声。圣人图拉斯达萨曾提出过关于自在天和个体灵魂美妙的定义:既不知道摩耶,也不知道神,更不知道自己的自我的那个,被称为个体灵魂;而(根据个人的业)分配束缚和解脱并控制摩耶的那个,就是自在天或神。(TR 3.15.00)

तम् एव शरणं गच्छ सर्वभावेन भारत ।
तत्प्रसादात् परां शान्तिं स्थानं प्राप्स्यसि शाश्वतम् ॥६२॥

阿周那啊,怀着爱的虔信寻求至上之主(自在天)的庇护吧。凭着他的恩典,你将获得至上平静,臻达永恒居所。(**18.62**)

इति ते ज्ञानम् आख्यातं गुह्याद् गुह्यतरं मया ।
विमृश्यैतद् अशेषेण यथेच्छसि तथा कुरु ॥६३॥

因此，我已经向你解释了比秘密更加秘密的知识。对此充分思考之后，你就按你的意愿去行动吧。（18.63）

सर्वगुह्यतमं भूयः शृणु मे परमं वचः।
इष्टोऽसि मे दृढम् इति ततो वक्ष्यामि ते हितम् ॥६४॥

请再一次听我讲述最秘密的至上话语。因为我非常钟爱你，所以，为了你的利益我要告诉你。（18.64）

मन्मना भव मद्भक्तो मद्याजी मां नमस्कुरु।
माम् एवैष्यसि सत्यं ते प्रतिजाने प्रियोऽसि मे ॥६५॥

把你的心意专注于我，虔信我，祭祀我，敬拜我，你将肯定会臻达我。我向你保证，因为你是我最亲爱的朋友。（18.65）

通向神的最终道路

सर्वधर्मान् परित्यज्य मामेकं शरणं व्रज।
अहं त्वा सर्वपापेभ्यो मोक्षयिष्यामि मा शुचः ॥६६॥

搁置一切法，只是顺从我。不要悲伤，我会把你从所有的罪或业的束缚中解放出来。（参见2.07, 3.18, 7.01, 7.14, 7.15, 7.18, 7.19, 7.29, 9.32, 15.04, 18.17, 18.56 和18.62）（18.66）

第十八章 通过弃绝私我臻达涅槃

搁置一切"法",既不是指放弃各种灵性道路或实践,如服务、布施、苦行、冥想、瑜伽、仪式、崇拜、精进等,也不是指放弃个人在生活中应尽的职责,而是指在一切行动中要有一种弃绝精神。有些注释者认为,这句话意指放弃一切正义行动。搁置一切"法",也指履行一切职责(法),但搁置行动者身份,搁置执着,搁置使个体灵魂分离于、独立于以及区别于梵的私我或错误观念。私我坚持以自己的方式抵达神。但若不首先弃绝私我,弃绝行动者身份和所有者身份,弃绝对所有行动结果的执着,就不可能在灵性之旅的道路上取得进步。

私我很难消除。正如人们无法战胜黑暗一样,人们也不可能战胜私我,因为私我操纵着整个生活。打破阻隔在个体灵魂与自在天之间这堵私我之墙的唯一方式,是自我知识或至上虔信。一旦打破了这堵精神之墙,"个体灵魂就是梵"。这就像一旦打破了罐子的外壁,就不再有罐子的空间——罐子的空间完全得以释放(而融进了整个空中)!圣佳纳什瓦(Saint Jnaneshwar)把"顺从上主"定义为这样一种坚定的智力信念:除了梵,什么也没有;个体灵魂与梵,没有任何不同。顺从上主,就是放弃私我,放弃个人存在,放弃个人意志。因此,我们唯一能作出的努力就是获得智慧,但智慧并不容易获取。众所周知,只有通过神恩,智慧才可能降临。而只有当一个人完成了无私服务或其他修行(例如,怀着他只是主的工具、工作就是祭祀主的情感,在

无数次再生中冥想梵或从事虔信服务)之后,神恩才会出现。

इदं ते नातपस्काय नाभक्ताय कदाचन ।
न चाशुश्रूषवे वाच्यं न च मां योऽभ्यसूयति ।।६७।।

你永远不要把这门知识告诉那些不苦行、不虔信、不愿听和诋毁我的人。(18.67)

与受蒙蔽的人谈论智慧,向贪婪的人赞美祭祀,劝易怒的人控制感官,对纵欲之徒讲述主罗摩的英雄事迹,就如同把种子播撒在不毛之地上一样徒劳无益。(TR 5.57.01-02)不要强迫他人相信。《薄伽梵歌》只对真诚的人具有意义。根据罗摩克里希那的看法,神让一个人理解多少,他就能理解多少。古鲁那纳克曾说:我的最爱啊,只有您赐予他们神圣的知识,他们才能获得神圣的知识。

知识的接受者必须具有灵性倾向并真诚地寻求它。未经寻求得到的知识毫无意义,应予避免。是寻求天堂之下的一切事物的时候了。我们无法改变世界,只能改变少数真诚的灵魂的生活,因为他们作出改变的时间已经到来。

第十八章 通过弃绝私我臻达涅槃

对神的最高服务和最佳布施

य इमं परमं गुह्यं मद्भक्तेष्व् अभिधास्यति ।
भक्तिं मयि परां कृत्वा माम् एवैष्यत्य् असंशयः ॥६८॥
न च तस्मान् मनुष्येषु कश्चिन् मे प्रियकृत्तमः ।
भविता न च मे तस्माद् अन्यः प्रियतरो भुवि ॥६९॥

谁在我的虔信者中研习并帮助宣讲这一至上的秘密哲学，谁就在从事对我的最高的虔信服务，并肯定臻达我。在所有人中，再没有人比他更乐意服务于我了，也再没有人比他更令我喜欢了。（18.68-69）

通过灵修可以获得的至上虔信、自我知识和解脱（参见诗节18.54-55），通过宣讲《薄伽梵歌》的至上哲学也能够轻易地获得。

无知是万罪之母。所有负面品质，如色欲、愤怒、贪婪等，不过是无知的表现。提供知识的礼物，是最好的布施，这相当于布施给整个世界。（MB 12.209.113）最好的福祉是帮助他人发现他们的真实本性，这才是持久快乐的源泉，而不是提供短时快乐的物品和舒适。快乐不是通过财富和感官享受获得的，而是通过尽责于有价值的事业而获得的（海伦·凯勒语）。

《薄伽梵歌》的恩典

अध्येष्यते च य इमं धर्म्यं संवादम् आवयोः ।
ज्ञानयज्ञेन तेनाहम् इष्टः स्याम् इति मे मतिः ॥७०॥

谁学习我们之间的神圣对话,谁就在执行宣讲的神圣行动,并获得自我知识。这是我的许诺。(18.70)

上主与他的话语同一。学习《薄伽梵歌》就等于崇拜上主。现代社会的生活全是工作,缺乏灵性。斯瓦米·哈里哈说:"每天只需研习《薄伽梵歌》几个诗节,就会给精神电池充电,并给现代社会单调无味的日常生活增加意义。"

在诗节18.68–70中,主克里希那宣称,以任何方式研习、教导和宣讲《薄伽梵歌》的灵性知识,都是把行动瑜伽、虔信瑜伽和智慧瑜伽融为一体且易于修行的最高形式。单凭这一点,就可以导致求道者觉悟。

श्रद्धावान् अनसूयश्च शृणुयाद् अपि यो नरः ।
सोऽपि मुक्तः शुभाँल् लोकान् प्राप्नुयात् पुण्यकर्मणाम् ॥७१॥

无论是谁,只要他怀着信仰,不吹毛求疵,甚至只是听见这一神圣的对话,他就会摆脱罪恶,并达致行为纯洁的善良者的高级世界。(18.71)

第十八章　通过弃绝私我臻达涅槃

下面摘录了众经典阐述的"《薄伽梵歌》之荣耀"。阅读它们，可以在心中产生一种信仰和虔信，这对于人们通过学习《薄伽梵歌》并从中获益是必不可少的。

人生的目标是控制心意和感官并达致他的命运。定期学习《薄伽梵歌》肯定有助于实现这一崇高的目标。定期学习《薄伽梵歌》的人，尽管履行着世俗的种种职责，却变得快乐、宁静、繁荣，并摆脱了业的束缚。正如荷叶沾不上水，那些定期学习《薄伽梵歌》的人也不会沾染上罪。《薄伽梵歌》是主克里希那的最好居所。主的灵性潜力寓居在《薄伽梵歌》的每个诗节里。《薄伽梵歌》是灵性知识的宝库。主本人亲口说过，关于绝对者的这一至上科学，包含着有益于全人类的所有经典的实质。所有《奥义书》都是奶牛，阿周那是小牛，克里希那是挤奶工，《薄伽梵歌》的甘露是牛奶，智力得以净化的人是饮奶者。《薄伽梵歌》是主克里希那为了人类的福祉赐予我们的吠陀知识之树上的成熟果实。

人世间各种事务都是根据创造主的第一诫命即无私服务的教导运作的，这一诫命在《薄伽梵歌》中作了非常美妙的阐释。关于履行自己的职责而不求回报的神圣知识，是唯一能够把我们引向解脱的初始教导。《薄伽梵歌》就像一条船，依靠它人们可以轻易地跨过轮回的海洋并获得解脱。据说，哪里有人怀着爱和虔信之心唱诵或阅读《薄伽梵歌》，主就会在哪里降临并在其虔信者的陪同下聆听并享受。前往一个定期唱诵或教导《薄

伽梵歌》的地方，就像前往一个圣地去朝觐。定期阅读、背诵、聆听和遵循包含在《薄伽梵歌》里的神圣知识，肯定会摆脱业的束缚，并达致涅槃。

所有朝觐的神圣中心、诸神、圣人和伟大的灵魂，都地处或寓居在保存和阅读《薄伽梵歌》的地方。当你身处困境需要帮助时应立即前往唱诵《薄伽梵歌》的地方，因为主就寓居在阅读、聆听、教导和冥想《薄伽梵歌》的地方。反复阅读《薄伽梵歌》，人们就会获得喜乐和解脱。人在离世之际，冥想《薄伽梵歌》的教导，可以摆脱罪恶，获得解脱。主克里希那会亲自带领这样的人到达至上居所——存在的最高超越层面。

《薄伽梵歌》的恩典无法描述。它的教导既深奥艰涩又简单易懂。《薄伽梵歌》的更深的新的意义会启示给它的严肃认真的学生，它的教导将永远给人以灵感。并非所有人都有兴趣认真学习《薄伽梵歌》，只有那些拥有善业的人才有兴趣学习它。

《薄伽梵歌》是主的心脏、灵魂、呼吸和声音。苦行、忏悔、祭祀、布施、朝觐、誓愿、禁食和自制都不能等同于学习《薄伽梵歌》。普通人，甚或伟大的圣人和学者，都很难完全理解《薄伽梵歌》深奥和秘密的含义。要完全理解《薄伽梵歌》，就像一条鱼企图测出海洋的广度和深度，一只鸟试图去丈量天空。《薄伽梵歌》是关于绝对者的知识的深海，只有主才能完全理解它。除了主克里希那，无人可以声称自己是《薄伽梵

第十八章 通过弃绝私我臻达涅槃

歌》的权威。

कच्चिद् एतच् छुतं पार्थ त्वयैकाग्रेण चेतसा।
कच्चिद् अज्ञानसंमोहः प्रनष्टस् ते धनंजय ॥७२॥

阿周那啊,你是否聚精会神地聆听了这一切?你那出于无知的困惑是否完全得以消除?(18.72)

अर्जुन उवाच
नष्टो मोहः स्मृतिर् लब्धा त्वत्प्रसादान् मयाऽच्युत।
स्थितोऽस्मि गतसंदेहः करिष्ये वचनं तव ॥७३॥

阿周那说:因为您的恩典,我的虚妄已被摧毁,我已获得自我知识。关于身体与灵之间的困惑也已消除,毫无怀疑。我将遵循您的教导。(18.73)

当一个人凭借主的恩典觉悟到我们究竟是谁之时,无知之结就会解开,在有关我们的本性就是被我们遗忘的灵的问题上的所有疑虑和困惑都会消除,所有的业也会消耗一空。(MuU 2.02.08)有关至上存在以及个人的真实身份的真知识,就会在经历多次再生之后如期出现。

संजय उवाच
इत्य् अहं वासुदेवस्य पार्थस्य च महात्मनः।
संवादम् इमम् अश्रौषम् अद्भुतं रोमहर्षणम् ॥७४॥

全胜说：聆听了主克里希那与阿周那之间这一奇妙的对话，我毛发直竖。（18.74）

व्यासप्रसादाच् छ्रुतवान् एतद् गुह्यम् अहं परम् ।
योगं योगेश्वरात् कृष्णात् साक्षात् कथयतः स्वयम् ॥७५॥

承蒙圣人毗耶娑的恩典，凭借他赐予我的这双天眼，我直接从瑜伽之主克里希那那里听到他本人向阿周那宣说的这一最秘密的至上瑜伽。（18.75）

राजन् संस्मृत्य संस्मृत्य संवादम् इमम् अद्भुतम् ।
केशवार्जुनयोः पुण्यं हृष्यामि च मुहुर् मुहुः ॥७६॥

国王啊，主克里希那与阿周那之间这一非同寻常的神圣对话，我一次又一次地回想，一次又一次地激动。（18.76）

तच् च संस्मृत्य संस्मृत्य रूपम् अत्यद्भुतं हरेः ।
विस्मयो मे महान् राजन् हृष्यामि च पुनः पुनः ॥७७॥

国王啊！我一次又一次地回想克里希那那非同寻常的形象，一次又一次地惊讶不已和欣喜若狂。（18.77）

自我知识和责任都必不可少

यत्र योगेश्वरः कृष्णो यत्र पार्थो धनुर्धरः ।
तत्र श्रीर् विजयो भूतिर् ध्रुवा नीतिर् मतिर् मम ॥७८॥

我认为,哪里有瑜伽(或以自我知识形式出现的法)之主克里希那,与手持责任和保护之武器的弓箭手阿周那,哪里就有永久的富足、胜利、繁荣和正义。(18.78)

哪里有正法(正义的责任),哪里就有主克里希那的恩典;哪里有主克里希那的恩典,哪里就有和平与胜利。(MB 6.43.60)只有心怀关于绝对者的形而上的完整知识去履行个人的责任,才可能有家庭的永久和睦与繁荣。而一个国家的和平与繁荣,则取决于其是否精通经典的知识和运用保护的武器的知识。有人说,若无灵性,科学和技术就是盲目的;而若无科学和技术,灵性就是残缺不全的。

《薄伽梵歌》就此结束。

结　语
主克里希那的告别信息

完成了建立正法的艰难任务之后，主克里希那在离开这个世界的舞台的前夜，向他的表兄也是他最爱的虔信者和跟随者乌达瓦（Uddhava），讲述了他最后的告别话语。在主进行了包含着上千个诗节的长时间布道的最后，乌达瓦说："主啊，我认为，像您对阿周那以及现在对我讲述的瑜伽修习的教导，对绝大多数人来说，的确非常难于理解和实践，因为它要求控制那任性的感官。因此，您能否告诉我一种觉悟到神的简明易行的方式。"应此请求，主克里希那为现时代的人讲述了下面的自我觉悟的本质特征（BP 11.06–29）：

（1）只是为了我而非任何其他动机，尽最大能力履行自己的职责。无论是在工作开始前、工作完成后，还是不工作时，总是记念我。

（2）在思想、语言和行为上练习把一切众生看作我自己。

（3）通过反思、专注或其他灵性实践净化自己，

结语　主克里希那的告别信息

从而觉知到：运行在宇宙间的神的力量也一直在你之内，而且，它把你仅仅当作一件工具，让你的身体、心意、感官、呼吸、情感等持续地从事一切活动。

瑜伽士穆塔兹·阿里（Mumtaz Ali）说：谁完全知晓自己只是一件工具，只是母亲自然的一个游戏场所，谁就知晓真理。通过觉悟到世界和人心的真正本质而终止一切欲望，就是自我觉悟。

哈瑞哈罗南达·吉里（Hariharananda Giri）说：神在一切事物之中，也在一切事物之上。所以，如果你想认识他，你就必须在每一个原子中、每一件事情上、每一个身体功能中以及在每一个人之中，以顺从的态度寻找并看见他。

摩尼吉（Muniji）说：你必须成为神的园丁，小心地打理花园，但绝不能执着于发什么芽，开什么花，结什么果，何时凋谢和死亡。期望是挫折之母，接受则带来宁静。

主克里希那还概括了觉悟到神的本质（BP 2.09.32-35）：

谁想认识至上人格神的我，只要理解了如下要点即可：我存在于创造之前，存在于创造之中，也存在于宇宙完全消解之后；其他一切存在不过是我的虚幻能量（摩耶）；我存在于创造物之内，同时也存在于创造物之外；我是无处不在、无所不在、无时不在的遍及一切的至上之主。

译后记

从2003年开始,我们开始着手翻译印度哲学类作品。至今已经翻译了有关瑜伽和吠檀多哲学的著作八部:《现在开始讲解瑜伽——〈瑜伽经〉权威阐释》《智慧瑜伽——商羯罗的〈自我知识〉》《哈达瑜伽之光》《至上瑜伽——瓦希斯塔瑜伽》《虔信瑜伽——拿拉达的〈虔信经〉》《室利·罗摩克里希那言行录》《瑜伽之路》《冥想的力量》。同时,我们也出版了《瑜伽的力量》《喜乐瑜伽》等瑜伽著作。

一直以来,我都有一个愿望,希望能翻译一部语言大众化、灵性而非宗派性的世界性经典《薄伽梵歌》。之所以有这样的愿望是因为,虽然国内已有了多个译本,也各有优点,但对现代社会中的大众来说,这些译本也各有"缺点"。例如徐梵澄先生翻译的《薄伽梵歌论》,其语言过于古涩,除了专业人士,一般人都读不进去;张保胜先生翻译的《薄伽梵歌》太过学术,不适合普通读者阅读;徐达斯先生翻译的《薄伽梵歌》不错,但对《薄伽梵歌》的解读似乎过于中国化,语言也

译后记

过于追求典雅，且有些中印哲学概念的对应值得商榷；嘉娜娃女士的译本以及李建霖与杨培敏的译本太过宗派性；黄宝生先生的译本文字清晰，但注释还欠丰富。另外，台湾邱显峰先生的译本也还不错，但大陆不容易见到。我收集的20多个英文版本，也同样各有优缺点。面对众多的版本，选择一个大众化的、灵性而非宗派性的且含有对经文详细注释的版本并不容易。

在英国访问时，碰巧读到了国际《薄伽梵歌》协会的一个译本。他们的译本和注释文字简洁但又不失印度瑜伽哲学的真谛，通俗大众但又非常富有灵性。我决定联系他们，希望采用他们的译注本。沟通很顺利，英文译注者也很慷慨，他们把该书的中文版权免费赠给了我。这就是读者面前的这个版本。这个版本是国际《薄伽梵歌》协会创始人罗姆南达·普拉萨德（Ramananda Prasad）的译注本。不过，需要读者注意的是，普拉萨德先生在交给我们的电子版本中对他的译本和注释又做了不少修订。在此，我要特别感谢普拉萨德先生的慷慨，并感谢他在我们中文翻译过程中所给予的帮助和支持。

译事艰辛，尤其是哲学和灵性经典的翻译尤为不易。在翻译中，我们得到了很多友人的鼓励、支持和帮助。感谢苏伟平先生、吴均芳女士、王静女士、蕙觉女士对本书的关心和支持，也感谢曹政同学在翻译中提供的支持。感谢瑜伽道路上的许多同道，如郭健女士、

科雯女士、菊三宝女士、裴迅女士、王昕女士、张爽小姐、王志洁女士、王媛小姐、王洋小姐、王保萍女士、于冬丽小姐、李好平女士、坤琪女士、闻风先生、闻中先生、宋光明先生、陈思先生、迷罗先生、沙金先生、吴振巍先生、张德浩先生、杨国强先生、王东旭先生等等。我还要感谢郝宇晖女士对本书的关心和支持。特别要感谢印度驻广州总领事高志远先生对本书的关心和支持,感谢他在百忙之中为这个大众译本撰写了精彩纷呈的"序言"。我尤其要感谢资深编辑汪瀰先生对本书的关注。汪先生精通印度瑜伽哲学,他以极大的耐心和专业能力审校本书,使得本书成为一部难得的翻译经典。

瑜伽的风吹向各处,至上存在在宇宙中处处显现。我们祝福那些阅读、沉思并实践《薄伽梵歌》教导的人心意安宁,并获得真正的自我知识。

我们把这部《薄伽梵歌》的中文译本献给那最伟大的导师——克里希那。

王志成
2015年1月21日于浙江大学